JN293983

Slow Learner

Thomas Pynchon

Shinchosha

Thomas Pynchon Complete Collection
1959-64

Slow Learner

Thomas Pynchon

『スロー・ラーナー』

トマス・ピンチョン

佐藤良明 訳

新潮社

目次

Slow Learner—Early Stories
by Thomas Pynchon

Copyright © Thomas Pynchon, 1984
Japanese language translation rights arranged with Thomas Pynchon
c/o Melanie Jackson Agency, LLC., New York
through Tuttle-Mori Agency, Inc., Tokyo

Photograph by Todd Hido / Edge Reps
Design by Shinchosha Book Design Division

スロー・ラーナー

イントロダクション

思い出せる限りでいうと、これらの物語を書いたのは一九五八年から六四年にかけてのことである。うち四篇は大学にいたときに書いた。[*]五つめの「シークレット・インテグレーション」（一九六四）は、徒弟による試し書きというよりは雇われ職人[*]が注文に応じて作ったものだ。読者もよくご存じだろう、二十年も前に自分が書いたものを読まされるというのは——たとえそれが用済みの小切手であっても——当人のプライドにとってたいへん辛いことだ。私の最初の反応は「オー・マイ・ガーッ」で、口にすべからざる生理的反応がこれに付随した。それから次に、ページ一面書き直してしまいたいという欲求が走った。これらの初期衝動が引いていってから、事態は中年男にありがちの、平静の装いというものに落ち着いた。いま私は、過去の私であったところのこの若造を、心静かに見通すことのできる高みに達したフリをしている。だって、自分の人生からコイツを追いだすわけにもいかんでしょう。しかし一方、未だ知られざるテクノロジーによって、コイツとどこかでひょっこり出くわすことになったとしたらどうだろう。そのとき私は気持ちよく金を貸してあげることができるだろうか。ビールでもどうだ、むかし話をしようぜとか、気楽に誘うことが……。

どんなに寛容なる読者に対しても警告しておいたほうがよさそうである。以下の作品は随所にやたらと退屈な文章が含まれている。未成年的であるうえに、素行も悪い。虚勢と阿呆と無策がちりばめられたこれらの書き物をここに公刊するにあたって、私はどんな申し開きをすればよいのか。ここには入門レベルの創作につきものの欠点が無修正のまま詰まっています、どうぞみなさんフィクションを書くときには同じヘマに注意してください、と声を大にして訴えることしか、どうにも手はなさそうだ。

「スモール・レイン」は活字になった私の最初の作品である。細部のネタは、私が海軍にいた*のとちょうど同じ二年を陸軍で過ごした友人から頂戴した。ハリケーンの襲来も実際にあった話だし、彼の所属していた通信隊の特別班が、ここに書いたような任にあたったのも本当である。この作品の中には、後の自分の書き物の嫌らしいところのほとんどが胎児の形で潜んでいる。なかにはもっと成育しているものもある。まず一つ、この主人公は十分に現実味のある興味深い問題に直面しているのだから、そこからきちんとストーリーを組み上げていきさえすればいいものを、そのことすらわかっていない私は、なにか雨のイメージャリーとか、「荒地」や『武器よさらば』への言及とか*、そういうものを被せないといけないように思っていた。「文学的であれ」とか、ナンセンスなアドバイスをでっち上げて、勝手に従っていたわけだ。

同じくらい恥ずかしいのは〈耳の悪さ〉である。そのせいで、作中の会話の多くが損傷している。特に終盤はひどい。当時の自分は、お国訛りというものに対して、よくいって未熟な考え方をしていたらしい。軍隊という場が、兵士の話しぶりを一つの「標準アメリカン・カントリー・ヴォイス」のようなものに均質化することには気づいていた。ニューヨークの路上で育ったイタリア系の子がしばらくたつとアメリカの田舎人と同じしゃべり方をしていたり、ジョージア州出身の水兵が休暇で帰ったふるさとから戻って、おれたち、北部人《ヤンキー》みたいにしゃべるんでみんなから話がわからんと言われた、などと漏らしたりする。北部人である私が、「南部訛り」だと思ったものは、実はこの、けっこう地域色の薄まった標準軍隊英語だったのである。ヴァージニアの海岸地帯で、町の人が「アウ」の音《おん》を「ウウ」のように発音するのを聞いた、と私は思った。しかし、南部の（いやヴァージニアに限っても）さまざまな地域で、それぞれに特徴のあるたくさんのアクセントが交叉しているという事実には無知のままだった。実は同じ過ちを当時の映画も共有していたのだが、それにしてもバーのシーンは問題である。ルイジアナの女の子にヴァージニア沿岸地方の（まともに聞き損ねた）訛りを与えてしまっているばかりか、それをプロットの一部に組み入れてしまっている。レヴィーンにとって「アウ」の発音の違いが意味をもつ以上、ストーリー自体にとっても意味をもってしまうのだ。耳などまだできていないのに、それを自慢しようとしたのがバカであった。

そしてストーリーの一番の核の部分に、とても穏やかではいられない決定的な過ちが存在する。語り手が――ほとんど私であってちょっと違うという男が――欠陥丸出しのやり方で死を扱っているのだ。ある創作が〝純《シリアス》〟文学であるかどうかは、最終的には死に対する姿勢によって決まるというのに。死を前にして、キャラクターがどうふるまうか、死が差し迫っていないときに死をどう扱うのか。みんなよく知っているはずのことなのに、若い作家に関して、死を扱う際のわきまえが問題にされることは滅多にない。見習い時代の若造にそんな重い話をしてもムダだというのか。（思うに、ファンタジーとSFが若い読者にあれほど受ける理由の一つは、時空を自由に動き回れる設定にしておけば、身の危険もかわせるし時の進行の不可避性からも逃れられる、ゆえに人が死すべき存在であるということが、ほとんど問題にならないからではないだろうか。）

「スモール・レイン」に登場するキャラクターの死に対する姿勢は、大人未満である。彼らは避けているのだ。朝は寝て過ごす。遠回しな言い方に走る。死という言葉を持ち出すときも、なにかジョークをこしらえずにはすまない。そして最悪なことにセックスにも引っかける。物語の終わり近くで何かしら男女の交わりのようなものが起こるのだが、テクストからそれを知ることはできない。語りの言葉が突如、読むにたえないほど気取った調子になってしまうのだ。たぶん、私個人の問題だけでもなかったのだろう。振り返ってみるに、当時の大学生世代のサブカルチャー全体が、性を語ることに神経症的というか、自己検閲に走る傾向があった。折しも『ハウル』『ロリータ』『北回帰線』*が話題になり、そのせいで取り締まりがきつくなっていた。当時のアメリカでは、ソフト・ポルノ作家でさえ、セックスの描写を避けるために滑稽なほどの象徴的手法に走っていた。今日からみると隔世の感があるが、当時はみな、そんな不自由を肌で感じながらものを書いていたのである。

だがそうした古めかしい、または子供っぽい態度が私の関心をひいたわけではない。この物語を読んで興味深かったのは階級に関することだ。平和な時代の軍役というものにも何かと役に立つところはあって、一つには社会構造一般を学ぶ上で格好の手引きとなる。一般社会では露骨に表面化しにくい区別が、軍隊では「将校」と「兵卒」間の、明瞭で直接的で子供の目でも見逃しようのない違いとなって現れるのだ。大学教育の知識をふりかざし、軍服《カーキ》と金ボタンと枢要な職務で身を固めた大の大人が、実は何も物を知らない阿呆であるということを、入隊者は驚きのなかに発見する。一方、阿呆な真似をやらかしそうに見える労働者階級出の「白帽」たちが、能力的にも、勇敢さ・人間味・賢さといった――高等教育を受けられる階級が自分たちの資質と考えたがる――美徳においても勝るケースが多いことに気づかされる。そのことも教育的だ。文学的な装いをまとってはいるものの、ブタケツ・レヴィーンをとらえているのは、どちらの側《サイド》につくかをめぐっての葛藤である。五〇年代のノンポリ学生だった私が、そういうことを意識していたわけではないが、今にして振り返ると、当時ものを書いていたわれわれはたいてい、帰属をめぐるジレンマを何らかの形で背負い込んでいた。私自身も何とか片をつけたいと踠《もが》いていたのだろう。

一番単純なレベルに、どんな言葉で書くかという問題がある。刺激は多方面から受けていた。ケルアックとビート作家から、ソール・ベローの『オーギー・マーチの冒険』*の言葉遣いから、ハーバート・ゴールド*やフィリップ・ロス*など新進作家の声から。それらにふれてぼくらは、全然違うタイプの英語を少なくとも二種類、混ぜてフィクションを書いても許されるのだと知った。そう、許される！　こんなふうに書いちゃっていいんだってよ！　こいつは知らなかったぜ！　なんともエキサイティングで解放的《リバレイティング》で、イエス！と肯定したくなることだった。either / or のどちらかに収めなくてよいというのは、可能性の拡張であった。ただ、その二種類の言語を積極的に合成していこうという方向性は模索していなかったように思う。おそらくそうすべきだったのに、残念なことである。というのもその後六〇年代になって、大学生と労働者との政治的団結がうまくいかずに、これが〝新左翼《ニューレフト》〟運動の成功に水を差す結果になってしまうからだ。両グループ間のコミュニケーションに、リアルで不可視の階級的な力のフィールドが存在したことがその一因だった。

あらゆる事が抑え込まれたあの時代は、争い事にも消音器《ミュート》がかぶせられた。文学において対立は、伝統的作品対ビートという構図をとった。地理的には遠かったが、新しい活動の舞台の一つとして聞こえてきていたのがシカゴ大学。なかでも「シカゴ派」の文学批評活動は、多くの人びとの注意と敬意を集めていた。と同時に「シカゴ・レヴュー」*誌内部で騒動があって、ビート志向の「ビッグ・テーブル」誌が誕生していた。「シカゴで起きたこと」というフレーズが、なにか得体の知れない体制転覆の脅威の響きを持ったのである。同じような論議がいろんなところで戦わされた。デンと居すわった伝統の力に抗して、われわれを〈外〉へおびき出すルアーとなったのが、ノーマン・メイラーのエッセイ「ホワイト・ニグロ」*であり、大量に出回っていたジャズ・レコードであり、そして私がいまも偉大なアメリカ小説の一つに数えるジャック・ケルアックの『オン・ザ・ロード』だったわけである。

やや別筋の影響として、少なくとも私の場合、ヘレン・ワデルの『放浪する学徒たち』があった。五〇年代初頭に復刊したこの本は、大挙して修道院を出た中世の若き詩人らがヨーロッパの道々を歩き、アカデミックな壁の外部に見いだされる多様な生の広がりを、歌によって祝福する物語である。当時の大学の状況に、中世の僧院との類似を見いだすのはたやすいことだった。大学生活が退屈だったというわけでは必ずしもない。だが、校舎を覆う蔦《アイヴィー》のフィルター越しに、オルターナティヴな低い暮らし《ロウ・ライフ》のデータが秘かに学園にも入りこんでいた。ざわついている他者の世界に対する感覚が自分たちにもいくぶんはついてきたのだ。なかには誘惑に克《か》てずに、何が起こっているのか実地見学に出かける者もいて、彼らが持ち運んでくる生《なま》の情報がますます他の者を外へと駆り立てた。六〇年代の学園で大量に起こったドロップアウトの「プレヴュー」といったところだろう。

ビート運動《ムーヴメント》との関連をいえば、私はまあ、かすった程度というところだろうか。みんなと同じようにジャズ・クラブに通い、ミニマム・オーダーのビール二杯をチビリチビリすすったし、角縁《ホーンリム》のサングラスを、夜もよく掛けていた。女の子が奇天烈な格好をしてやってくる屋根裏部屋のパーティにも行った。マリワナについてはあらゆる形態のユーモアを楽しみまくったが、当時、あの有用な物質について語る量は、実際の経験量と反比例の関係にあったかと思う。一九五六年にヴァージニア州ノーフォークでたまたま入った書店で「エヴァーグリーン・レヴュー」*の創刊号を見つけ、そこにビート的感性の先駆けのような雰囲気を味わって、すっかり啓発された。そのとき私は海軍にいたけれども、甲板に輪になって坐り、初期ロックンロールのナンバーを次々とパートに分かれて完璧に歌いこなす仲間を知っていた。彼らはボンゴやサックスが演奏できて、バードが、そしてのちにクリフォード・ブラウンが死んだときには心から悲しんでいた。大学に戻ると、アカデミック人間が「エヴァーグリーン・レヴュー」の最新号の、中身はさておき表紙を見てすごく警戒した表情をしているのを見た。ビート・ジェネレーションに対するある種の文学人の反応は、私の艦にいたある種の士官がエルヴィス・プレスリーに示した反応と同じように見えた。士官たちも、乗組員の中で火元と思われる人物、たとえばエルヴィスみたいな櫛づかいをする人物に歩み寄って神経質に尋問したものである――「あいつのメッセージは何なんだ。何を要求しているんだ」と。

ぼくらは歴史の推移点にいた。ビート以降、妙なことに、文化の進行は二手に分かれた。どちらの道を忠実に歩んでいくべきなのか。バップとロックンロールが、スイング・ミュージックと戦後ポップスに対立し、それと同様の対立関係が新しい創作と、ぼくらが大学の教室で手ほどきをうけていた正統なモダニストの伝統との間に成り立った。不幸にして、より直接的な行動の選択肢はなかった。ぼくらは傍観者だった。パレードが過ぎ去ったあとで「おふる」をかき集めるだけの存在、当時のメディアが与えるものを消費するだけの存在に、早くもなっていた。だからといって、ビート的な構えや小道具を身につけなかったわけではない。しだいにぼくらはポスト＝ビート*として、結局は冷静に穏当に、みんながアメリカ的価値と信じたがるものを肯定するようになっていくのである。十年後にヒッピー・カルチャーが起こったとき、ぼくらは短期間であれ、すっかりノスタルジー・モードになった。なにか自分たちの正しさが証明されたような気持ちで、ビートの予言者が復活するのを、アルトサックスのリフだったものがエレキギターで演奏されるのを、東洋の叡智がファッションになって戻ってくるのを見ていた。同じだった——違ったけれど。

ネガティヴな面をいえば、ビートもヒッピーも「若さ」を強調しすぎたのだと思う。若さのなかには「永遠の」という形容がつく変種もあった。私自身は無為に若さを失っていくばかりだったけれども、青二才的姿勢というものは執拗に繰り返している。セックスと死に対して甘かったというだけではない。思春期的な価値観を無邪気に振りまいて、その欠点さえなければ共感できたであろうキャラクターを潰してしまっている。「ロウ・ランド」のデニス・フランジのケースがまさにそれだ。これはストーリーというよりはキャラクターの素描というべきものである。物語のなかでデニス・フランジはたいして「成長」をしない。彼が静止している一方で、彼のファンタジーが気恥ずかしいほど活き活きとしてくるというのが、話のすべてである。フォーカスが鮮明になるのはいいとして、問題が解決に向かわないのでは、話が躍動しようがない。

今日、特に女性には広く知られた話であるが、アメリカ人男性は、スーツを着込み、すっかり中年のなりをして職場で働いていたとしても、驚くべきことに、中身は幼い少年であるということが多い。デニス・フランジはまさにこのタイプである。ただ、この話を書いたとき、私は彼をけっこうクールなやつと思っていた。彼は子供がほしいのだけれど——なぜほしいのかは書かれていない——成人女性と二人でリアルな生活を組み立てていくという代償を払ってまで、ほしいとは思っていない。で、その解決法がネリッサである。子供のサイズで子供のようにふるまうこの女性が、デニスの想像の産物なのかどうか、記憶をたどっても覚えていない。きっと私はその点を曖昧にしておきたかったのだろう。デニスの問題は私の問題で、私は自分の問題をキャラクターになすりつけたのだ——と指摘するのは容易で、しかも当を得ている。しかし事はもっと一般的な問題だったという可能性もなくはない。当時の私は、結婚生活も子育ても直接に関わったことはなく、その当時、時代の空気としてあった男たちの態度——出典を名指せば男性誌、とくに「プレイボーイ」のページにみなぎるそれ——を、そのまま書き込んでいたようにも思えるのだ。この雑誌が、もっぱら発行者個人の価値観の投影であったとは私は考えない。アメリカ男性一般が同様の価値観を持っていなかったら、「プレイボーイ」誌も成功せずに市場から消えていただろう。

妙な話だが、私はこれをデニスの物語にしようと意図していたわけではなかった。デニスはピッグ・ボーディーンの引き立て役になるはずだった。ピッグには実在のモデルがいて、その品行正しからざる水兵の話を最初は書こうとしたのだ。物語に出てくるハネムーンの話は、海軍にいたとき、艦で一緒だった掌砲兵曹から聞いた。ヴァージニアのポーツマスで海岸パトロールの任務をやっていたときのことだ。巡回区域は造船所周辺の、金網の囲いやら鉄道の分岐線やらがいっぱいの荒涼としたところで、夜の寒さは身にこたえたし、取り締まるべき不良水兵が外をうろついていることもなく、そこで先輩の兵曹に時間潰しの語り役が回ってきて、この海の物語《シー・ストーリー》がはじまった。彼のハネムーンに起こったことを、そのまま私は引き写してデニスの結婚式のエピソードにした。いや、物語自体に惹かれたというより、こういう振る舞いをきっと誰もがやってしまうにちがいないという、一段抽象的な観念の方に私は惹かれた。実際、ピッグ・ボーディーンという大酒飲みは、船内の逸話のそちこちに顔を出すのである。私が乗船したとき、彼はすでに陸の任務に移って、伝説の男になっていた。それが、私の除隊する前日になって、ついに彼の姿を拝むことができたのである。ノーフォーク海軍基地の兵舎の外で早朝の集合がかかったときのこと、目にした男がピッグ・ボーディーンであることは、瞬間的に——彼が点呼に応える前に——第六感《ESP》によってわかった。いやいや、過度に脚色しているつもりはない。ほんとうに不思議な体験だった。彼のことは、後に長篇小説のなかで一度ならず再登場させているほど気に入っているので、そのピッグとの出会いが、こんなふうに霊的な交わりとして起こったことが、思い出すと愉快でたまらない。

今日の読者は、この物語が含んでいる人種的・性差的偏見に、よくいっても興ざめな思いをするにちがいない。じっさい全篇にわたって高レベルの偏見に満ちている。原始ファシスト的な声も響いてくる。それを、これはピッグ・ボーディーンの声だからといって逃げられたらいいのだが、悲しいかな、これは当時の自分の声でもあるのだ。まあ当時としてはこれで十分オーソドックスだったのだというのが、今できる最良の弁明だろう。ケネディ大統領のロールモデルとなったジェイムズ・ボンドが、第三世界の人びとを蹴り倒しながら名声を博していくのは、このあとまもなくのことだ。『007』の世界は、われわれの多くが子供のころから親しんでいた少年冒険譚の延長だった。あの頃は数々の思い込みや線引きが、異議も起こらず疑問にも付されず、幅を利かせていた。時代変わって七〇年代になると、それは偏見として、テレビの人気者アーチー・バンカー*が引き受けることになる。その意味でいうと、六〇年代はみんながアーチーのような頑固オヤジであったのだ。これから先、人種の違いなどは、金や権力の問題に比べて、なんら本質的なものではないという時代が訪れるのかもしれない。人種という概念は単に（しばしば差別を誰よりも嘆く人を利するかたちで）、われわれを引き裂き、相対的に貧しく力無き存在に留め置くための役を果たしてきたにすぎないと。だが、そう述べた上でも、この物語の語り手は、いっさい何もわかっていない生意気野郎であることに変わりはなく、その点は読者にお詫びする次第である。

ただ「ロウ・ランド」がどれほど不愉快な物語だといっても、いま「エントロピー」と向かい合って感じる、心すさぶ思いとは比べようもない。古来、駆けだしの作家に対して、ものを書くときにこれだけはやるなと警告されつづけてきた過ちの、鮮やかな見本がここにあるではないか。最初にテーマやシンボルを設定し、その抽象的な統一因子に合わせて人物や出来事を動かすという、端的なる過ちにこの筆者は耽っている。「ロウ・ランド」の場合、いくら問題のあるキャラクターとはいえ、そのキャラクターから物語が始まっている。理論的な事柄を振りかざすのは——きっと高等教育を受けた証拠を見せたかったんだろう——その後のことだ。そうしないと、単に気色悪い人間が集まって、人生の問題を解決し損ねているだけの物語にしかならないし、それでは誰も読みたがらないだろうからというわけで、ストーリーを語ることについての御託や、幾何学のレッスンを貼り付けているわけだ。

「エントロピー」が二、三のアンソロジーに収録されたためか、*私はこの、エントロピーなる概念について熟知していると思われがちだ。いつもは慧眼をもって知られるドナルド・バーセルミ*でさえ、ある雑誌インタビューで、エントロピーが私の専売特許であるかのごとき物言いをしている。『オクスフォード英語大辞典』によれば、この言葉は一八六五年にルドルフ・クラウジウスが作った。彼は「エネルギー」という語を、「仕事量」を意味するギリシャ語として理解し、それをモデルに、「変換量」を意味する言葉として「エントロピー」という語を充てたのだった。この場合、熱から仕事への「変換」である。熱機関が一サイクルをめぐる間に生じる諸変化を分析するための方法*として、エントロピーなる言葉が生まれたわけだ。変化のコンテンツをいうのだったら、文字通り *Verwandlungsinhalt** とかいうドイツ語を使ってくれたら、後世にこれほどの影響を及ぼさずにすんだかもしれない。ところが、この限定的な意味での使用が七、八十年続いた後、エントロピーなる語は、一部のコミュニケーション理論家の目に留まり、宇宙論的なモラルの風味を加えられる。そのとき加えられた捻りが、今日の用法にも生きている。私の場合は、そのときたまたま、ノーバート・ウィーナーの『人間の人間的な利用』*（より専門的な『サイバネティックス』を、関心のある一般読者向けに書き直した本）を、『ヘンリー・アダムズの教育《エジュケーション》』*とほぼ同時期に読んでいたこともあって、この物語をめぐる「テーマ」のようなものは、二人の議論から捻り出した。当時の私は、大量破壊や世界の没落といったイメージを見つけると、すぐに飛びついて暗澹たる居心地よさに浸る、よくいるタイプの（と思いたい）若輩者だった。現代の政治スリラーのジャンルが、実際、壮大で誘惑的に仕立てられた死のヴィジョンから利益を得ているのは知られている。学部生時代の私のムードに、アダムズが現代文明に見た「制御不能な力」や、ウィーナーが解説した宇宙全体の熱死《ヒート・デス》、数理的な静止というテーマはすっぽりハマったのだ。しかしその遠大で大袈裟なテーマが災いして、物語のなかの人物が不当に扱われている。ここに登場するのは、人間として生きていない合成物質的存在である。ある結婚生活の破滅が取り上げられているけれども、こちらもフランジ夫妻の場合同様、単純すぎて現実味に欠ける。教訓——概念に走るな、突き放して、小洒落た扱いをすると、ページの上のきみのキャラクターは死んでしまう。悲しいけれどそれは――ほら、ディオンもよく歌っていたっけ――本当のことなんだ。*

ところが私はといえば、気温をめぐる筋立てにしてよかったのかな、エネルギーでないけれど大丈夫かな、などと心配している始末だった。後に調べ直してみて、まあ気温でもそう悪くはないと知った。だからといって、私の理解の浅さを過小評価しないでほしい。最終的な均衡状態を私は華氏37度に設定しているが、それはなぜかといえば、人間の常温が摂氏でいうと37度であるからなのだ、あああ。

さらに言うと、エントロピーについてはみんなが陰鬱な見解を共有しているわけでもないのである。ふたたび『オクスフォード英語大辞典』に頼ると、クラーク・マクスウェル*とP・G・テイトが一時的にだが、クラウジウスとは逆の意味で使っていた。すなわち「仕事に役立てられない」ではなく「役立てられる」エネルギーの意味で。また百年ほど前のアメリカでは、ウィラード・ギッブス*がエントロピー概念を理論的に研ぎ澄まし、熱力学という学問、特にその第二法則を世間に広めるのに役立つよう、図にして提示したのである。

今日読むとこの一篇は、その熱力学的な憂鬱感よりも、五〇年代という時代がある層の人間にとってどうであったかを反映していて興味深い。当時自分が書いたどの話よりもこれはビート・ストーリーというものに近いのではないだろうか――もっとも私自身は、ビートの精神を、セコハンで仕入れた科学概念で洗練させているつもりだった。これを書いたのは五八年か五九年のことであって——話のなかで五七年のことを「当時は」と書いているが、これは皮肉を言おうとしていたのだ。当時はどの年も、前の年と、まるで変わらぬ感じがした。五〇年代に成長した人間にとっては、同じ時代が永遠に続くと感じられたのである。ケネディがある注目を受けるまではそんな感じで——そのころケネディはまだ、変な髪型をした新米の下院議員という扱いだった——どこか目標に向かって動くという感覚は失われていた。アイゼンハワーがいるうちは、今のままが続いて当然、変化が生まれる理由が見当たらない、という雰囲気だった。

この物語を書いて以来、私はエントロピー概念を理解しようと努めてきたけれども、本を読めば読むほど、きちんと把握することがおぼつかなくなってくる。大辞典に出てくるそれぞれの定義はフォローできたし、アイザック・アシモフの説明*にもついていけた。数式の方も、ものによっては理解がいく。しかし量としてのエントロピーと、質としてのそれとが、私の頭のなかでどうしても一つの概念を形成してくれないのである。そのことは、ギッブス自身が予見していて、エントロピーというものはきちんと言葉に書き付けてみると「どこか強引で……曖昧で理解しにくい」と書いているのだが、だからといって慰めにはならない。今日私は、この概念を、しだいに時間との関連において捉えるようになった。ここでいう時間とは、人間たち全員の生きる場であるローカルな、死をもって終わる（とされる）一方向の流れのことである。世のプロセスのなかには、熱力学的なものに限らず医学的な性格をもったものも、しばしば逆転がきかない。そのことを人はみな早晩、内側から知ることになるわけだ。

私が「エントロピー」を書いたとき、その種の考察はゴッソリ頭から抜けていた。私の頭には、紙面に対してタイプでどれだけ虐待できるかという思いしかなかった。たとえば、言葉の過剰。この物語のどこがどれほど過剰《かきすぎ》の餌食になっているかという点に立ち入ってみなさんを辟易させることは避けたいが、ただ一つ、tendril（巻蔓）という語が繰り返し出てくるのには、さすがに落ち込んだ。tendril とは何であるか、いまも私は確かなところを知らない。おそらくT・S・エリオットから借用した言葉だろう。個人的に巻蔓が嫌だというわけではないが、この濫用はいけない。言葉だけに時間とエネルギーを費やすとどうなるかを示す好例であろう。私が言い出すまでもなく、かねてから繰り返し明瞭に指摘されてきたことだが、私の場合はその愚行の具体的なありかたが問題なのだ。信じられないことに、類語辞典を引きまくって、クールでヒップな感じがしたり、ある効果を持つ（つまり作者の見栄えをよくする）言葉を拾い集めたりしていた。その言葉の意味を確かめる労さえもとらずに。バカげて聞こえるだろう。まさしくバカである。今この瞬間に、もし同じ過ちを犯している人がいたとしたら、ぜひこのバカなケースを役立ててほしいものだ。

必要な知識の入手という問題に関しても、今のアドバイスはそのまま当てはまる。自分の知っていることを書けとは、誰も言われることだが、しかし、尻の青いうちは人は何でも知っているると思いたがるのであって、そこが作家にとって問題なのである。おのれの無知の範囲と構造が見えていない——そう言い換えた方が有用だろうか。無知というのは、頭の中にある地図の空白部分を言うのではない。無知には輪郭があり一貫性があり、おそらくは運用の規則もある。知っていることを書くということとワンセットにして、無知との正しいつきあい方についてもふれておきたい。それを間違えると、せっかくのいいストーリーも台無しになってしまうのだ。オペラのリブレットや、映画やテレビドラマは、細々とした事実に対する配慮は欠けていても許されるものだ。だからテレビの前にあまり長い間いると、作家も、同じ気楽さでフィクションを作ってかまわないような気になってしまいがちだ。だがそれは違う。自分の知らないこと、調べる気にならないことを自分でこしらえることが絶対的に悪いとは言わないし、私だって今もそれをやっている。だが、作品中には、データが正確であればそのぶん引き立つ繊細な箇所がいろいろとあり、そういうところでの扱いがいい加減だと、ストーリーの流れの外側に生じえたエクストラな魅力を取り逃がしてしまうのである。「エントロピー」における次の一例をご覧あれ。カリストのキャラクターに、なにか厭世的な中欧風の効果を持たせたいと思って私は、「グリップ・エスパニョール」という言葉を入れた。ストラヴィンスキーの『兵士の物語』のライナーノーツで見かけた言葉である。なにか、これが第一次大戦後の精神的倦怠感を表す言葉に思えたにちがいない。調べてみれば、なんのことはない、字句通り「スペイン風邪」の意味であった。私が借用したフレーズは、第一次大戦後世界を襲った疫病を指していたのだ。

教訓。自分の得たデータはチェックせよ。この当たり前のことが、けっこう無視されている。特に噂やレコード・アルバムから仕入れたお手軽な情報は警戒した方がいい。端末のキーをいくつか叩いただけで、想像を超える膨大な情報を誰もが手にすることができる時代が拓けてきている。小さな馬鹿げた間違いに、もはや申し訳は立たなくなった。誰にも見つからないだろうと期待して他人の情報を盗む行為も、これによって歯止めがかかる展開になってほしいものだ。

魅惑的なトピックだ、この文学的窃盗というのは。刑法と同じで度合が存在する。「引き写し」から単なる「依拠」まで罪に軽重がある。だが物事の進め方として、端的に正しくない。もちろん、「オリジナル」などというものはなく、作家はみな、なにかしらの「ソース」から「借用」しているのだという考えもあるが、そうだとしても出典の記載や謝辞をなくしていいことにはならない。「アンダー・ザ・ローズ」(一九五九)に至ってはじめて私は、間接的ながら、ガイドブックの祖であるカール・ベデカーから借用した事実を世に知らしめる行動がとれた。一八九九年版のベデカーのエジプト案内が、この物語の主要な「ソース」である。

この案内本を見つけたのはコーネル大学の生協だった。秋の学期始まりから冬いっぱい、私は何も書けない状態だった。バクスター・ハザウェイ*の創作ゼミをとったのだが、休学からもどったばかりというせいもあって、この未知数の教師に私は恐怖を感じていた。授業は進んでいたのに、何も提出できない。「ねえ」とみんなアドバイスをくれた、「ハザウェイ先生は親切だよ。心配するなよ」。からかわれているのかと思っていると、コースが半分ほどすんだところで、一通の漫画のカードの入った郵便が私のもとに届いた。扉には便座の絵、そのうえに落書きで、「練習はもう十分だ」と書いてある。中を開けると「さあ書け!」。*Baxter Hathaway* の署名つきだ。

表紙の赤も色褪せた本と一緒に、生協のレジに現金を置いたそのとき、私は意識下で、目前の一冊からの略奪をすでに計画していたのだろうか。そんな大それたことを？

金庫破りなどという大それたことが、ウィリー・サットン*にできたかどうか問うのと同じである。私はベデカーを収奪した。私が生きたこともない時間、場所、外交団員の名前に至るまで、ディテールをまるごと盗み取った。ケヴェンヒューラー＝メッチュなどという名前を、自前で考えつく人間がいるだろうか。いや、過去の（現在に至る）私のように、この盗みの技に魅了される人が出てきてはまずいので、これがストーリーを語るに際してどれほどマズいやり方であるか、力説しておこう。問題は「エントロピー」の場合と同じなのだ。熱力学での造語だろうと、ガイドブックのデータだろうと、宙に浮いた抽象を起点として、そこからプロットと人物を膨らませていこうとするのは、方向が逆――業界でいうところの「逆ケツ《アス・バックワーズ》」なのである。人間の現実にしっかりケツをつけて書かないかぎり、出来上がったものは書生の練習作品に類する代物でしかない――悩ましいことに、この作品もどうもその仲間であるようだ。

私にはまた、もう少し目立たぬ盗み――まあ「依拠」と呼んでおこう――を行うためのストックもあった。少年時代にスパイ小説、陰謀渦巻く小説、特にジョン・バカン*の作品を読み漁っていたのである。バカンといえば今日記憶されているのは『三十九階段』くらいだろうが、彼はこれと同等以上の作品を半ダースは書いている。それがみな私が育った町の図書館にあった。E・フィリップス・オッペンハイム、ヘレン・マッキネス、ジェフリー・ハウスホールド、その他諸々の作家の本も置いてあった。それらを読み漁った結果は、私の無批判な脳みそに、二つの大戦をさかのぼった向こう側の時代の、奇妙に影多きヴィジョンを宿すことになった。これらの物語では、政治的判断や公式の文書の類いよりも、隠密行動、スパイ合戦、正体を偽っての心理ゲームといったものが派手に舞台を彩っている。物語の底に、歴史とは個人的なものか統計的なものかという興味深い問いかけが流れているとすれば、ずっと後に影響を受けたエドマンド・ウィルソンの『フィンランド駅へ』*とマキアヴェッリの『君主論』からの影響である。当時の私はまた、ヴィクトリア朝の書物を読み漁っていた。第一次世界大戦が、世界破滅《アポカリプス》の最終衝突として描かれるのは、そのためである。思春期的想像力にとってその破滅は、なんとも甘美な魅力をたたえていたのだ。

いやいや、これは軽く流せる話ではない。人類共通の悪夢である〈核爆弾《ザ・ボム》〉に関わる話であるからだ。一九五九年に核は十分に悪夢的な状況を呈していたし、危険のレベルは年とともに上昇し、今日さらにひどいことになっている。こればっかりは、当時も今も、いささかも閾値下《サブリミナル》などということはありえない。一九四五年以降の時代にあって権力をエンジョイしてきた一連の犯罪的に狂った輩——およびその権力に対してなにがしかのことができた輩——をのぞき、残りの人間は、ほとんどが哀れな子羊として単純にして標準的な恐怖のただなかにズッポリと埋もれていたのだ。無力感と恐怖はしだいに強まる一方。対処法の選択肢も「考えるのをやめる」から「狂気に走る」まで幅の限られたものだった。その無力さ《インポテンス》の一項目に「それをフィクションにする」

というのもあって、ときには、この短篇のように、より華やかな時代と土地へスライドさせて物語るという方法もとられたのだ。

そういう力無き善意の存在ゆえか、「アンダー・ザ・ローズ」には、それ以前の書き物ほどは不快を感じない。キャラクターも少々ましになっている。ただそこに転がっているだけではなく、少々は体をピクリと動かしたり、目をパチクリしたりするようになった。もっとも作者の耳の悪さは如何《いかん》ともしがたく、会話は相変わらずひどい。今日のアメリカ人は、PBS放送*の執拗な努力のおかげで、誰もが英国人の話す英語のきわめて細やかなニュアンスに過度なくらい通じているが、あのころ頼れるものといえば、映画とラジオしかなかった。それもソースとして十分に頼れるものではなかったようで、この作品も、いたるところステレオタイプの似非《えせ》英国調の会話だらけである。加えて、現在このジャンルは、ジョン・ル・カレが（他の誰にもまして）、ゲームのレベルをつりあげてしまった。複雑なプロットや奥行きのある人物像を、この物語に期待しても肩すかしをくらうだけだ。ほとんどの場面が、おめでたいことに、チェイス・シーン。しかし、これが、いくつになっても私にはやめられないのである。ロードランナーがテレビ電波から永遠に消えないことを祈る、その幼さは我が身から消えることはないであろう。

シェイクスピアの注意深い傾倒者なら、「ポーペンタイン*」の名が『ハムレット』第一幕五場からのパクリであることに気づくだろう。この単語はヤマアラシを意味する「ポーキュパイン」の古い語形の一つである。モルドヴィオルプ（Moldweorp）という名前は古代チュートン語でモグラのこと。侵入者の意味ではなく、文字通りの動物を指す言葉である。愛すべきケバだった動物の名前をつけた二人が、ヨーロッパの命運をかけて対決するというのを、きっと私はクールだと考えたのだろう。モルドヴィオルプには、当時まだ新刊だったグレアム・グリーンの『ハバナの男』*に出てくるやる気のないスパイ、ワーモルドの残響もあって、この点は、やや良心がさわぐところだ。

「アンダー・ザ・ローズ」にはまた、当時被ったシュールリアリズムの影響が見られるが、まだ影響を被りたてだったせいで、それ以後の書き物ほどひどいことにはなっていない。選択科目の「現代絵画論」を聴講していた私は、シュールリアリストの作品に強く惹かれた。とはいえ、生の深みの夢の層*へアクセスするなどということはまるっきりダメだったものだから、この運動の核心のポイントには理解が至らず、代わりに、単純にも、ふつうは同じ枠に入れない要素*を一緒にすると驚くべき非論理的効果が生まれる、という点に魅了された。だがそのゴタマゼには慎重さと技量とが要求されるのであって、いい加減な組み合わせからシュールな効果が出るわけではない。そのことを当時の私は、学んでいなかった。子供時代に聞いたスパイク・ジョーンズ*の楽団のレコードに、私は消すに消せない深い影響を受けたが、スパイク・ジョーンズ・ジュニア氏がインタビューに答えてこんなことを言っている。「父が演奏する種類の音楽について、世間はあまり理解していないようですが、Cシャープ（嬰ハ音）の音程を大砲で置き換えるのなら、Cシャープの大砲音を使わないと、ひどい結果になるんです」。

だが私は性懲りもなく、ひどい結果を積み上げていくことになる。「シークレット・インテグレーション」を読めばそれは明らかで、多くのシーンが、古道具屋の店先のような、ランダムな寄せ集めになっている。ただ、私はこの物語が嫌いではなくむしろ好きなので、このとっちらかった印象については、物事が記憶の部屋に集積してくるときにはどうしてもそういう具合になるのだといってすませたい気もするのである。この物語は、実は「ロウ・ランド」と同じくホームタウンの物語で、自分が育った場所の風景と経験を直接織り交ぜて書こうと試みた、自分としては珍しい書き物である。当時私はロング・アイランドという場所を、歴史にも面白みにも欠けるただの巨大な砂地の突起みたいに誤解していた。自分の関心とは結びつかない場所、そこから出て行くことに意味のある場所みたいに考えていた。興味深いことに、二作のどちらでも私は、勝手に思い描いたその空白の場所に、より複雑な地理的特徴《トポグラフィー》を描き込んでいる。それで少しはエキゾチックな舞台ができあがると思っていたのか。

ロング・アイランドの地を複雑にするだけでは飽きたらずに、私はその地域一帯をまるごと括り取り、それをそのまま持ち上げてバークシャーという、今に至るまで一度も訪れたことのない地域に埋め込んだ。ここでまたベデカーのトリックを使った。必要なディテールを求めていた私がこのとき行き当たったのが、一九三〇年代にWPAの作家支援プロジェクト*によって刊行されたバークシャー地方の案内書である。それは州と地域ごとにまとめられた見事な全集の一巻で、今も図書館で見つかるかもしれない。読み物として楽しく、ためになる。バークシャーの巻も、その詳細で情感豊かな記述の、あまりのすばらしさに、さすがの私も盗むのをためらったほどである。

舞台のハメ込みなどという作戦に出た理由は、はっきり覚えていない。自分の過去の経験を見ず知らずの環境に移植するという手は、すでに「スモール・レイン」で使っていた。ひとつには、もろに自伝的なフィクションというものを毛嫌いしていたのだろう。人のパーソナルな生は、小説づくりとは何ら関係しないのだという、誰が聞いても間違っている考えに、どこかで私はハマり込んでいたようだ。事実はその真逆である。私のまわりにも、反証はふんだんにあった。なのにアホな私は、無視を決め込んでいた。本で読むものも、話に聞くものも、自分を感動させる物語はみな、人生の深みからコストをかけて釣り上げられてきたものばかりだったのに。われわれみんなを包み込む生の、深く共有されたレベルにあってはじめて、物語に独特の輝きが、疑うべくもない真正さが加わる。そんなこともわからないほど自分がバカだったとは思いたくない。きっと地代が高すぎたのではないか。それでこのアホな小僧は、ちょろちょろとフットワークに頼ってばかりいたのだろう。

しかしもう一つの要因があるかもしれない。閉所恐怖症というやつだ。今いる場所を逃れて、なんとか外への一歩を踏み出さずにはいられなかった。そうした必要を感じていた書き手は、当時、私だけではなかった。その感覚は、ビート作家たちの演じるアメリカン・ピカレスク・ライフを魅力的に見せた、学園の閉鎖感覚に通じるものだったかもしれない。分野と時代を問わず、見習いの奉公人は一人前の職人として独り歩きの旅に出たがるものである。「シークレット・インテグレーション」を書いたときの私は、小説家として独り歩きを始めた時期だった。長篇小説も出版したし、作家商売の心得もわずかばかり会得した気になっていた。そのときが初めてだと思うが、私は口を閉じてまわりで響くアメリカン・ヴォイスに耳を傾けようとした。題材を求めて活字を追うことから目を上げて、アメリカの非言語的現実に目を向けることすら始めた。やっとのことでロードに出て、ケルアックが書きつづった場所へも行ってみた。それらの町、グレイハウンド・バスから聞こえる声、薄汚れたホテル、それらの経験がみなこの物語に入ってきていて、その収まり具合に私はけっこう満足している。

もちろん、非の打ちどころは、ありすぎるほどある。これらの子供たちは、頭の回転がところによってだいぶ遅くて、八〇年代のキッズとはズレが激しい。シュールリアリズムに頼ったところもだいたいが独りよがりで、ごっそりと切り落としても心安らかでいられる程度の出来だ。それでも、なかには、これ、本当に自分が書いたのかと疑いたくなるような箇所もあって、そういうところはきっと、過去二十年間のどこかで妖精たちが舞い降りて修繕していってくれたのだろう。だが上下動の激しい私の学習曲線から明らかなとおり、この良性のプロフェショナルな方向性が続くことを期待するのは無理だったようだ。次に私が書いたストーリーが「競売ナンバー49の叫び」。これは一冊の小説として市場に送り出されたが、それまでに学んだはずのことをゴッソリ忘れて書かれた代物である。

この最後のストーリーに対する私の思いをたどっていけば、たいていが、この時期の私へのありきたりなノスタルジアに行き着いてしまう。幾多の悪癖と愚かなセオリーとを抱え、それでもときには、創造的な沈黙のなかで、物事の描き方に一瞬の光明を見たりしていた、そんな新米の作家の姿が浮かんでくるのだ。ともあれ、若さの魅力は変化にこそある。その時々に作られたキャラクターのスチール写真ではなく、時をうごめく動画のほうに目を向けよう。動き流れる魂のほうに。私の過去に貼り付けたこの序文も、まあ、フランク・ザッパいうところの「爺さんたちが腰を下ろしてロックンロールを演《や》っている」一例なのかもしれない。でも、みんな知っているように、「ロックンロール・ウィル・ネヴァー・ダイ」。それに、ヘンリー・アダムズもいつも言っていたではないか。エジュケーションも永遠に続くのだと。

スモール・レイン

兵舎の外はルイジアナの焦げ付く太陽にゆっくりと炙られていた。湿気を含んだ空気はだらりとして動かない。まわりの砂地を太陽が黄色く照りつける。ここ中隊の無線棟には眠たげな当番兵が一人、壁にもたれて煙草を吸っているほか、寝棚にゴロリ転がったまま微動もせずペーパーバックを読んでいる兵士がひとりいるだけ。当番兵は欠伸をして、熱砂の上につばを吐いた。寝棚の兵士の名前はレヴィーン、ページをめくって、頭の下の枕をずらす。どこかの窓に大きな蚊が当たっている羽音が聞こえる。別のどこかからは、ラジオの音。リーズヴィルのロックンロール局だ。外はジープや二トン半トラックが忙しく、重々しく行き来している。一九五七年七月なかばのルイジアナ州フォート・ローチ。*三等通信兵ネイサン・レヴィーン（渾名が「ブタケツ」*）は、この地に――この同じ大隊の、同じ中隊の、同じ寝棚に――配属されて十三カ月、もうじき十四カ月になろうとしていた。ローチと呼ばれるこの基地は、その性格からして、もっと多くの自殺者、発狂者が出ていても不思議はないほどの場所で、じっさい軍当局が事実上差し止めている統計によれば、そんなこともよく起こっていたようだけれども、このレヴィーンという男も普通ではなかった。好きこのんで第八班を志願した連中を別にして、この場所を気に入ってる人間は珍しいが、その珍しい一人が彼だった。着任して以来彼は、しずかに、人知れず、土着化を果たした。すなわち喋る言葉もブロンクス育ちの角々しさが抜け落ちて、とろりと柔らかな南部訛りになっていたし、「ホワイト・ライトニング」というご当地の濁醪《どぶろく》も、ストレートだろうが、中隊のコーク自販機から転げ落ちてきた飲料で割ろうが、それなりに心地よく、スコッチのオン・ザ・ロックとどこも違わんといった感じでたしなんでいる。隣町のバーに入ってカントリーのライブ演奏に聴き入るようすは、かつて〈バードランド〉*でレスター・ヤングやジェリー・マリガン*を傾聴《ディグ》していたときと変わらない。身長が六フィートを優に超え、手足の動きも不器用そうなレヴィーンだったが、かつてはニューヨーク市立大*の一部の女子に「田園の牛引きボーイ」と呼ばれたほど骨の張った、肉の締まった体軀は、軍の任務をサボりまくって三年経った現在《いま》ではすっかりたるみ、たいそう立派なビール腹は自慢の種だが、渾名になった尻の肉付きは、なんともトホホという他はない。

当番兵が砂地に煙草の吸いさしを飛ばして言った。「おい、おいでなすったぜ」

「将軍《ジェネラル》かい？　いま睡眠中だと伝えてくれ」とレヴィーンは言って、煙草に火をつけ、欠伸をする。

「そうじゃねえよ、ツィンクルトーズだ」当番兵は壁にもたれ目を閉じた。ポーチにペタペタと小さな足の音が鳴り、ヴァージニア訛りの声が響いた。「おい、カプーチの下司野郎」当番兵は目を開いて「うるせえ、この」と言い返した。ツィンクルトーズ・ダガンは中隊の事務官である。入って来るなり、意地汚さそうに口をとがらせ、レヴィーンに近づくと「あのエロ本、おまえのあと、だれのところに行ったんだ？」レヴィーンは灰皿代わりに使っていたヘルメットの内帽に灰を落として、「ゴミ箱だろ」と言った。すると相手の口のトンガリが、細い直線になった。「中尉が呼んでるぜ。そのブタケツ上げて事務室へ行け」レヴィーンはページをめくって読み続ける。「おい！」と事務官。レヴィーンはかすかに微笑んだ。ダガンは、ヴァージニア大学*を二年了《お》えたところで退学し徴兵されてきたのだった。いかにも大学中退の事務官らしくサディスティックなところがあったが、ほかにもなにかと賑やかな性格で、たとえば「自明な真実」というものを信じていた。それによると、NAACP*が白人と黒人の雑婚を百パーセント推し進めようとする共産主義者の陰謀であることは自明であり、またヴァージニア紳士というのは超人《ユーバーメンシュ》がついに顕現したものであって、その高貴な目的がいまだ成就されていないのはニューヨークのユダヤ人の悪意ある陰謀のせいだということも自明である。主にこの二番目の信念ゆえに、レヴィーンとの仲は険悪であった。

「中尉が呼んでると？　すげえや、おれの休暇の許可書がもうできたって？」腕時計に目をやって、「まだ十一時過ぎなんてよくやったぞ、ダガン、予定より五時間半も早えや」と感心したように首を振る。ダガンはニタリとした。「休暇って言ったか？　そんなもんはしばらくお預けだな」

レヴィーンは本を閉じ、ヘルメットの内帽で煙草をもみ消し、天井を見あげて「なんてこった《ジーザス・クライスト》」と静かに言った。「今度はおれ、何をしでかしたんだ。また営倉入りだなんて言わないでくれよ、もうこりごりだ」

「このあいだ軍の処分くらってから、まだおまえ、二週間だしな」そう言って他人の恐怖心を煽る。やり口は見え透いている。こういう苛《いじ》めはいい加減やめたかと思ったが、しつこいもんだ。「ほれ、はよう寝棚から出ろ《アウト》」――ダガンの訛りでは「アウト」が「ウウト」のように聞こえ、これがまた苛立たしくてレヴィーンは再び本を手にとって読み出した。そして「了解」と敬礼の真似をし、「帰んな、白人さん《ホワイト・マン》」と言った。ダガンはカッと睨みつけて出て行った。立ち去りぎわに当番兵のM1ライフルに蹴つまずいたらしく、ドサリという物音と、「なんちゅうドジだい、びっくりするぜ」というカプーチの声が聞こえた。レヴィーンは読んでいたペーパーバックを閉じて真ん中から二つに折るとゴロリ横向きになり、尻のポケットに入れた。そして一匹のゴキブリが床にできた迷路もどきの道を進むのを一分ほど眺め、欠伸をし、寝棚からその図体を降ろし、ヘルメット用の内帽にたまった吸い殻と灰を床にぶちまけて、その内帽を頭にのせ、目深にかぶった。当番兵の前を通りぎわ、その頭をギュッと絞る。「どうしたって？」カプーチは言った。戸外の空気は眩しく重そうでレヴィーンは思わず目をほそめた。「また、国防総省《ペンタゴン》がお呼び立てだと。ああだこうだと、うるさいやつらだ」

砂上をジャリジャリと摺り足《シャッフル》で進む。照りつける太陽でヘルメットが、内帽のなかまで熱い。事務室のある棟に彼は向かった。この建物のまわりには芝生がめぐらしてある。中隊で唯一の緑だ。前方左手の食堂に、はやくも行列ができている。砂利道に出て事務棟へ向かう。ダガンのやつはきっと外に出ているか窓辺で待ち構えているだろうと思っていたが、そうではなく、事務室の奥の自分のデスクで何やらせっせとタイプしていた。レヴィーンは曹長のデスクの前の手摺りにもたれた。「おっす、曹長」。曹長が顔を上げた。「おまえ、どこ行ってた。エロ本読んでたろ？」「図星です」とレヴィーン。「曹長になるための勉強っすよ」。曹長は顔をしかめた。「中尉がおまえをお呼びだ」

「そう聞いたんで」とレヴィーン。「どこですか、中尉は」

「娯楽室にみんなを集めてる」

「なにかあるんですか、曹長、特別なことでも」

「行けばわかる」曹長の声は苛立っていた。「いつまでもわかんねえやつだな。オレが伝えてもらえるわけねえだろ」

レヴィーンは事務室を出た。建物をまわって娯楽室へ。網戸を通して中尉の声が漏れてくる。戸を押し開けて中を見ると、中尉は上等兵十名ほどにブラヴォー中隊の特技下士官を加えた面々と、立ったり坐ったりの姿勢でテーブルを囲み地図を見ていた。地図にはコーヒーマグの輪の跡がついている。「ディグランディとシーゲル――」中尉が呼び上げている。「リッツォとバクスター」。中尉の目がレヴィーンの目と合った。「レヴィーン、お前はピクニックと組め」中尉はぞんざいに地図をたたむと尻のポケットにしまった。「わかったな」。みな頷く。「よし、以上である。一時までに配車場からトラックを出して出発しているように。レイク・チャールズ*で会おう」帽子を被り出て行った中尉のあとからバタンと網戸が閉まった。「コーク・タイム！」リッツォが言った。「誰かクサ《マリワナ》持ってないかよ」レヴィーンはテーブルに尻をのせた――「なにが始まんの？」

「ひでえったらねえよ《オー・クライスト》」バクスターはペンシルヴェニアの農家出身の小柄なブロンドだ。「飛んで火に入るなんとやらだ、レヴィーン。ケイジャン*のやつらだよ。あいつら、うるさい標識ばっか立てやがって――犬と兵士は立入禁止とかよお、それでいて、何か起こるたんびに、泣きつく相手が」

「第一三一通信大隊、ってわけだ」リッツォが応えた。

「一時にどこへ出発だい」レヴィーンが尋ねた。椅子から立ったピクニックが自販機に向かいながら、「レイク・チャールズのほうだってよ。大嵐で、電線も切れてるらしいぜ」。彼はマシンに五セント玉を入れたが何も起こらない。いつものことだ。「ブラヴォー中隊が救援に向かうんだと」――続けて、なだめるような、愛撫するかのような声で「カモン、ベビ」とささやいて、マシンを一発蹴り上げたが相変わらずだ。「傾けるの《ティルト》は違反だからな、気ぃつけろよ」バクスターが声をかけた。ピクニックは狙いを定め、自販機に連打を浴びせる。カチッと何かが外れて炭酸水とコークの原液とが二筋、あふれ落ちてきた。それが止まる直前に空のカップが落ちて、その外側に原液がかかった。「オー・ガッド、しゃれた真似しやがって」と吐き捨てたピクニックに「頭がイカレたのさ」とリッツォが言った、「この暑さじゃ機械もおかしくなるわな」。しばらく駄弁《ダベ》った。わけもなく地元のケイジャンの連中をこきおろし、軍隊を罵る。煙草を吸い、コークを飲む。やがておもむろにレヴィーンが立ち上がって両手をポケットに突っ込み、腹を出っ張らせて言った。「そいじゃあ、おれも荷物をまとめるか」

「ちょっと待った、おれも行く」とピクニックが応じ、ふたりは網戸を押し開け、無線班のバラックの前まで砂地をザクザクとわたっていった。そよともしない空気。黄色い日射し。汗が滴り落ちる。「ケツ突つかれてばっかだ、なあベニー」とレヴィーンが言うと「ほんとによ《オー・ジーザス》」とピクニックがこたえる。ふたりしてストケード・シャッフル*の摺り足で進んだ。カプーチが、何の用だったと尋ねた。ふたりは同時に中指を立てた。まるで息の合った漫才コンビだ。

レヴィーンは自分の洗濯物袋の中へ軍の作業服とTシャツとソックスを放り込み、最後に髭剃り用具を入れて、それから思いついたように、よれたブルーの野球帽をわきに押し込んだ。そしてその場にしかめっ面して立ち尽くし、おもむろに「おい、ピクニック」と呼びかけた。

「よお」ピクニックが兵舎の向こう端から応えた。

「おれなあ、この出動にはつきあえないんだった。四時半から休暇になってる」

「だったら、なんでパッキングしてんの」

「ピアスと会って話をつけてこようかな」

「ピアス中尉なら、きっともう飯食ってる」

「おれたちも食わなくちゃ。カモン」

　ふたりはたらたら日射しの下へ。砂地を進み、食堂をぐるり回って裏手のドアから入ると、ピアス中尉は順番待ちの列の近くのテーブルに坐っていた。もう食べ終わっている。レヴィーンは近寄っていった。

「中尉、じつはっすね」

　中尉が顔を上げた。「トラックがどうかしたか？」レヴィーンはへそを掻いて、かぶったヘルメットの中帽をちょっと傾けた。「そうじゃなくてですね、じつは自分は四時半から休暇に入るんです」。ピアスの手にしたフォークが落ちた。トレイに当たって甲高い音を立てる。「ダメだ、レヴィーン、四時半までは勤務だ」。レヴィーンは口元をだらりと緩め、まぬけな笑顔を作った。これが中尉を苛立たせることはよく知っている。「ひでえや《ヘル》。いつから自分は隊にとってそれほど不可欠な人物になったんすか」。ピアスは苛立ちの溜息をついた。「いいか、中隊の状況を考えろ、おまえだってよくわかっているだろう。スペシャリストを派遣せよという命令が来てるのだ。エース級の技量が必要なのだ。が、そんな者はいない。おまえらウスノロだけの持ち駒で、やってかなくてはならんのだ」。ピアスは予備役将校訓練課程を出ている。ＭＩＴ卒。中尉になったばかりで自分の権力を感じまいと懸命になっていて、話すときはシャキッと正確なビーコン・ヒル*の舌づかいで話す。「中尉だって若かったときがあるでしょう。じつはね、おれ、ノーリーンズでオンナが待ってるんです。若さに乾杯してくださいよ。特任って、おれより腕のいいのが、わんさかいるじゃないすか」。中尉は陰鬱な微笑を返した。こうした話になるたびにふたりの間には、互いの価値をめぐって暗黙の了解が成立する。見たかぎり、互いに用はないふたりだったが、自分で認めないまでも、きわめて漠然とした親近感、というか兄弟のような気持ちを、どこか感じ合っていた。赴任したてのころ、ピアスはレヴィーンの経歴を知って、親身に話しかけようとしたものだ。「大卒のおまえが、この大隊全体で最高のＩＱがあるにもかかわらず、何をしてるのだ、米軍で最低のこんな部隊にやってきて、自分のケツがデブッていくのを眺めている。なぜ士官をめざさない？　その気になれば、陸軍士官学校《ウエスト・ポイント》にも合格できるかもしれないのに、なぜまた兵卒などに応募してきたのだ」。そう言われるとレヴィーンは、申し訳なさそうでもなければ、相手をバカにしてもいない口調で、「まあずっと兵卒でいて、その道のプロになれたらいいかなと」。こう返されて中尉は、最初のころは怒りを爆発させ、筋の通らぬことをわめいたりもしたが、しだいに無言で立ち去るようになり、最後は完全にあきらめてレヴィーンに話しかけることもなくなった。きょうの返答はこうだった。「ここは軍隊だ。休暇は権利ではない。恩典なのだ」「はあ」レヴィーンは、手を尻のポケットにつっこんで、「じゃあ、ええです」。

　手をポケットにしまったまま向き直り、スローな足取りでトレイ棚へ進む。トレイとフォーク類をとり、列のうしろに並ぶ。またシチューだ。木曜は毎度毎度シチューかい。彼はピクニックが食べている席までトレイを運んだ。「何て言われたと思う」

「言うまでもない」ピクニックが言った。ふたりは食べ終え、食堂を出て、砂地とコンクリートの上を摺り足《シャッフル》しながら一マイルほども歩いた。照りつける太陽がヘルメットの中帽と髪の毛を通過して頭皮をじりじり焦がす。配車場に着いたのが一時十五分前。もうみんな来ていて、後部に無線装備を配した¾トン・トラック六台が出動の準備中。レヴィーンとピクニックもトラックに乗り込み、ピクニックが運転し、中隊基地まで仲間の後を追う。兵舎に戻るとバッグを持ち出し、トラックの後ろへ投げ入れた。

　沼地を通り、農地を抜け、車列は南西部へ向かった。デリダー*という町に近づいたところで、南方に雲が湧いているのが見えた。「雨か?」とピクニック。「ひでえよなあ《ジーザス・クライスト》」サングラスをして、またあの『沼の女』というペーパーバックを読んでいたレヴィーンが応じる。「考えれば考えるほど、あの中尉の面《つら》に一発食らわしてやりたくなるわ」

「しゃくに障るのは分かるぜ」ピクニックが同意する。

　レヴィーンは本を腹の上に伏せて――「ニューヨークの大学にいた方がマシだとさえ思えてくる」

「えっ、マシってどういうことだよ」ピクニックが言った。「おれなんか学校《アカデミー》に戻れるんだったら、いつだって戻っていくぜ。こんなクソみてえなことやってるより」

「そりゃ間違いだ」、レヴィーンが眉をしかめた。「戻っちゃいかん。おれは思い出すかぎり一度しか戻ってない。それも女のところへ戻ったんだ。それでもヒドイ目にあったんだぞ」

「ああ」とピクニック、「その話なら聞いたよ。おまえは大学に戻るべきだったとおれは思うね。おれだって戻りたい。兵舎でもいいから戻りたいや。戻って寝ていたい」

「寝るんだったらどこでも同じだ」レヴィーンが言った。「おれはどこでも寝られる」

デリダーで南に折れた。前方に積み上がった雲は脅威の灰色である。まわりに広がる沼地もくろぐろとして、苔だらけで、臭気も漂っている。そこを抜けると貧しげな農作地が続く。「これ、おれのあとで読むか?」レヴィーンが言った。「なかなかいいぜ。ドロドロの沼地の話でさ、そこに女が住んでるんだ」

「ほんとかよ」ピクニックは険しい顔で前を走るトラックを見ている。「ここら辺で女みつけてさ、沼の奥とかに小屋でも建てて暮らせたらいいだろうなあ。アーミーも探しにこねえようなところにさ」

「そうだな」レヴィーンが言った。

「おまえなら、思い切ってやっちゃうんだろうな」

「やってもすぐに飽きるだけだ」レヴィーンが言った。

「おまえ、いつまでふらふらしてるんだよ。だれかおとなしい、いい子を見つけて北部で暮らしたらいいのに」

「おれの恋人はアーミーだ」レヴィーンが言った。

「三十男って、みんなおかしいぜ。ピアス中尉もだ。再入隊だのなんだのって、マジであんなこと言ってるのかよ」

「どうだろ。おれにその気がないんだから、中尉がどう考えたってしょうがない。でもな、おれの言ってることが結局正しいってことになるかもしれん。ま、長い目で見てくれや」

こんな具合で、あと二時間走った。ローチへの中継のために、途中一台ずつトラックが離脱。レイク・チャールズの際まで来たのは二台だけだった。前を走っていたトラックからリッツォとバクスターが手を振って降りるように合図している。空がずいぶんと暗い。吹き始めてきた風が湿った作業服を冷たく揺らした。「どこか店を見つけて入ろう」リッツォが言った。「中尉の車が追いついてくるまでそこで待ってよう」。リッツォは二等軍曹で、この中隊のインテリである。寝棚に転がって読む本が『存在と無』*や『近代詩における形式と価値』*のたぐいであって、仲間が押しつけようとするウェスタンや官能小説、探偵ものなどはまるで相手にしない。彼とピクニックとレヴィーンの三人は夜になるとよく、売店《PX》やコーヒー・ショップで長い雑談セッションをやったが、そういうとき一人雄弁にしゃべるのがリッツォだった。町に入ると、高等学校の近くにひっそりとした軽食堂《バー》があった。カウンターに生徒が二人いるだけで店内はひっそりとしていた。四人は奥の席をとった。リッツォがトイレへ、バクスターが入口へ向かう。「すぐ戻る。新聞買ってくらあ」。ビールを飲みながらレヴィーンは物思いにふけった。マーロン・ブランドのように口をすぼめたまま脇の下を掻く癖が彼にはあった。たまに気が向くと、小声で類人猿の真似もした。「ピクニック、起きろ」ようやくレヴィーンが言った。「将軍様のおでましだ」

「将軍がなんだってんだ、くそ」とピクニック。

「おまえ、いらついてるな」戻ってきたリッツォが言った。「おれとブタケツを見習えよ。のんきにいこうぜ」

新聞を手にしたバクスターが、興奮して駆け込んできた。「よお、おれたち、見出しになってるぜ」。それはレイク・チャールズのローカル紙だった。テーブルの上でページを開くと、トップの特大の見出しにハリケーンの不明者250とある。「ハリケーン?」ピクニックが言った。

「そんなこと、おれたち聞いてねえよな」

「海軍が飛行機を飛ばせずにいて」リッツォが続ける。「おれたちにハリケーンの目を探してこいっていうんだろ、きっと」

「現場はどんなことになってるのかな」とバクスターが考えに浸りながら、「通信が全然ないってことは、相当ひどいはずだぜ」

実はそのハリケーンがクリオールという名の小さな村をこの世から抹消していたのである。レイク・チャールズから二十マイル下ったメキシコ湾岸沿いの「島」というか、一面の大湿地帯〈バイユー・カントリー〉*の陸地にあった村だ。悲劇にいたった理由は明白、気象局の失態である。住民たちは水曜の午後に避難を始めたのだが、そこに当局の警告が入った。ハリケーンの襲来は木曜の晩まではない、時間はたっぷりあるから一斉に飛び出して道路を塞ぐな、と。まだ時間はたっぷりある、と。実際にハリケーンが来たのは、その晩午前零時から三時の間だった。クリオールの村が狙い撃ちにされた。州兵が招集され、赤十字と陸海軍の到着が予定されている。記事には続けて、ビロクシー*の空軍基地から飛行機を飛ばすことも検討されたが気象条件が悪すぎる、大石油資本の一つが自社のタグボート二隻を出して救助活動に協力している、クリオールは被災地域の指定を受ける見通しであると書いてあった。ビールを追加注文してハリケーンの話題にのめり込む。これから何日か酷いほど働かされるぞ、ちげえねえ、とみんな同意し、USアーミーの本性について、不満と罵倒の言葉が続出した。「再入隊せよ！」と、リッツォが言った。「キミたちにはまだ時間がある、選ばれる資格もある。オレだって、あと三八二日もあるんだ。チクショー《クライスト》め、そんなにやってられるかってんだ」。レヴィーンは微笑んで「ほらほら、苛つくな」と言った。外に出ると雨。気温も下がっていた。トラックに戻り、町を抜け、泥はねを飛ばしながら申し渡された集合地点にやってきたが、中尉が到着しているようすはない。エンジンを止める。座席に坐ったままのレヴィーンとピクニックに、ルーフを跳ねる雨音が聞こえた。レヴィーンは尻のポケットから『沼の女』を出し、続きを読み始めた。

　やがてリッツォがやってきて窓を叩いた。「将軍が来るぞ」。彼の指差す先に、降り落ちる雨を通して、ジープが近づいてくるのが見える。カーキの軍服を着た泥だらけの男が運転するそのジープが、リッツォのトラックのわきにつけた。降りてきたドライバーはいかにも動揺したようすで、その場に立っていたリッツォの前へ駆けよった。無精髭。赤い目。カーキの軍服はボロボロに汚れ、喋る声もかすかに震えている。「きみらは州兵か？」やたら大声だ。「へっ」リッツォの声も吠えるよう、「そんなふうに見えるかい。ちがうよ」

「そうか」と言って背を向けたとき、その両肩に銀色の線が二本*ついているのを見てレヴィーンは軽いショックを覚えた。相手は首を振って、「向こうはちょっと悲惨だぞ」と呟きながらジープへ向かった。

「失礼しました」とレヴィーンは背中に向けて言い放った。それから声をおとして、「おいリッツォ、あれ見たか？」

リッツォは笑い、不敬な気持をぶつけた——「戦争なんて地獄《ヘル》だ」

ピアス中尉が現れたのはそれからまた三十分以上も待ってからのことだった。州兵を探しに来た大尉のことと、新聞のハリケーンの記事のことを報告すると、「そうか、すぐ出発だ」の号令。

「通信隊が着かないんで、向こうじゃきっと騒いでいるぞ」

市のはずれにあるマクニーズ州立大学*を陸軍が接収して活動の拠点としていた。二台のトラックはキャンパス内の静かな通りを抜け、広々と芝生が続く中庭に入った。すでに夜だった。「ヘイ」ピクニックがバクスターに向かって怒鳴った。「競争だ、どっちが先に立てられるか」四十フィートのアンテナを組み上げる。バクスターとリッツォの組が勝った。「負けかよ」レヴィーンが言った。「ビールはおれたちのおごりか。その前にこのガラクタを立てなくちゃな」ピクニックはTCC‐3*を操作し、レヴィーンはAN／GRC‐10*のセットアップを行う。電波がキャッチできたのは午前零時ごろ。

バクスターがトラックの後部に頭を突っ込んで、「ビールはいつだ？」

「バーはどこだよ、知ってたら教えてくれ」とレヴィーン。「大学ってところはおまえの持ち場だろ。おまえとリッツォのよ」バクスターが返す。「学生向けのバーなんて、目隠ししてても行けるんじゃないのか」

「まったくだ、ネイサン」TCC‐3から見上げながら、ピクニックが穏やかに言った。「母校に戻ってきたみたいな気分だろう、ちがうか？」

「そうさ」レヴィーンが言った、「その通り、ホームカミングで帰ってきて、後輩のやつらの顔を殴りつけたい気分だ」

「ビールおごれって」バクスターが言った。

数ブロック行ったところに小さな学生向けのバーを見つけた。マクニーズ大学はちょうど夏期講習中で、中ではカップルが何組か、リズム&ブルースのレコードに合わせて踊っていた。棚に客の名前入りのビア・マグがかけてある、そういうタイプのバーだ。「まあいいか」バクスターが陽気に、「ビールはビールだい」

「大学の酒飲み歌、歌おうぜ」とリッツォが言い出した。その顔をレヴィーンが見つめて、「おまえ本気か？」

「おれさ」バクスターが始めた、「大学なんてくだらないと思うよ。何を教わったって実地の経験にゃかなわないって」

「言葉を慎め」リッツォが受けた。「きみはいま、陸軍の第一級のインテリ三人を前にしてるんだぞ」

「おれまで数に入れるな」レヴィーンが呟いた。「おれは、現場組だ」

「ほれみろ、な？」バクスターが言った。「ネイサンは大卒なのにまだ、高校中退のおれと同じランクじゃないか」

「レヴィーンの問題は、だ」リッツォが続けて、「少なくとも陸軍一の怠け者だという点にある。仕事をきらい、したがって根を下ろしたがらない。石ころだらけの場所ばかり選んで落ちる種みたいなもんだ。土を嫌がっている」

「だから太陽が出てくると」レヴィーンはニヤリとして、「体が焼け焦げちまう。*それでいつも兵舎のなかにこもっている理由がわかったろ」

「リッツォの言うとおりだぜ」バクスターが言った。「石っころって言やあ、フォート・ローチほどジャリジャリしてるところもねえや」

「お日さまがこんなに熱いもんだって、よそに住んでちゃわかんねえだろうよ」ピクニックが続けた。そうやって午前三時まで飲んで喋った。トラックに戻るとピクニックが言った。「リッツォのやつ、しかしよく喋るぜ」レヴィーンは腹の上で手を組んで欠伸をし、「喋るやつも必要さ」と言った。

明け方、頭が割れるほどの轟音が中庭の真ん中から響いて、レヴィーンは目を覚ました。「ウゲエエッ」と両手で頭を抱え、「ありゃ一体なんなんだ」。雨は上がっていた。ピクニックが外に出て「あれ見ろよ」。レヴィーンが頭を突き出して見ると百ヤード先のところから、巨大な昆虫のようなヘリコプターが一機ずつ離陸していく。クリオールの村の残骸を見にいくのだろう。「知らなかったぜ」ピクニックが言った。「昨夜《ゆうべ》からいたのかよ」レヴィーンは目を閉じて後ろにもたれた。「夜が真っ暗だからな、ここは」そう言って眠りに戻った。目が覚めたら正午だった。空腹で頭がガンガンした。「ピクニック」彼は呻いた――「ここらへんで飯が食えるの、どこだ」。ピクニックはイビキを立てた。「おい！」レヴィーンに頭をつかまれ揺さぶられたピクニック――「何だよ」。「どっかに炊事場かなにかないかって聞いてるんだ」。隣のトラックからリッツォが降りてきた。「おまえら、とんでもない寝坊だな。おれたちなんか、十時から起きてるんだぞ」。中庭で生存者を運ぶヘリが離着陸を繰り返している。救急車が待機し、医学生や衛生兵がたむろしている。二トン半トラック、ジープ、¾トン車が、いたるところに駐《と》めてあって、あらゆる種類の兵員がうろついていた。そのほとんどは作業服。真鍮を光らせたカーキの軍服もちらほら見える。「たまげた」とレヴィーンは言った。「ここへ何が来たっちゅうの」「新聞社も、『ライフ』のカメラマンもいるぜ。ニュース映画の撮影班もいくつか来てる」リッツォが言った。「ここはもう災害指定地域だからな、正式に」

「やった」とピクニックが目をしばたたかせた。「あの子、見てみな」美人揃いの女子大生が、くすんだオリーブ色の制服が群れる間を歩いている。夏期講習にしてはずいぶん数が多いようだ。バクスターはすっかり上機嫌で、「ローチみたいなひでえところでも、辛抱してりゃ、いいことあるもんだ」

「まるで給料日の夜のバーボン・ストリートだね*」リッツォが言った。

「やめろよ、思い出すぜ」とレヴィーンは言って、それからちょっと考えて、「まあ、ここも、ノーリーンズも、どっちもどっちだ」と付け足した。二十ヤードほど先の二トン半トラックの横腹に、第一三一通信大隊と書いてあるのが目にとまった。フェンダーの一つがなくなっていて、車体はあちこちへこんでいる。「おい、ダグラス」レヴィーンが大声で呼ぶと、前輪の一つに寄りかかっていたヒョロリ背の高い赤毛の上等兵が目を上げた。「なんだ、おまえか」「いままでどこで時間くってたんだよ」レヴィーンは歩いていって「いつ着いたんだ?」「まったくよ」とダグラス。「ゆうべ、ハリケーン通過の直後に、おれとスティールがようすを見に行かされたんだ。そしたら、この二トン半車が道路から吹き飛ばされちまってよ」。レヴィーンはトラックに目をやった。「向こうのようすはどうだった」「どうだったもこうだったも」とダグラス、「一本しかない橋が流されてさ、舟を並べた舟橋ってのを、工兵たちが必死に渡そうとしてた。聞いた話じゃ、町ひとつ全滅だと。八フィートの高さの水をかぶったっていうからな、今でもまだ建ってるのは役場の建物だけだと、そいつはコンクリートだったから。死体か? 訊くなよ。タグボートで運んできて薪みたいに積み上げてる。臭《にお》いがすげえんだ」

「そんなに楽しそうに話すなよ」レヴィーンは言った。「こっちは、これから朝飯なんだ」

「しばらく、コーヒーとサンドイッチだけだな」ダグラスが言った。「女はみんな駆り出されて、食べ物運んでくるんだが、それがみんなサンドイッチとコーヒーでさ。ほかの食い物は一つも見てない。これからも来るかどうか」

「心配すんな」とレヴィーン。「じき出てくる。ちゃんとありつけるさ。そうじゃなくちゃ、おれだって休暇を返上してるんだから」トラックに引き返すと、ピクニックとリッツォがフェンダーに尻を乗せてサンドイッチを食らい、コーヒーを飲んでいた。

「おいそれ、どこで手に入れたんだ」レヴィーンが言った。「配りに来たよ、女が」とリッツォ。

「へえ」とレヴィーンが驚いてみせる。「あのマリワナ吸いのフーテンが、ほんとのことを言ってたとはねえ」

「この辺にいれば」リッツォが言った、「また回ってくるさ」

「そいつはどうかな。おれ、きっと飢え死にするぜ。おれの運は悪いほうばっか向くようにできてるんだ」。そして女子学生のグループを頭で指して、「ほんとに久しぶりだなあ」とリッツォに言った。すると自分の中で眠っていた妙な共感の気持が頭をもたげてきた。

リッツォは乾いた笑いを返した。「どうしたい。ホームシックか?」レヴィーンは首を振って
「そうじゃない、おれが言ってるのは、この閉鎖回路《クローズド・サーキット》*っていうやつだ。大学ってところはみん

な周波数が同じだろ。しばらくいると、スペクトル全体のなかでその波長だけに意味があって他は存在しないみたいんなる。外は色があふれているのによ。北も南もあらゆる可視光線とX線と紫外線が降り注いでるってのに」

「ローチだって閉鎖回路だろ」リッツォが言った。「マクニーズ大学も世界とは言えないが、ローチにしてもスペクトルとは言えん」

レヴィーンは首を振った。「徴兵で来たやつは、みんな似てるわ」

「分かるよ。軍の正道を一直線に進んでいるやつとは違うっていうんだろ。だけどさ、一直線の先に何があるって言うんだい」

小柄なブロンド娘がやってきた。手にした籠に、サンドイッチとコーヒーの紙コップがいっぱいだ。レヴィーンが「ぎりぎりセーフだ、ハニー。確実に迫る死から救われた。きみのおかげだ」彼女は微笑みかけた。「死に際にしては、ずいぶんナイスな顔してるじゃない」

レヴィーンはサンドイッチを三、四個とコーヒー一杯を手に取った。「きみの顔も悪くないよ」と言って自分は悪《ワル》の顔になり、「このごろじゃセント・バーナード犬も、ずいぶんかわいくできるんだってな」

「それ、お世辞になってないわよ」彼女は言った。「でも今日あちこちで言われてきたのと比べると、品は悪くないほうね」

「名前はなに。また腹が減ったときのために聞いとくけど」レヴィーンが言うと、笑い声と一緒に「リトル・バターカップ*と人は呼ぶ」という答えが返ってきた。「きみ、コメディアンかい」とレヴィーン、「そうならリッツォと組みなよ。あいつ学があるから、引用当てクイズなんかバッチリだぜ」

「こいつの言うことには耳貸すなよ」とリッツォ、「ただの牛引きボーイなんだから」

彼女の目が輝いた。「そお、畑仕事のこと話して」

「あとでな」とレヴィーンは言って、コーヒーをすすった。

「あとでって、きっとよ」その子がいった。「中庭にいますから」

リッツォが調子っぱずれのテノールで「女学生ベティ*」を歌い出した。その顔に歪んだ笑みが浮かんでいる。「うるせえよ、どこがおかしい」とレヴィーンが言うと、「へえ、おまえ心が動いてるんだ。葛藤してやがる」とリッツォは言った。

「バカいうな」レヴィーンが言った。「おーい」向こうでダグラスが叫んでいる。「ジープで桟橋まで行くんだ。一緒に来るやつ、いるかあ」

「おれは受信装置《サーキット》の近くで待機する」ピクニックが言った。「行って来な」とバクスター――「おれは女のいるところの方がいい」。するとリッツォが笑って「この子のお守りが必要だ。童貞持っていかれないようにな」。バクスターがムッとして「おまえだって次の女が初めてのくせして」と返した。

大隊所属のジープの一台にレヴィーンは乗り込み、ダグラスの脇に坐った。車はガタガタとキャンパスを抜け、砕石《マカダム》を敷き詰めた道路に出た。道は湾岸に近づくにつれてしだいに劣悪になっていく。ハリケーンの爪痕を示すものは多くない。木と標識が数本倒れ、屋根瓦や羽目板が散らかっている程度だ。ダグラスがどこかで聞き知った被害の数値を並べて解説するのにいい加減な相槌をうちながら、レヴィーンはリッツォのことを考えていた。あいつは頭でっかちの万年学生というわけでもなく、ときには事の真相が見えてもいるんだという思いがぼんやりと湧きあがってくる。自分も砂とコンクリートと太陽の下で暮らすようになってもう三年、そろそろ大きなけじめをつける時期かもしれないということも気になった。ニューヨーク市立大学を出て以来初めて大学のキャンパスに足を踏み入れたせいでそんな気持になったのかもしれない。しかし実際、転身すべき時が来ているのかもしれなかった。ローチに戻ったらＡＷＯＬ*とかやってみようか。それとも三日三晩の泥酔をやらかすか。そうしたら最近ふと感じるようになった単調さを紛らわすのに役立つだろうか。

　桟橋は大学構内と同様ごった返してはいたが、人々の足取りはもっとゆっくりで、規律の存在が明らかだった。石油会社のタグボートが折り重なった死体を運び、特務班の兵士がその荷を下ろすと、衛生兵が防腐液を吹き付けて屍体が崩れるのを防ぐ。別の特務班が二トン半トラックに積み上げて運んでいく。「どこか中学の体育館に持っていくんだ」ダグラスがレヴィーンに教えた。「そこら中、氷だらけさ。身元確認が大変なんだ、溺死体って顔が変わっちまうらしい」。腐臭が垂れ込めていた。一晩中飲んでいたレヴィーンには、それがベルモットの臭いのように感じられる。死体処理部隊は正確に効率的に、ほとんどベルトコンベアー式に仕事をこなした。ときどき荷下ろし役の作業員がわきを向いて反吐《へど》を吐いたりするものの、作業自体はスムーズに進行している。レヴィーンとダグラスは坐ってそれを見ていた。空が暗くなった。隠れた太陽から光が奪われていく。ひとり、歳《とし》のいった曹長が近づいてきてジープの側面に寄りかかり、しばらく話し込んでいった。「おれは、朝鮮にも行ったが*」——一体の腐乱死体が扱いのミスから一部も げ落ちたのを見て彼は言った。「男と男が鉄砲で殺し合うのはわかる。しかし、こりゃあ——」彼は頭を振って「ひどすぎるわ《ジーザス・クライスト》」と吐き捨てた。あたりには将校も出てきていたが、レヴィーンやダグラスにかまう者はなかった。作業は機械のような効率ではかどっていくのに、どこかカジュアルな雰囲気が漂っている。みんな帽子も被っていない。大佐や少佐がしばし立ち止まって衛生兵と語り合うこともある。「戦闘のときも同じだ」と曹長が言った、「規律は度外視。そんなもんは最初から必要ないってことなんだ」。五時半までそこに居て引き返した。「シャワーはどこだろ。それともないのか」とレヴィーンが尋ねた。訊かれた上等兵がニタリとした。「ゆうべさ、女子学生の館《ソロリティ・ハウス》*でシャワーに入ったってヤツがいたぜ。どこでも探せばあるってことさ」

トラックに戻るとレヴィーンは中を覗き込んでピクニックに言った。「おい、出ろ。どっかでシャワー見つけて報告しろ」

「そうだよ」とピクニック、「いま七月だもんな、まいった」。レヴィーンは持ち場について、受信音声にしばらく耳を傾けていたが、さしたる進展はない。三十分後、ピクニックが戻ってきた。

「なんだよ。交信のキャッチをリッツォがやってるぜ。あいつ軍人志望だしな、おれたちががんばることでもないだろ。シャワーだけどさ、チャペルを過ぎて一ブロック行くと寮がある。間違えっこない、みんなワンサカ出入りしてる」

「サンキュー」レヴィーンが言った。「五分で戻る、そしたらビールでも買いに行こう」。下着と作業服の替えと髭剃りキットを洗濯物袋から出して、もわっと重たい暖気の闇へ足を踏み出す。ヘリはいまも離着陸を続けている。ヘッドとテイルのライトが、まるでSF映画から飛び出てきたような感じだ。レヴィーンは寮を見つけ、中に入り、シャワーを浴び、髭を剃り、新しい衣類を身につけた。戻ってくるとピクニックが『沼の女』を読んでいた。外に出ると別のバーが見つかった。こちらは金曜の客で混み合っていて騒がしい。バクスターの姿が見えた。女の子を口説いている。その女には連れの男がいたが、そいつはヘベレケで争う気もないようだ。「あああ《オー・ガッド》」レヴィーンが嫌悪感をあらわにするのをピクニックは見逃さなかった。「リッツォの真似して言うわけじゃないけどな、ネイサン、おまえどうしたんよ。ビルコ曹長*みたいなところがおまえのいいところで、おれたちゃそこが好きだったのにさ。自分の過去に追い詰められてきたのかい、それとも知的な危機ってやつかい、何なんだ」

レヴィーンは肩をすくめて、「この腹の調子が悪くてな」と言った。「このビール腹、ずっと大事に育ててきたんだけど、その微妙なバランスがさ、死体を見たせいで、崩れちまったらしい」

「そうかよ、そりゃ大変だな」とピクニック。「ああ」とレヴィーンが応じる。「話題を変えよう」

　腰を下ろして学生たちを眺めるあいだ、ふたりは何か普通でないもの、自分たちの過去とも未来ともまったく接点のないものを見ているのだと、あえてそう思うように努めていた。自分の名前をリトル・バターカップだと言ったブロンドの子が近づいてきて言った。「これは何の引用でしょう」

「もっといいゲーム知ってるよ」レヴィーンが言った。

「アッハッハッ」彼女は腰を下ろして、「あたしの彼、病気なのよ」と説明した。「故郷に帰されたんだ」

「神の御加護なかりせば*ってね。明日は我が身だよ」ピクニックが言った。

「仕事、きついの？」リトル・バターカップの笑顔がキラリとした。レヴィーンは後ろにもたれて何気なく腕を彼女の肩に回した。「おれが一生懸命になるのは、やりがいのあることだけだよ」。ふたりは見つめ合う。最後にレヴィーンが小さな勝利をものにしたように笑って言った。「それも達成可能なことにかぎる」

　彼女は眉を上げて「そんなに、懸命にならなくても大丈夫かもよ」と言った。

「ほんとかよ」レヴィーンが言った。「明日の晩、ためしてみるかい？」コールテンの上着を着た、ガキっぽい顔の乱暴者がよろけながら近づいてきて、彼女の首のまわりに腕を投げ出し、その際にピクニックのビールをぶちまけた。「ああビックリした《オー・ジーザス・クライスト》、あんた帰ってきてたの？」ピクニックはずぶ濡れの作業服を惨めったらしく見つめている。「こんなすばらしい理由をもらったんじゃ、やらねえって手はねえよな、やるか？　ネイサン」とピクニックが言うと、近くで立ち聞きしていたバクスターが「おお」と応え、「いいぞ、ベニー、そうこなくっちゃ」と言いながら、めったやたらにパンチを振り回した。その拳がピクニックのこめかみを捉え、彼を椅子から転げ落とした。「ああ《ガッド》」とレヴィーン、「大丈夫かよ、ベニー」。返事がない。レヴィーンは肩をすくめ、「おい、バクスター、こいつを運んでいくぞ。リトル・バターカップ、ごめんよ」。ふたりしてピクニックを抱き上げ、トラックまで運んでいった。

　翌朝、レヴィーンは七時に起き、キャンパスをうろついてコーヒーを見つけ、朝食をすませると、いわゆる衝動的決断というものを下した。どうしてそんなことをしようと思ったのか、あとで考えると楽しくなるような決断を。「おい、リッツォ」と、軍曹を揺り起こして「誰かがおれを探しにきたら、将軍様だろうと国防長官だろうと、忙しいって言ってくれ」。リッツォは、なにやら呟いて眠りに戻っていった。卑猥な罵り言葉だったかもしれない。

　レヴィーンは大隊のジープをつかまえて桟橋まで乗せてもらい、現場をしばらくうろつきながら作業班が死体を運んでくるのを眺めていた。一隻のタグボートが積み荷をほぼ下ろし終えたとき、彼は何食わぬ顔をして近づいていってそれに乗り込んだ。誰にも怪しまれはしなかった。中には軍関係が五、六人、一般人もほぼ同数いた。立っている者も坐っている者も、押し黙って、煙草を吸うか、ぬらぬらと動いている灰色の沼を見つめている。工兵の働きでほぼ完成した舟橋のわきを通りすぎ、漂流物に突っ込み、引き裂かれた流木の間を抜ける。水没したクリオールの村の上にポンポンポンという音が響き渡る。役場の建物の上階のわきを過ぎると、行く手に、穀類がなぎ倒されずに立っている農地が見えた。そちらへはまだ捜索の手が入っていない。たまに上空をヘリの羽音が通り過ぎる。太陽が昇り、雲間から薄日がこぼれ、沼地の上に停滞する臭い空気を暖める。

後になってレヴィーンが思い出すのは、ほとんどがこのときの光景ばかりだ――灰色の沼地の上に灰色の日が差して引き起こす空気の異様な変化、その感触と悪臭。十時間もボートを引きまわした死体探し。一体は有刺鉄線に間の抜けた風船のように引っかかっていた。さわるとポンと跳ね、空気が抜けてヘニャリとした。まるでマンガである。威厳もへったくれもない。屋根の上からも、木の枝の間からも、死体は出てきた。水上には単独で、または家の残骸に絡まって、浮かんでいた。他の乗組員に混じってレヴィーンも無言の作業を続けた。首筋と顔面を熱くする太陽光も、肺にこびりつく沼と死体の臭いも気にせずに、ただ事の次第にしたがう。何も考えたくなかった。考えようにも考えられなかった。ただ、今のこの状況に思考も理由づけも必要ないということは認識していた。おれは死体を拾っている。拾っているのが死体である。それだけのことだ。六時ごろボートは桟橋で荷下ろしを始めた、レヴィーンは今度も素知らぬ顔でボートを降り、その場を去った。二トン半トラックの荷台に跳びのり、汚れと疲労と体から発する腐臭を引き連れたまま大学構内へ入っていく。トラックの座席から着替えを出すときも、ピクニックの顔は一瞥もしない。『沼の女』をほぼ読み切っていたピクニックも、声をかけようとしてやめたようだ。レヴィーンは寮に行ってシャワーの水の下に立った。これは雨だ、夏の雨、春の雨、今まで自分の上に降り注いだあらゆる季節の雨。長時間シャワー室に立って、着替えて外に出てくるとすっかり夜になっていた。

トラックに戻った彼はバッグから野球帽を取り出して被った。「へえ、正装《ゴーイング・フォーマル》かよ」ピクニックが言った。「どこへお出かけだい」

「デートだ」レヴィーンが言った。

「よかろう」とピクニック、「若者同士が番《つが》うのを見るのはいいもんだ。気持が弾んでくる」

レヴィーンは、真面目な顔で相棒を見つめた。「いや、これはまったき〝偶然の弾み〟*というものだ」

隣りのトラックへ行き、眠っているリッツォの脇から煙草一箱と葉巻《デノビリ》を一本くすねる。去りぎわにリッツォが片目を開けた。「誰かと思ったら、頼りにしている親友じゃないか」。「いいから寝てろ」レヴィーンはポケットに手を差し入れて口笛を吹き鳴らし、前夜のバーの方角へと歩き出した。空に星はなく、空気は雨を感じさせた。街灯が大きな松の木に当たって醜い影をつくっている。女子のおしゃべりと、車の通り過ぎる音を聞きながら彼は思った。いったい自分は何でこんなバカをやっているんだろう、早くローチに戻るべきだ。ローチに戻ればバカ臭いことだと思うに決まっている。いや、この先、どこに行ってもそう思い続けるに違いない。一瞬、自分の、とんでもなくバカげたイメージが湧いた。流離《さすらい》のユダヤ人、ブタケツ・レヴィーン。名も知れぬ街に流離のユダヤ人が何人もいて、平日の晩、ブタケツも彼らに混ざって議論している。テーマはアイデンティティに関する本質的な問題——といっても自己ではなく場所のアイデンティティについて。どこか自分の居場所をもつ権利が自分たちにあるのかという議論である。バーに入ると、ちゃんと小さな金鳳花《リトル・バターカップ》が待っていた。

「あたしたちのクルマ、せしめたわよ」と言ってにっこりする。そのしゃべり方に仄かに反逆的なところがあることにレヴィーンは今はじめて気がついた。「何を飲んでるんだい」

「トム・コリンズ」。彼はスコッチを飲んだ。彼女から笑顔が消え、「あっちはひどいの？」「ああ、ひどい」と答えるとふたたび笑みが戻った。「でも、大学に被害はなかったし」

「クリオールの村はひとつぶしにされたけどな」

「クリオール」とだけ彼女は言った。レヴィーンは彼女の顔を見やって、

「クリオールならオーケーってか、大学が消されるのは違うって？」

「それはそうよ」と言ってニッと笑顔をつくる。彼はテーブルの上を指でタップした。「アウトって言ってごらん」

「ウウト」

「ほら」レヴィーンが言った。しばらく飲みながらしゃべった。ほとんど大学の話だ。とうとうレヴィーンが欲望を口にした——星のない晩のバイユー・カントリーはどんなだろうか見てみた

いと。店を出る。メキシコ湾まで彼がハンドルを握った。ふたりを闇が包み込んだ。彼女は身を寄せて坐り、昂揚し、じれたように手を伸ばしてきた。さらに走り続ける。と、彼女が沼に通じる脇道を指さした。「こっちよ」ひそひそ声だ。「入っていくと小屋があるの」

「おれもそんな気がした」。ふたりを囲む何千匹もの蛙の吟唱。蛙たちは説明できない微妙なコードチェンジの合図を送り合って、この世に潜む曖昧性の原理を讃えているようだった。マングローブの林、垂れ下がる苔。＊異様な景色に取り囲まれながらもう一マイル走った先の、どことも知れぬ沼地の前に、荒れ果てた掘っ立て小屋があった。入ってみるとマットレスが敷いてある。「埴生《はにゅう》の宿も」、息づかいがすでに激しい、「わが宿って」。暗闇の中で震える体をあずけてきた。彼はリッツォから失敬してきた葉巻を探って火を点けた。炎の光に、小刻みにふるえる彼女の顔が浮かび上がる。その目には、今になってそうと知って慌てているようすも浮かんでいた——この相手はただの牛引きボーイじゃなかった、季節の巡りや土壌の心配よりも深い何かに衝き動かされているんだ、と。彼にしても分かっていた。この女は鋏や時計やナイフやリボンやレースといった物は与えてくれても、それ以上は求めても無理なのだ、と。それなら自分も、彼女に特別の思いを抱くことはするまい。官能小説のヒロインや、西部劇の、燃え尽きて不能になった善良な牧場主に対して感じるような無責任な好意を抱く、その程度に留めておこう。彼女が向こうでひとりで服を脱ぎ出した。これでいいのだ。Tシャツと野球帽だけの姿になってからも彼はまだ葉巻をくゆらせていた。マットレスからぐずるような声がした。

四方の蛙たちの原始的なコーラスが——痙攣的な動きであるのに、真っ暗闇の中での営みはなぜか、小指と小指の絡み、ビール・ジョッキの触れ合い、「マコールズ」誌の「トゥゲザネス」*以上のものとは感じなかった——耳に、だんだんと、吐息と叫声が奏でる絶妙なデュエットへのペダル・ベース*の音のように聞こえてきた。その最中にも彼は葉巻の煙をくすね、頭には野球帽を斜《はす》にのせていた。そんな彼をやさしく気さくに包み込む彼女は、けっして完全には犯されない大母神パシファエ*のようでもあった。やがて興奮は退《ひ》き、蛙はただのアホらしい濁声《だみごえ》に戻り、ふたつの体は離れて横たわった。「大きな死の只中に、小さな死*がある」とレヴィーンは言った。『ライフ』のそして後から、「ああああ、『ライフ』*のキャプションみたいなこと言ってしまった。最中《さなか》にありて。われら死の中にあり。あああ」

大学までドライブして帰ってきたふたり。トラックの前でレヴィーンが言った、「じゃまた、ここで」。彼女は力なく微笑んで、それから、「除隊になったら会いにきて」と言った。車は走り去った。ピクニックとバクスターが、ヘッドライトの下でブラックジャックをやっている。「よう、レヴィーン」バクスターが言った。「おれ、今夜やったぜ女と」

「そうかい」レヴィーンが言った、「おめでとうよ」

翌日、中尉がやってきてレヴィーンに言った。「休暇を取るなら取っていいぞ。いろいろ片は付いた。おまえはもう用なしだ」

レヴィーンは肩をすくめた。「わかりやした」雨が降っていた。トラックに戻るとピクニックが、「ああ、雨はいやだ」と言った。

「おまえとヘミングウェイは雨が嫌いみたいだな」リッツォが言った。「面白い、T・S・エリオットは雨が好きなのにな」

レヴィーンはバッグを肩に引っかけて、「雨ってのは変なやつなのよ」と言った。「鈍重な草根をふるい起こす*こともあれば、押し流しもする。おれはさ、ノーリーンズに行って日光浴でもしながら、ここでケツを水浸しにしてるおまえたちのことを思い出すわ」

「行っちまえ、この」とピクニック。「とっとと去れ」

「ところでさ」リッツォが言った、「きのうピアス中尉がオマエを探しに来たけど適当にあしらっておいたよ。TCCの部品が破損して探しにいったと言っておいた。どこに行っちまったのか分かるのに、ずいぶん時間をかけちまった」「まったく《クライスト》よ、おれも探しにいきたいもんだ」レヴィーンは呟いた。「実はまだ捜索中さ」と言ってリッツォはニタリとした。「じゃあな」レヴィーンはローチへ戻る二トン半トラックの一台に飛び乗った。町を出て二マイルほど行ったところで運転席の上等兵が言った。「あーあ、あのクソ兵舎に戻っていくのがホッとするとはよ」

「戻る?」レヴィーンが言った。「あ、そうか、そうだったな」ワイパーが雨水を押しのけるのを見つめ、ルーフを打つ雨音を聞き、まもなく彼は眠りに落ちた。

ロウ・ランド

もう夕方も五時半なのに、デニス・フランジはいまもゴミ屋を接客中だ。ゴミ屋というのはロッコ・スカルチオーネという男で、朝の一回りを終えたところ、ダンガリー・シャツにはオレンジの皮、手にはコーヒー滓の斑点をつけ、その手に一ガロンの自家製マスカテル・ワインのボトルをぶらさげてやってきたのが午前九時のこと。「オーイ、ザーメン《スファーチム》」と、いきなり居間で太い声を響かせた。「ワインだ、下りてこい」

「オー」フランジは叫び返す。きょうは出勤はとりやめだ。ワスプ&ウィンサム法律事務所の番号を回す。「フランジだが」と名前を告げて、ひと言「ノー」。どちらの秘書だかわからないが、困りますと言い出した。「では失敬」受話器を置いて、あとは一日、スカルチオーネと一緒にどぶろくワインを飲み、ステレオ音楽にひたるだけだ。この一〇〇〇ドルもしたステレオ・セット、シンディにせがまれて買ったものだが、いままでもっぱらオードブル・ディッシュとカクテル・

トレイの台として使われていた。そのシンディすなわちフランジ夫人は、当然こういうマスカテル・パーティは好まない。ロッコ・スカルチオーネ自身がきらいであって、きらいといえば亭主の連れてくる友達はみんなきらいだ。「あなたの異様なお仲間は、娯楽室から一歩も外に出さないのよ」と、カクテル・シェイカーを振り回しながら叫ぶのだ。「あなた、なんなの、動物愛護協会でもやってるつもり？　うちに来る野獣のなかには、協会でさえお断わりってのがいるわよね」フランジも口答えはできた。でもしなかった。「ロッコ・スカルチオーネは野獣じゃないぞ。趣味のいい回収業者で、ヴィヴァルディのファンでもある」とは言わなかった。二人がいま聴いているのは、そのヴィヴァルディだ。ヴァイオリン協奏曲第六番「イル・ピアッチェレ*」。上階で、床がドシドシいっている。物が飛んでいる気配もある。フランジはときどき想像した。二階のない家に住んでいたらどうだったろう。世の中には牧場風の平屋とか中二階式の家*に住む人たちがいる。毎年一度は発狂しておかしくない環境で、彼らはいったいどうやって正気を保っているのだろう。フランジの棲家は入り江をのぞむ崖の上に、鳥が止まるようにちょこんとのっている。英国コテッジ風*という趣だ。この屋敷を一九二〇年代に造ったのは監督教会派《エピスコパル》の牧師で、カナダからの酒の密輸を副業としていた。禁酒法の時代、ロング・アイランド北岸の住人は、だれもがみなその種のビジネスに関わっていたのだ。なにしろ海岸線が複雑であって、その岬と入り江、瀬戸と小さな磯のなかには今日に至るまで連邦警察もその存在を把握していないものがある。屋敷の建築にさいしてこの牧師は、浪漫主義を徹底した。色は先史時代の毛むくじゃらな獣を思わせる。地面から大きく盛り上がったそれは苔で覆われていて、中は隠れ部屋あり、秘密の通路あり、ふつうの部屋も妙な角度に歪んでいた。娯楽室から下りていくと地下は無数のトンネルになっていて、それがまた痙攣する蛸足のよう。ワイルドにくねって、その先は行きどまり、でなければ雨水を引き込む樋か打ち捨てられた下水道に直結して、ワインセラーに行き着くことはめったにない。この苔葺きの生きた盛り土のごとき家に棲み始めてかれこれ七年、亭主の方はすでにこの家と、苔やら羊歯やら菅で編んだ臍の緒でつながれている感じがしていて、これを「眺めのいい子宮《ウーム・ウィズ・ア・ヴュー》」と呼び、今では稀な妻との甘いひとときには、ノエル・カワードの歌ったその歌*「眺めのいい部屋《ルーム・ウィズ・ア・ヴュー》」を口ずさむのだった——ふたりの甘い時間を呼び戻そうとしてか、それとも、これは自分を包む〈ハウス〉へのラブソングだったのか。

満ち足りし幸せ
山の樹の上で
海を見下ろす小鳥

だがノエル・カワードの歌に、ふたりの現実との接点はあまりなかった。デニス自身、その事には早々に気づいていた。七年後のいまとなっては樹上の小鳥なんてとんでもない、むしろ土中のモグラであって、その責任は、この棲家ではなくシンディが負うべきである。もちろん、こうした事柄に関しては、狂った大酒飲みのメキシコ人分析医ジェロニモ・ディアス*が誰よりも雄弁だった。毎週五十分、ディアスが、マティーニ越しに、デニスの母親のことで、わめきまくる。そんなセッションのために、パーク・アヴェニュー*の、クリニックの窓から見下ろす一角を走るどんな車も、どんな血統書の付いた犬も、どんな女もみんな買えてしまう額を支払っていること以上にデニスを煩わせていたのは、どうやら自分が不当な目にあっているという漠とした疑念だった。おそらく彼には、時代を受け継ぐ世代の代表として自分を見るところがあったのかもしれない。自分たちの世代はフロイトなどは母乳のように飲んできたのであって、ディアスがわめくのを聞いていても何ひとつ得るところはない。でありながら、コネティカット州から海峡を渡ってきた雪が寝室の窓を打つ晩など、気がつけば自分はまさに胎児の恰好をして寝ているのだ。まるで自分がモグラであることを証明するかのごとくに。モグラというのは行動パターンではなく心的状態である。耳に雪の音は入らず、妻のいびきもどこか毛布の外で羊水がしたたる音として聞こえ、自身の秘かな拍動も、〈ハウス〉の鼓動の反響としか聞こえない——そんな心のありようを「モグラ」というのだ。

　ジェロニモ・ディアスは明らかに狂っていた。だがその狂気は、通常のいかなるモデルやパターンにもしたがわず、ひたすら妄想のプラズマを無責任に漂いつづけるという素晴らしくランダムな狂気であって、たとえば自分が悪魔に魂を売り渡したパガニーニ*であると思いこむ。そうなると、自分の机に入っているのがストラディヴァリウスの名器だという妄想が始まり、それが事実であることをフランジに示そうとする。すなわち取り出したヴァイオリンをギコギコと弾いたあげくに、弓を投げ捨て、「どうだ、わかっただろう。悪魔と契約してからというもの、わたしにはこんな音しか出なくなってしまったのだよ」とのたまうのだ。残りの時間は、乱数表かエビングハウス*のナンセンスな音節を読んで過ごす。フランジが何を言おうとも耳を貸さない。こんな診療ってあるだろうか。思春期のぎこちないセックスの真似事の告白と、「ZAP《ザップ》、MOG《モッグ》、FUD《ファッド》、NAF《ナッフ》、VOB《ヴォッブ》」という音列が対位法をなして進む。いいタイミングでマティーニ・シェイカーのチャリン、シャカシャカという楽音が混ざる。それでもフランジは通い続けた。自分はあの子宮の論理、妻の合理に容赦なく捕らわれてしまっているのであり、このままでは一生埋もれたままになる、なんとか自分を駆動するにはジェロニモの乱雑なる狂気が必要だ、との思いが彼を診療所に向かわせたのだろうか——マティーニがただで飲めたということもあったけれども。

分析医以外に彼の心のなぐさめとなったものはただ一つ。海である。ロング・アイランド海峡はあまりに近く、記憶のなかで轟々と唸る灰色のイメージに重なった。まだ思春期にも達しないころ彼はどこかで、人から聞くか本で読んだことがある。海は女なのだと。このメタファーが彼をとりこにして、以後の人生を大きく左右した。たとえば彼は三年を駆逐艦上での通信任務に費やしている。朝鮮半島沖を四六時中、日時計の形に往来するだけという、他の乗組員には退屈きわまりない任務だった。除隊になって、ジャクソン・ハイツ*のフラットに住む母親と同居していたシンディを連れ出す段になったときも、海を求めて、そそり立つ崖の上の盛り土のようなこの家を選んだのだった。ジェロニモが学識をひけらかすようにこんな指摘をしたことがある。——生命の起源は海洋性の原生動物にあるし、その生命体が複雑化していく過程で海は血液の働きを担っていた。つまりそこに血球やら何やらごちゃごちゃ加わって今日われわれが知る赤い液体となったのであり、それが事実である以上は、海は文字通りわれわれの血をなしている。だから、母なる大地というのは文字通りには正しくなくて、実際は海こそが、われわれすべてにとっての真の母の姿であるのだよ——とジェロニモが言い終わらぬうちにフランジは、ストラディヴァリウスを手に取って彼の脳天に振り下ろそうとした。「あなた自分で言ってるでしょうが。海は女だって」と抗議するジェロニモを、激昂したフランジはスペイン語で——「チンガ・トゥ《ファックユア》・マドレ《マザー》」「ほらごらん」とジェロニモはにこやかに、「また言ってる」。

というわけで、寝室の窓の百フィート下、打ち砕けるときも唸るときも、ただだらしなく寄せては返すだけのときも、海は苦しいときを支えてくれる彼の心の友であり、その必要頻度はこのところ高まるばかりであった。ロング・アイランドの海は、懐しの太平洋——その想像を超えるうねりは彼の思い出をつねに三〇度傾《かし》げていた——のミニチュア版である。運命《フォーチュン》の女神が、月のこちら側のすべてを制御しているならば、太平洋《パシフィック》にもきっと奇異で繊細な支配力があるはずだ、なんとなればこの大洋は、一説に月が地球からもぎ取られた*跡だという。そんなふうにデニスは思った。斜めになった記憶の中には、自分の分身がたった一人で棲んでいる。妖精が置いていった女神《フォーチュン》の継子であって、世継ぎの権利はないが、若く無頼でハンサムで、剛毅な船乗り《ジョリー・ジャック・ター》*のイメージにこれほどピタリ合う男もそうはいない。その締まった肉と顎とが六〇ノットの風を切り、白く傲慢な歯は使い込んだブライアー・パイプを嚙んでいる。この分身が、当直士官として夜半過ぎのブリッジに立っている——他にいるのは居眠り中の操舵担当下士官と、忠実な操舵手、排水口のような口をしたレーダー係、それにソナー室で賭けトランプ*をやっている連中。あとは、引きちぎられて異郷に浮かぶ月の姿と、海面にあって伴走するその映し身——もっとも六〇ノットの疾風のなかへ、月が何をしに現れたかは不明である。ともかくもそれが彼の記憶であった。そこには若くたくましいデニス・フランジがいた。今日の彼にしのびよる中年の影など一カケラもなく、さらに重要なことに、ジャクソン・ハイツからは極限値に近い距離があった。それだけ遠く離れていても、シンディには一晩おきに手紙を書いた。あれはまだ結婚自体が若くしなやかなときだった。今は二人の生活自体が、腹も出っぱり、髪が薄くなりかけている。ヴィヴァルディが歓喜を論じ、ロッコ・スカルチオーネがマスカテルをラッパ飲みする脇で、どうしてこんなことになってしまったのか、フランジはいまだ合点がいっていない。

第二楽章の途中で玄関のベルが鳴った。突然シンディが、小さなブロンドのテリア犬のように忙《せわ》しく階段を駆け下りてきた。玄関に行き着く手前でフランジとロッコを睨んで行くのは忘れない。開いた戸口に立っていたのは、海軍の制服姿の類人猿だった。中腰でニタリと歯をむいている、自分と同じ高さにあるその顔面を彼女はまじまじと見た。そしてダラリと顎を落として、

「やめて」と呻いた。「来ないで、このフケツヤロー！」

「だれだよ」とフランジ。

「だれって、豚のボーディーンよ*」シンディは青ざめている。「デブでアホで白痴の、あなたの親友のピッグ・ボーディーンが、七年消えててくれたのに」

「ヘイ、ベイブ」ピッグ・ボーディーンが言った。

「なつかしいヤツが来るじゃないか」とフランジは跳ね起きて声をかける。「さあさあ、こっちに来てワイン飲め。ロッコ、ほら、ピッグ・ボーディーンだ。話したよな、ピッグのことは」

「オウ、ノウ」とシンディが言って、ドアに閂《かんぬき》をかけた。結婚症を患うフランジは、癲癇症《エピレプシー》の患者と同じで、こういうときに私的な警報をキャッチする。いまもそれを感知した。「ノウ」とシンディが言った。「アウト、行くの、出てく、ユー、ムーヴ」

「ミー」フランジが言った。

「ユー」シンディが言った。「ユー、ロッコ、ピッグ、おまえたち三銃士、出てくの」

「ホワッ*」とフランジが言った。別に初めてのことじゃない。いつも最後はこうなった。裏の庭に廃棄されたポリスブースがある。そのむかしナッソー郡の警察が25A線でネズミ捕りをするときなどに使ったものだ。これがシンディの心を捉えた。家に運んでこさせると、まわりに蔦を這わせ、内側にはモンドリアンの作品を掛け、そこがフランジの、夫婦喧嘩の夜の寝部屋となった。おかしなことに、移動後も居心地にあまり差はなかった。ブースは十分子宮的であり、モンドリアンもその禁欲的な論理においてシンディとさして変わらない——妻とよく似た兄がいるようなものだった。

「わかった」彼は言った。「毛布もって出てくよ。ブースで寝る」

「ノウ」シンディが言った。「出ていくって出ていくってこと。だから出てって、あたしの人生から。ゴミ屋と一日飲んだくれてるだけでウンザリなのに、ピッグ・ボーディーンにまで来られたら、もうカンゼンにブチキレです」

「なあ、ベイブ」ピッグが割り込む、「あんときのこたぁ、もう、忘れたかと思ってさ。ほら、亭主の顔、見なって。オレが来てよ、こんなうれしそうじゃんか」。ピッグがマンハセット駅に着いたのは五時と六時の間という通勤ラッシュのピークであって、ブリーフケースと折り畳んだNYタイムズ紙の大波に車輛から押し出され、そのまま駐車場に運ばれた。そこで51年型MGを一台失敬し、フランジを探しに乗り出した。フランジは朝鮮動乱のときの上官である。掃海艇〈清浄号《イマキュレット》〉*がノーフォークのドックに入ったのを機に、九日間のAWOLを犯して、むかしの相棒の様子をうかがいにやってきたというわけだ。シンディにしてみれば、ノーフォークでの結婚式の晩以来の出会いということになる。それは彼の船の帰属先が第七艦隊に移る直前のこと、三十日間の休暇をもらうことができたフランジは、シンディとの長いハネムーン旅行を計画していた。が、兵卒クラスがお祝いの独身者パーティ*を開く機会が与えられずに頭にきていたピッグは、仲間数名とともに新任の少尉を装って海軍基地の士官クラブに不意打ちをかけ、フランジの腕をつかんでイースト・メイン・ストリートの飲み屋街*に連れ出したのだ。そのときピッグが言った、「まあビールの二、三杯でも」というのは予測としてだいぶ大雑把な物言いであって、シンディがアイオワ州シーダー・ラピッズから電報を受け取ったのは二週間後のことだった。差出人はフランジ。財布はからっぽで、からだも飲み過ぎで干からびたという。シンディは二日ほど迷ったあげく、家までのバス代を電送したが、二度とピッグが顔を見せないとの条件はしっかりとつけておいた。ピッグは顔を見せなかった——今日の今日までは。ピッグをこの世の何より忌まわしく感じる気持が彼女の中で七年間少しも癒えることなく続いてきたということは、今日のこのふるまいから明らかである。「早く出てって」指さしながら彼女は言った。「丘の向こうに消えてちょうだい。崖の向こうに落ちてもいいわ。あなたと、そのドブロク仲間と、セーラー服の不潔なゴリラ。さあ出てってよ」

フランジは一分ほど、頭を掻いて目をしばたたいていたが、どうにもこいつはダメっぽかった。こういうときに子供がいたら違ったのか。これでも海軍では有能な通信士官《コミュニケーション・オフィサー》だったというから皮肉である。「そうかい」ゆっくりと彼は言った。「わかった」

「フォルクスワーゲンは乗ってっていいわ。髭剃りキットとシャツの替えも持つのよ」

「いらん」フランジは、ワインのボトルを手にして後ろに立っていたロッコのためにドアを開けて、「ロッコのトラックに乗せてもらう」。シンディは肩をすくめた。「それと髭も伸ばす」。三人は家を出た。ピッグはなんともバツが悪い。ロッコは鼻唄、フランジの胃の内壁にはかすかな吐き気の感覚が巻蔓《テンドリル》のように微かに這いのぼってくる。三人、トラックに乗り込み出発した。後ろを振り向いたフランジの目に戸口に立って見ている妻の姿が映った。トラックは私道から狭い砕石路へ。「どこ行くんだ」とロッコが言った。

「そうだねえ」とフランジ。「ニューヨークに出てホテルでも見つけるか。駅で降ろしてくれればいいから。ピッグ、おまえはどっか泊まるところあるのか」

「MGの中で寝られるかと思ったけど」ピッグが言った。「きっと警察《サツ》に連絡がいってるな」

「なあ、どうだ」ロッコが提案する。「どっちみち廃棄場に行ってこのゴミをオンマケなくちゃならねえんだが、そこに監視みたいなのをやってるいいヤツがいてさ。そこに住んでるんだが、部屋ならよりどりみどりある。泊めてもらって大丈夫だぜ」

「そりゃいい」とフランジ、「こいつはいいや」。まさにゴミの中で寝たい気分だった。南へ向かう。ロング・アイランドの、新興住宅地とショッピングセンターと、さまざまな軽工業の小さな工場だけしかない地区を抜けて三十分も走ると廃棄場に出た。「閉まってるが」ロッコが言った、「やつが開けてくれる」。ターンして、焼却炉の裏手のでこぼこ道を下りていく。壁はアドービ煉瓦で屋根はタイルというこの焼却炉は、三〇年代にWPA*のマッドな建築家が設計と製作を請け負ったもので、メキシコのお屋敷を思わせる建物に何本か煙突が突き出たような風貌だった。道をがたがた百ヤードほど進むと門に出た。「おーい、ボリングブルック」ロッコが喚《わめ》いた。「入れろ、ワインだ」

「ヘーイ、マン」暗がりから声がした。ややあって、ポークパイ・ハット*をかぶった太っちょの黒人が、ヘッドライトの筋の中に現れ、門を開けてトラックのステップに飛び乗った。四人して、長い螺旋の道をゴミの谷へ下りていく。「このボリングブルックがよ」ロッコが言った、「泊めてくれるから」。長くゆるいカーブをトラックは下っていった。下降スパイラルの中心の最下地点に向かっているという感じをフランジは味わった。「寝る場所が必要かね？」とボリングブルックが言った。ロッコが事情を説明する。ボリングブルックはさかんにうなずいて、「女房ってのは厄介なこともあるんよ。オレは国のあっちこっちに三、四人ほどいたがね、みんなお払い箱にした。せいせいしたよ。いやあ、間違いを繰り返すねえ、女のことじゃ」

廃棄場は、だいたい一辺一マイルの正方形で、四方に宅地が広がる地表レベルから五十フィートほど下ったところにある。ロッコの話によると、D8型ブルドーザー二台がまる一日稼働していて、北海岸から持ってきた土でゴミを埋めていくのだそうだ。そのため毎日、何分の一インチかしらないが、ごくわずかに底が上がっていく。薄明のなか、ロッコがゴミをダンプするのを遠く見つめながらフランジは、物事の運命《さだめ》について不思議な思いに浸っていた。五十年ほど先だろうか、もっとだろうか、ある日この窪みが消失する時が来る。穴の底が住宅地の道路と同じ高さになって、その上にも家が建ち並ぶ。そのことが今からもう決っている。たとえていえば、頭がおかしくなりそうな程ゆっくりと上昇するエレベーターが、あらかじめ決められた高さにきみを運び上げると、いつもの顔ぶれが待っていて、すでに決定済みの事柄について会議が始まるみたいな話である。感じたのはそれだけではない。このスパイラルの下端に立ったとき、彼の脳裏になにやら別の連想が走ったのだ。それが何だか最初は分からなかったが、記憶をたどっていくと、ある歌のメロディと歌詞が浮かんだ。船乗りの歌だ。今どきそんな、と思われるかもしれない。海軍といえば、ジェット機とミサイルと原子力潜水艦が想起される時代。船乗りの労働歌やバラッドがまだ歌われていると思う人は少ないだろう。だがフランジは憶えていた。デルガードという、フィリピン出身の下士官がいて、こいつが夜遅く、無線室にギターを持ってやってきては、みんなの前で何時間も歌っていた。海の物語《シー・ストーリー》を語る方法にはいろいろあるが、デルガードのやり方は音楽つきで、しかも誰かの個人的な伝説だったりしないから、なにか特別な真実味がこもっているように感じられた。もちろん彼の歌う伝統的なバラッドにしても、その中身は「ウソ」というか、誇張したホラ話のようなものであることに変わりはない。その点は他の船員が語る――甲板倉庫でコーヒーを飲みながら、食堂で給料日払いの賭けポーカーをやりながら、また晩の映画がより鮮明な物語を焼きつけるまでのつなぎにと、船尾の爆雷に腰を下ろして語る――ストーリーと少しも違うものではない。それでもデルガードは弾き語ることを選び、そこにフランジは敬意を抱いた。特に気に入ったのがこの歌*である――

北の国から乗り込んだ
わが船の名は〈黄金《きん》の虚栄〉

おお、ガラリア船に捕まらぬよう
ロウ・ランドゆくときゃ気をつけろ

「ロウ・ランド」とはスコットランドの南部および東部地方を指す——などと細かな事実を指摘するのなら、ことは簡単だ。たしかにこれはスコットランド起源のバラッドだろう。だがフランジの心に、この「低い土地」の歌は、合理性に欠ける奇妙な連想を喚起した。ある特定の光模様《イルミネーション》の下で——または見る者の心模様がきわめてメタフォリックなモードのときに——海は、うねる波にもかかわらず、固体であるかのように見えることがある。まるでグレーか明るい灰緑色の砂漠のようであって、その荒地《ウェイスト・ランド》が水平線までいっぱいに拡がっている。甲板のワイヤーロープをまたげば、その上をどんどん歩いて行けるかのよう。テントと食料の備えがあれば、そうやって町から町へ旅を続けていくこともできそうな気になるのだ。ジェロニモに言わせればこれは「救世主コンプレックス」*の異様な一形態であるらしい。試したらいかんぞ、ぜったいに、と、彼は父親みたいに忠告した。しかしフランジにしてみれば、あの広大なる曇りガラス的平面は、その上をだれかが独りで闊歩していないと収まりのつかない、ほとんどその旅人を要求している〈ロウ・ランド〉なのであった。海面レベルへ降り立つことは、ミニマムな無次元の一点を見いだすことと同じである。同じ緯度と経度が交わるのは自分がいま立っているその一点以外にない。そこでは完全に静まりきった均質性が確証される。ちょうどロッコのトラックでスパイラルを下り、その底点で止まったとき、真の中心《デッド・センター》に来た、ロウ・カントリー全体を暗示《インプライ》する一点に到達したと感じたが、それと同じだ。シンディから遠ざかり、ものを考える余裕ができたとき、彼はいつも自分の人生を、この巨大なゴミ捨て場の底面が被っているのと同様の変化のプロセスにある「面」として考えた。凹状態ないしは囲われた状態《エンクローズド》*から、（いま直面しているような）平面《フラット》へ。このプロセスが水平を突き抜けて凸状態へ転じることを彼は恐れた。惑星全体が丸く縮こまって自分は球面上に突き出された恰好になる。そうなったら球の半径*が表面を突き抜けたかのような、無防備な姿をさらけ出すしかない。みずからの小さな球面の空虚な弓形面《ルーン》をよろめき進むしかない。

　座席の下からもう一ガロン出てきたワインをデニスたちに渡すとロッコは、トラックを弾ませ、唸らせ、黒みを増す夕べの中へ消えていった。ボリングブルックがキャップを外し、三人はボトルを回した。「来いや、マットレスを探すぞ」ボリングブルックの後をついて坂を上っていく。廃物が盛り上がった土手が小さな尖塔をなすところを曲がり、冷蔵庫と自転車と乳母車と洗濯機と流しと便器、ベッドスプリングとテレビとポットとフライパンとレンジとエアコンで埋め尽くされた半エーカーほどの野を過ぎ、砂の山を越えると、そこは一面のマットレスの世界だった。「世界一でかいベッドだぜ」とボリングブルック、「好きなの取りな」。数にして一〇〇〇個はあるだろう。フランジはセミダブルのスプリング内蔵タイプを選び、船乗り以外の生活にはけっして慣れないであろうピッグは、厚さ五センチ、幅九十センチほどの藁マットレスを選び取った。

「ふわふわしてちゃ、安眠できねえ」とピッグが言った。

「急いでくれ」とボリングブルックが心配そうに声をひそめて呼びかけた。彼はもう砂山を登り切って、歩いてきた方を振り返っている。「急げよ、真っ暗になっちまうぜ」

「どうしたんだい」とフランジが言った。マットレスを引きずって坂をのぼり、彼の隣りに立って積み上がったガラクタをすかし見る。「このへん、夜になると何か出るのかい？」

「そんなところだ」とボリングブルックは落ち着きのない声で、「カモン」。ズリズリと、無言のまま、来た道を引き返す。さっきロッコがトラックを止めたところで左に折れると、頭上に焼却炉がそびえていた。一群の煙突が、空の最後の薄明から高く黒く浮き立っている。三人は隘路へ入っていった。両脇が七メートルに達する廃棄物の壁である。フランジは思った。この廃棄場は荒漠たる世界にまわりを囲まれた島か包領《エンクレーヴ》*のようだ。ここはきっと外の世界から分離した、ボリングブルックを王とする王国なのだろう。曲がりくねった急勾配の〝峡谷〟が百ヤードほども続く。視界が開けたところはタイヤの平原だった。乗用車の、トラックの、トラクターの、航空機のタイヤがびっしり。一面のゴム製の荒野だ。そのやや盛り上がったところの中央にボリングブルックの小屋があった。防水紙と冷蔵庫の側面、あとはいい加減に集めてきた木材とパイプと板葺き材で作った掘っ立て小屋である。「さあて」とボリングブルック、「こっから先はゲームだな。リーダーと同じに歩けよ」。まるで迷路のネズミである。タイヤがフランジの身長の倍くらいまで積み上がっているところもあった。ちょっとでも傾けば崩れ落ちる。ゴムの匂いも強烈だ。

「ほらマットレスがあぶない」声をひそめてボリングブルックが言った。「真ん中を歩いてくれよ。ブービー・トラップが仕掛けてあるからな」

「なんのためによ」とピッグが聞いたが、ボリングブルックは聞こえなかったのか無視したのか、答えなかった。小屋に到着し、ボリングブルックがドアの錠前を外した。頑丈な輸送用の木箱の側面を利用して作った扉に、大きな南京錠がかかっていた。中は完全な暗闇──窓もない。ボリングブルックは石油ランプに火を灯し、そのゆらめく黄色い光に、壁に貼った古い写真が浮かび上がった。不況時代から今に至るあらゆる刊行物を破いて貼りつけたらしい。ブリジット・バルドーの原色ピンナップのとなりに、辞任演説をするウィンザー公と、燃え上がるヒンデンブルク号の新聞の切り抜き写真。ルビー・キーラーとフーヴァー大統領とマッカーサー元帥。ジャック・シャーキー、ワーラウェイ、ローレン・バコール。この「ワルのギャラリー」*は、消えていった「時の人」のかすんだ像を、タブロイド新聞のもつ儚さのなかに、浮かばせて、世間の注目とはいかに虚しいものかを示していた。

ボリングブルックが扉に閂《カンヌキ》をかけ、一同は寝具を投げ出して腰を下ろしワインをあける。戸外はすこし吹き始めた風が防水紙の垂れたあたりをカサコソ動かし、そのあと態度を決めかねたまま乱流となって小屋の突き出た角や不規則な出っ張りに吹きかかっている。そのうちに海の話《シー・ストーリー》が始まった。最初はピッグ。バルセロナで、音波探知員《ソナーマン》のフィーニーというのと二人して貸し切り馬車を盗んだ話である。盗んではみたものの、どっちも馬のことは何も知らない。現れた沿岸警備隊の大軍から逃げようと馬車を傾げたまま走って軍艦波止場の端からまっさかさまに海に転落。バシャバシャもがきながら、ちょうどいい、このまま空母イントレピッドまで泳いでいって、いけ好かねえやつらに一泡ふかせてやろうと思ったのだが、無念にも何百ヤードか泳いだところで追ってきた〈イントレピッド〉の発動機艇に追いつかれた。フィーニーは艇の操縦士と船首兵を海中に投げ飛ばしたが、生意気そうな少尉の野郎が45口径をもってやってきてフィーニーのやつの肩を撃ちぬいたもんで、お楽しみもハイそれまで——。フランジが大学時代の話を披露した。仲間二人と地元の死体安置所に忍び込んで女性の屍を盗み出し、夜中の三時にフランジの属する学生友愛会《フラタニティ》のハウス*に運び入れ、酔いつぶれている会長のすぐ隣りに安置して、翌朝いちばん、起きて歩ける者は全員集合し、会の代表《プレジデント》の部屋まで行進した。ドアを叩くと「ああ、まっててくれ」というモゴモゴ声に続けて「すぐいくからああーっ、マイガーッ」と凄まじい声。「どうした、ヴィンセント。オンナでもいるんか」と一同高らかに大笑い。ドアが開くまで十五分も待たされた。顔が青ざめ、体の震えたヴィンセントがやっとのことで顔を出すと、みんなドヤドヤと部屋の中へ。だがおかしい。ベッドの下を覗いても家具をどけてもクローゼットを開けてみても、死体がないのだ。怪訝な顔で箪笥の引き出しを引っ張り出そうとしたところで突然外から金切り声がきこえてきた。一斉に窓辺に走って見下ろすと、ひとりの女子学生が通りで気を失って倒れている。ヴィンセントが、特上のネクタイ三本をつなげて、死体を窓から吊したのだ。ピッグが首をふった——「なんだよ、海の話をするんかと思ったぜ」。一ガロンの瓶がカラッポになっていた。ボリングブルックがベッドの下から瓶《ジャグ》に入った自家製キアンティを引っ張り出す。「いやそのつもりだったんだが」フランジが言う、「あいにく海についてはネタ切れでね」だがこれには人に言えない訳があってフランジは意識的に海の話を避けたのだ。もしもきみがデニス・フランジであって、潮の満ち引きが体の血潮と連動しているばかりか、きみの幻想もまた海のうねりと一緒に動いていると知ったなら、きみも同様にふるまうだろう。海の話を聞くのは問題ないが、自分から海の話をしてはならない。なぜならきみと真の虚偽の真実*とは、不思議な予測不能性の深みへ、ずっと前に放り出されているのだから。そう、きみは受け身でいるかぎりは、真実が成り立つ範囲を見きわめることができる、が、自分から働きかけた場合、世の中のきまりを破ったことにはならないにせよ、視野をかき乱してしまう。ちょうど素粒子の動きを観察すると、観察という行為によって結果が——データや確率値が——動いてしまうのと同じである。そこで彼は適当に別の話を選んだ。こんなことをジェロニモに告げたら何といわれるだろう。

だがボリングブルックは海の話を持ち合わせていた。この男には、いろいろといかがわしい商船に乗って港から港へと渡り歩いた経歴がある。第一次大戦直後の二カ月間は、サバレーセという仲間とカラカスにいた。ディアドレ・オトゥール号というパナマ籍の貨物船から飛び降りて逃げてきたのだ。その名前、パナマ籍にしちゃおかしくないかと突っ込んだら、ボリングブルックは、そいつぁすまんが、嘘じゃない、あの頃は手漕ぎボートだろうが水上売春宿だろうが軍艦だろうが、とにかく水に浮くもんなら何でもパナマで登録できたんだと主張した。で、どうして逃げ出したかといえば、誇大妄想癖のある一等航海士ポルカッチョが、ヴェリ・ピストル*を持って船長室に押し入って、おい、船を回してキューバに向かえ、さもないと船長自身が火炎信号になっちまうぞと脅したからだ。その船倉には、ライフルが数ケースとそれ以外にも銃が積んであって、これは最近組合を結成して地元からアメリカの権益を追い出すことをたくらむグアテマラのバナナの摘み手のところへ運ぶものだったのだが、それをポルカッチョはキューバにもっていこうとした。なぜかっていやぁ、キューバに侵攻して島全体をイタリア領にするためだ。だって島を発見したのはコロンブスだもの、イタリアに属するのが正しいだろうと。この乗っ取りのため集めた仲間が三人いて、うち二人は中国人の掃除夫で残りの一人はてんかん持ちの甲板員だったが、いざ決起となると、船長は大笑いしてポルカッチョを招き入れ酒をふるまい、その二日後、ふたりして、ふらつく足で肩を抱き合いながら甲板に登場した。そのあいだ一睡もせずに飲みつづけていたのだが、そのとき凄まじいスコールに突入して乗員はみんな帆のブームを固定したり積荷を移動したり大騒ぎ、その最中に船長がどうしたもんか舷側から海へ落ちてしまった——ってわけでポルカッチョがディアドレ・オトゥール号の司令官になったが、積んできた酒が底をついたのでその補給にとカラカスへ向かった。新船長は、ハヴァナ陥落の日には乗員全員にジェロボーアム・ボトル*入りの特大シャンペンをふるまうっていう約束もしたが、ボリングブルックとサバレーセはキューバに侵攻する気なんかさらさらなくて、船がカラカスに停泊すると内地に向かってスタコラ走って、ゼノビアっていうアルメニア難民のホステスのヒモになって、それで二カ月間一晩ずつ交代で彼女と寝たんだが、結局は海が恋しくなったんだろう、それとも良心のカシャクってやつか、いや、パトロンヌが気まぐれなカンシャクを起こしたか、ボリングブルックは理由を何もいわなかったが、とにかくも二人でイタリア領事館に出頭したら領事はじつに話のわかる男で、ジェノヴァ行きの商船にのっけてくれて、それでふたりは大西洋を航行中ずっとシャベルで石炭をくべていた——まるで地獄の業火を燃やすみたいによ、とのことであった。

さて夜も更けて酔いも回った。ボリングブルックが欠伸して「寝るぞ」と言った。「あした早く起きねばならん。変な物音が聞こえるかもしれんが、心配はいらんからな。ありゃ、すごく頑丈な錠前なんだ」

「ホワッ」ピッグが驚いて、「だれが入ってこようとすんのよ?」フランジも不安になった。

「だれってことはない」とボリングブルック。「アイツらよ。しょっちゅうだ。だがまだ一度も入られてはいないぞ。まあ入ってきたって、このブットい鉄パイプがあるからな」そう言って灯りを消すと、自分のベッドへ転がり込んだ。

「アイツらって、だれだよ」とピッグ。

「ジプシーさ」欠伸といっしょに、いまにも眠りに落ちそうな声が答えた。「ここに棲んでやがるんだ、この廃棄場にさ。夜にならんと出てこない」そう言って静かになった。ややあって、いびきが始まる。

フランジは肩をすくめた。なんてことだ。ジプシーだって。子供のころ、北海岸の人気《ひとけ》のないところでキャンプ生活をしていたジプシーの姿が記憶のなかによみがえった。とっくの昔にどこかへ消えてしまったものと思っていた。そうではなかったことが妙に嬉しかった。どことなくしっくりくる。このゴミの廃棄場にジプシーが棲みついたというのが、なかば腑に落ちたのだ。ボリングブルックの語った海をすんなり信じることができた——その海が血漿《プラズマ》となり媒体《メディウム》となって貸切馬車やらポルカッチョやらを育んだことがしっくりと感じられたのと同じである。いや、それをいえば、若き日の、荒くれ男だったフランジだって、同じ海から育まれたわけだ。それがどうなってしまったんだろう、海の変化《シー・チェンジ》を被ってしまったのか、今の自分は何の変哲もないおっさんになってしまったではないか。ボリングブルックとピッグ・ボーディーンのふたりが対位法で奏でるいびきの中、浅い不安定な眠りへとフランジは漂っていった。

どれだけ眠ったのか。目を開いたら真っ暗闇だった。体の感覚としては午前二時か三時、いやそんな、人間が知覚できるようなのとは違う、猫や梟や蛙など闇夜に鳴きわめくものどもの荒涼たる時間かも。外はまだ風が強い。自分を起こしたものは何だったのだろう、彼は風に聞き耳を立てた。まるまる一分。とりたてて何も聞こえない。が、聞こえた、女の声が風に乗ってやってくる。

「アングロさん」と声は言った。「黄金《きん》の髪のアングロさん。出てきてよう。出てきてあたしを秘密の小径でみつけてよう」

「ホワッ」フランジは驚いてピッグを揺すった。「ヘイ、バディ、外にオンナがいるぞ」

ピッグの片眼が開いた。焦点は結んでいない。「おおいいねえ。おいらにもまわしてくれや」

「違うんだ。ボリングブルックがいってたジプシーだと思う」

ピッグの返事はいびきだった。フランジは暗闇を手探りで進んでボリングブルックのわきに行き「ヘイ、マン」と呼びかけた。「そこに来てるんだよ」——反応なし。もっと強く体を揺すって「すぐそこまで来てるんだ」。自分が動揺してきているのが感じられる。ボリングブルックは向こうへ寝返りを打って、なにやら訳のわからんことをつぶやいた。フランジは両手を上に投げ上げて言った。「ホワッ」

「アングロさん」女の呼び声はやまない。「出てきて、ねえ、出てきてあたしを見つけてよう。出てこないと行ってしまうわよう。二度と戻ってこないわよう。背の高いアングロ人さん、出てらっしゃい。黄金の髪とキラキラした歯のアングロさん」

「おいおい」誰にともなくフランジは「それってオレのことだよな」と言った。そしてすぐに違うか、オレの分身のほうかと思い直した。我がドッペルゲンガー、暗く艶やかな太平洋の日々の海犬《シードッグ》。彼はピッグを蹴った。「オレに出てきてほしいといってる、どうする、おい」

ピッグは両目を開けた。「上官どの」と彼は言った。「出て行って状況を見るのがいいと自分は思います。もしそのオンナがグーであれば、連れかえって兵卒たちにも与えることです」

「了解」気のない返事をしてフランジはドアに進み、閂をずらして外に踏み出した。「オー、アングロさん」の声が聞こえる。「出てきたのね。いっしょに来てね」

「いいともさ」フランジはタイヤの積み上がった中を、ボリングブルックの仕掛けたワナにかからぬことを祈りながら縫うように進んだ。あと何歩かで広い場所に出るというところまで、何事もなく進んだのは奇跡的だと思って上を見たら、スノータイヤの高い塔がグラリ傾いて、星空を背景に一瞬静止したかと思うと、彼の上になだれ落ちた。その先の記憶はない。

額にあてられたつめたい指先と、なだめるような呼びかけで目を覚ました。

「起きて、アングロさん。目を開けて、大丈夫よ」瞼を開くと、若い女の顔が浮かんで見えた。パッチリした目が心配そうに見下ろしている。その髪には星がまとわりついていた。峡谷の入口のところで伸びているフランジに向かって彼女は「来て」といって微笑《ほほえ》んだ。「ほら、起きるの」

「いいとも」フランジは言った。頭痛がする。全身が痛む。なんとか立ちあがった。女の顔がはじめて正視できた。星空の下でエキゾチックな彼女をはじめてまじまじと見た。ダークなドレス。スリムな腕と素足。首筋は繊細に湾曲し、胴体はあまりにスレンダーでほとんど影のようにしか見えない。ダークな髪が、顔のまわりと背中沿いに、黒い星雲のように浮かんでいる。眼がとても大きく、鼻はツンと上を向き、そのすぐ下に口があり、歯並びがきれいで顎もすてきだ。夢だ。この子は天使だ。背丈は一メートルをわずかに超えるくらいだろうか。フランジは頭を掻いた。

「こんにちは。デニス・フランジっていいます。助けてくれてありがとう」

「わたし、ネリッサ」といってデニスの顔を見上げる。

彼は言葉を失った。会話の可能性が急に閉じてしまった。まさか、小人問題とか議論するわけにもいかんだろう。

彼女の手がフランジの手をとった。「来て」手を引いて峡谷に入る。「どこへ行くんだい」「おうちよ。もうすぐ明るくなってしまうわ」。これにはフランジも躊躇した。「ちょっと待ってくれ。友達を残してきてるんだ。ボリングブルックの世話になってるし、おいそれとは……」返事がない。彼は肩をすくめた。知ったことか。導かれるまま峡谷の奥へ進み、斜面を登る。土手の高みの尖塔の上に人影があってこちらを見ている。他にもおぼろげな影が宙を舞ったり浮かんだり。どこからかギターの音。歌声。喧嘩の怒声。ゆうべマットレスを取りに行ったときに通ったガラクタの山へ入った。無数の陶器とメタルとが星の光を浴びている。その間を、足を置く位置を選びながら進んでいく。仰向けに倒れたゼネラル・エレクトリックの冷蔵庫の前で、やっと彼女は立ち止まった。ドアを開け、「あなた、うまく入れるといいけど」と言って、スルリと中に消えていく。まいったな、おれ、このごろ肥えてきたからと、それでも這い上がって、体をもぐり込ませる。冷蔵庫は背面が外してあった。「戸を締めておいてね」下のどこかで彼女が叫ぶ。術にでも掛かったように彼は声にしたがった。一条の光が差した。道を照らすのに彼女が懐中電灯を点けてくれたのだろう。ゴミがこんな深さにまで積み上がっているとは知らなかった。ところどころ体がつっかえそうになるほどの狭さだが、なんとか身をくねらせて、ルーズに積み上がった家電製品の隙間を十メートルほども下りていくと、48インチ径のコンクリート管が口を開けていた。彼女はそこで待っていた。「ここから先はもう楽よ」。なだらかに数百メートルも続いていくかと思われる下り坂を、彼は這い、彼女は歩いて進む。飛び回る懐中電灯の光と影の間にちらり、別のトンネルが分岐しているのが見える。彼が関心を抱いたのを見て取ると彼女はいった、「ずいぶん昔から造っていたの」。このゴミ廃棄場全体にトンネルと小部屋のネットワークが網状に張り巡らされているのだそうだ。もともと〈レッド・アポカリプスの息子達〉というテロリスト・グループが革命の準備のために造ったのだが、全員連邦警察に捕らえられ、一年ほど後にジプシーたちが移り住んだのだそうだ。

　行き止まりまで来ると、砂利土のなかに小さなドアが埋まっていた。開けて中に入っていく。ネリッサが灯した蠟燭の炎が、アラス織りの壁掛けや絵画のかかった壁面を照らし出した。部屋にはシルクのシーツを延べた巨大なダブルベッドのほか、衣装簞笥《アルモワール》、テーブル、冷蔵庫もある。フランジは矢継ぎ早に質問し、彼女は一つひとつ答えていった。空気の補給はどうするのか。下水は。水道管は。電気はまるで疑っていないロング・アイランド電力からちょうだいしている。食料や必需品は、ボリングブルックが昼間使うトラックを夜間に動かして盗んでくる。ボリングブルックは迷信深いから近寄ってこないし、アル中その他の悪癖悪行を当局に告げ口されては首になってしまうので、捕まえようとはしない。

　気がつけば、ベッドの上にしばらく前からグレーの毛深いラットが坐っていて、二人のことを詮索していた。「ヘイ」と彼は言った。「ベッドの上にラットが坐ってるよ」「ヒヤシンスって名前よ、女の子なの」とネリッサ、「あなたが来るまで、友だち、この子だけだったのよ」。ヒヤシンスは態度を決めかねたまま目をしばたたいた。「そりゃステキだ」フランジが手をさしのべてラットを撫でると、チュウと鳴いて後ずさりした。「シャイなのよ」とネリッサが言った。「仲良くなるわ。時間をあげて」

「そうだ」とフランジ、「質問を思い出したぞ。ぼくはここにいつまでいる？　なんの理由で連れてこられた？」

「ヴィオレッタっていう眼帯《パッチ》をしたお婆さんがいてね、その人が何年か前にわたしの運勢を占ったの」ネリッサが言った。「わたしの未来の夫は背の高いアングロ男で、その人はまばゆい色の髪をして腕っぷしが強いって――」

「そうだともさ」フランジが言った。「われわれアングロ系はみんなそうだ。背が高くて金髪のアングロなんてどこにでもいるよ」

彼女の口がすぼみ、目から涙がこぼれた。「わたしを奥さんにしたくないのね」

「あのね」フランジはバツが悪そうに、「ぼくには妻がいるのよ。つまり結婚してるの」

一瞬彼女はナイフで刺されたような顔をし、それから激しくわめき始めた。

「事実を言っただけじゃないか」とフランジ。「幸せだともなんとも言ってないよ」

「わたしのしたこと怒らないでね、デニス」彼女はしゃくり上げた。「帰っちゃわないで。ここにいるっていって」

フランジは考え込んだ。その沈黙をヒヤシンスがかき乱した。突然ベッドの上でバク転をやったかと思うと、猛烈にあたりを駆けめぐる。ネリッサはフウッと鋭く、やさしさのこもった溜息をついてラットを胸に抱き上げて、撫でながら甘い声で歌い出した。彼女は子供のようだ。そしてラットも彼女の実の子のようだ。

どうしておれとシンディには、子供がいないんだろう、と彼は思った。

子供がいれば大丈夫、たとえ地球が玉ころがし《ボッチェ》の鉄球*サイズに縮んだって平っちゃらだ。

というわけで答えは決まった。

「いいよ」彼は言った、「もちろんさ、ここにいさせてもらおう」。まあ当分は、と心で思う。おごそかな顔で彼女が見上げた。その大きな瞳を白い波が躍りながら横切った。彼女のハートは海面下のみどり、海の生き物がゆったりとクルーズしている。

エントロピー

いまボリスが見通しの要約を伝えてきた。彼は気象の予言者である。悪天候が続くだろうと彼はいう。さらなる天変地異、より多くの死、より大きな絶望が広がるだろうと。変化の兆しは一向に見えない……死の牢獄へ向かっての行進あるのみ、大集団の行進が避けがたく始まる。逃れることはできない。天候は変わらない。

——『北回帰線』

アパートの下の階、ミートボール・マリガンの部屋では、契約ぶちきりパーティ*が40時間連続して進行中。からっぽのシャンペンボトルが散らばるキッチンの床に、サンドール・ロハスと三人の仲間が尻をつき、ハイドセックとベンゼドリンで覚醒させた頭でドローポーカーをやっている。居間にはデューク、ヴィンセント、クリンクルズ&パコの四人の面々がいて、ゴミ缶に取りつけた15インチ・スピーカーを囲み、出力27ワットを全開にした「キエフの大門*」に聴き入っている。陶酔した四つの顔、ホーンリムの黒メガネ*、おかしな形のシガレット、吸い込むケムリはタバコではなく、学名をカンナビス・サティヴァ*という麻が主体の混ぜものだ。この四人、デューク・ディ・アンジェリス・カルテットという楽団を組み、タンブー*という地元レーベルから、『宇宙空間のうた』という、10インチのLPレコードも出している。ときどき一人がクサの灰をスピーカーの上に落とし、それがふるえて跳ねるのを見つめている。ミートボールは窓際だ。ワインのマグナム・ボトルを縫いぐるみのクマのように胸に抱きしめて伸びている。Gガールズ、つまり国務省や国家安全保障局のごとき政府機関にやとわれている女性連はカウチやイスに——そのうちひとりはバスタブの中で——酔いつぶれている。

1957年の2月*のこと。当時アメリカ人の国外流浪組《エクスパトリオッツ》*の多くはワシントンDCに暮らしていた。会うたびに言いわけがましく。いやね、ヨーロッパへはそのうちきっと行くんだけれど、今はひとまずお役所づとめってわけ。みんな、そのアイロニーは自覚している。それで多国語パーティなど開き、三つ四つの言語で同時にコミュニケートして、ついてこられない新参者をそれとなく除け者にしたり、アルメニア人の食料品店に数週間つづけざまに出入りして、ブルグルと羊肉のディナーを作り、壁に闘牛のポスターを貼った小さなキッチンに友人を招く。ジョージタウン*で経済を専攻しているアンダルシアやミディ出身の熟れた娘といい仲になる。ウィスコンシン・アヴェニューの〈オールド・ハイデルベルク〉という学生向けのラーツケラーを我らが聖堂《ドーム》にしていても、春が来るとやっぱりリンデンバウムではなく日本のサクラ*を愛でずにはいられない。そんなけだるい暮らしのなかにもそれなりに、彼らが「キック」と呼ぶ刺激はあった。

ミートボールのパーティはちょうど二度目のさかりを迎えようとしていた。戸外では雨が屋根の防水紙を打ちつけ、軒下の木製の怪物《ガーゴイル》の鼻と眉と唇にあたってしぶきを飛ばし、あるいは涎となって窓ガラスを這い下りていた。前日は雪だった。その前の日は突風が吹き荒れ、さらに前の日はまだ2月も初旬というのに4月を思わせる太陽が街を眩しく照らした。「うそっこの春《フォールス・スプリング》」とでもいったらいいのか、ワシントンDCのこの奇妙な季節のどこかにリンカーンの誕生日と中国のニューイヤーがあり、サクラの開花にはまだ遠いストリートは寂しさいっぱいで、さながらサラ・ヴォーンのうたう「ことしは春が遅くなりそう*」の雰囲気そのままだ。平日の午後から〈オールド・ハイデルベルク〉に陣取ってヴュルツブルガーを注いだグラス片手に「シグマ・カイの恋人*」ばかりか「リリー・マルレーン」も歌ってしまう輩《やから》は総じて、避けがたく癒しがたく、ロマンチストであるのだろう。そしてまともなロマンチストなら誰でも知っているにちがいない、ソウルとは（スピリトゥスとは、ルーアックとは、プネウマとは*）本質的に空気以外の何ものでもないのだ。であるからして、大気の変化はそれを呼吸する人間の変調となって表れる。つまり、国民の休日やら観光名所からなる公的な生の組成を超えたところに、天候に直接導かれたプライベートな生の蛇行があって、両者はまるで一年をフーガに見立てたときのストレット*の部分のように激しく追いつ追われつして進むのだ――不順な天気と、さまよう恋と、気まぐれな熱中。気がつけばきみは数カ月の時をまるっきりフーガの中で生きていたりする――というのも、おかしなことに、後になれば、風も、雨も、2月と3月の熱情も、そんなものはまるで存在しなかったかのように、街の記憶にまるで残っていないのだ。

「キエフの大門」のエンディングの低音が床を突き上げて不安定な眠りからカリストを起こした。目覚めた彼の意識はまず、自分の胸にのせ両手で優しく包んでいた小鳥に向けられる。枕の上で首を回し、抱いた鳥の青い弓なりの頭部と、病身の閉じた目に微笑《ほほえ》みかけて彼は想う――こいつが回復するまであと幾夜、温めなくてはならぬのかと。こんなふうに抱き始めてすでに三日が過ぎた。そうする以外、健康を回復させる術《すべ》を彼は知らない。隣りで若い女が蠢いた。微かな声。抛り上げた腕がみずからの顔の上に落ちる。雨の音。それに混じって海星葛《フィロデンドロン》や小さな棕櫚の葉の蔭から、他の鳥たちの、今朝の最初の、試すような、つつくような鳴き声が聞こえる。鳥たちは、カリストが七年がかりで織り上げたこのアンリ・ルソー風の幻想熱帯園の、鮮紅色と黄と青のパッチだ。街のカオスに取り囲まれた、小さな規則性の包領《エンクレーヴ》である密封されたこの温室*は、気紛れな天候にも、国の政治にも、世間のいかなる乱れにも左右されない。数々の試行錯誤を経てカリストは、室内の生態学的バランスを完璧なものにし、愛人の助けを得てその芸術的ハーモニーを完成させた。すなわちここでは緑のそよぎと鳥／人の動きとが、完璧なるモビールのリズムをもって全体のバランスを失することなく進行する。この聖域《サンクチュアリー》はもちろん彼も彼女も不可欠な一部だ。二人の存在があってはじめて全体が一つとなる。だから必要な物は届けさせる。もはや外出はしない。

「大丈夫そう？」彼女が囁いた——黄褐色の疑問符のような恰好をして彼の方を向き、突然見開いた大きなダークな目をゆっくりとしばたたいて。カリストは鳥の首根っこに置いた指を一本、羽根の下に優しく滑らせた。「大丈夫さ、よくなる。ごらん、仲間が起き出すのをしっかり聞いているよ」。まだ目が覚めきらぬうちから女は、雨音と鳥の声を聞いていた。名前はオーバード、フランス人と安南人のハーフだが、彼女が住んでいるのは自分ひとりの奇妙な音の惑星だ——そこでは雲も、火炎樹《ポインシアナ》の香りも、ワインの渋みも、腰のくびれに置かれる手も、乳房を羽根のように通り過ぎる指先も、すべてが避けがたく、音の流れに変換されてから意識に届く。彼女が生きているのは、不協和音のうなる暗闇を背景にして立ち現れる音楽の世界だ。「オーバード」彼が言った。「見てきておくれ」彼女は立ち上がる。足音が窓辺に向かう。カーテンが捲られ、ややあって彼女の声——「37。37のままよ」。カリストは顔をしかめ、「火曜日から変化なしだな」。遡ること三世代前、ヘンリー・アダムズは発電機《ダイナモ》のもつ圧倒的な力を前にして*立ち尽くしたが、カリストも、同じ力の内的生命である熱力学に対して同様に反応した。彼もまた、アダムズと同じく、ダイナモと聖母《ヴァージン》とは力とともに愛の象徴でもあって、愛と力とは現実に一つなのであり、よって愛は「世界を回す」だけでなく、実際に芝生の鉄球《ボッチェ》も回せば星雲の歳差運動*も司るのだと理解した。そして、後者の星の世界のことが彼の心を掻き乱した。というのも、専門家筋によれば宇宙はいつの日か熱死《ヒート・デス》を迎え、すべての地点の熱エネルギーが等価となって一切の形態も運動も成り立たない、辺獄《リンボ》のようになる。日々気休めの変動数値を並べる気象予報士は、ただそうやって真の予言の実現を先延ばししようとしているだけなのだ。

　だがもうすでに三日になる。天気は激しく変わっているのに、水銀柱は華氏37度を指したままだ。宇宙崩壊《アポカリプス》の前兆に身構えたのか、上掛けの下でカリストの体が蠢いた。鳥を押えた指先の力が一瞬強まる——気温がじきに変化することの確証を震え苦しむ身体から得ようとするかのように。

最後のシンバルのクラッシュ音。その作用で、ゴミ缶にかぶさってシンクロして揺れていた四つの頭がぴたっと止まった。と同時にミートボールの目がしぶしぶと開いた。残響は一瞬のあいだ部屋にとどまり、ささやく雨音の中に溶けて消えた。鎮まった部屋に響く、からっぽのマグナム瓶を見たミートボールの「ウゲエエッッ」*という叫び。クリンクルズがスローモーションで振り返り、にこりと笑って「シガレット」を差しのべた。「ティー《マリワナ》・タイム、マーン」「ノー、ノー」とミートボール、「何度いったらわかるんだ、ワシントンは連邦捜査官だらけなんだぜ」。クリンクルズが物ほしそうな目をして、「どうしたんだよ、ミートボール、なにもやりたくないのかよ」「むかえ酒だ」とミートボール、「——といっても、なにか残ってるのかい」。這ってキッチンへ。「シャンペンなら終わったぞ」デュークが言う、「あとはアイスボックスの後ろにテキーラが一ケースだ」。彼らはアール・ボスティック*の面にレコード針を落とした。ミートボールはキッチンの戸口で止まり、サンドール・ロハスにしかめ面を送り、ちょっと迷って「レモン」と言った。冷蔵庫まで這っていく。レモン三個とアイスキューブを少々。テキーラも見つけて神経系の秩序回復に走る。レモンを切って指に血をにじませ、レモンをしぼるのに両手を使い、アイストレイの氷をとるには足も使ったけれど、10分後にミートボールは奇跡的にもできあがった巨大《モンスター》テキーラ・サワーに目を輝かしている。「おいちそうだな」とサンドール・ロハス、「ぼくにも作っておくれでないか」。ミートボールは目をぱちくりさせて「キッチ　ロファッサ　シェギトビ*」と機械的に応答し、バスルームにさまよいこんだ。ややあって、「おーい」。特にだれかを呼んだのではない。「おーい、バスタブになにか寝てるように見えるな、どうも女らしいや」と、肩をつかんで揺り動かしたら女は「ホワッ」と言った。「窮屈じゃないか」ミートボールが言った。「あ、そうかも」彼女は同意し、よろけながらシャワーに入って冷水を出し、しぶきの下で胡坐をかいて「この方がいいみたい」とにっこりした。

「ミートボール」キッチンからサンドール・ロハスの声がした。「だれか窓から入ってくるぞ。ドロボーだな。二階狙いのスペシャリストか」「なら心配ない、ここは三階だ」キッチンへ走ると、びしょぬれの、かなしげな人影が非常階段に足をかけて、ガラス窓を爪で引っかいていた。ミートボールは窓を開けた。「ソールじゃないか」

「ウェットな日だ」ソールが窓から入ってきた。水滴がしたたっている。「でさ、聞いてるよね」

「ミリアムが出てった」とミートボール、「ってことならね。それだけ」。

突然、玄関であわただしいノックの音がした。「おはいりー」とサンドール・ロハスが応える。ドアが開いて入ってきたのは三人の女子で、みなジョージ・ワシントン大学で哲学を専攻、それぞれの手にキアンティの一ガロン瓶をぶらさげている。サンドールは飛び上がって、そのまま居間へダッシュした。「パーティやってるって聞いたもんだから」ブロンドの一人がいった。「若い生き血だ」サンドールが叫んだ。ハンガリー出身でかつては自由の闘士だった彼も、いまでは一部の中流階層批判者が「ワシントンDCのドン・ファン症」として糾弾した症例の最悪かつ慢性のものに陥っていた。「プルケ ポルティ ラ ゴンネッラ、ヴォイ サペーテ ケル ケ ファ*」という、あれである。ほとんどパブロフの犬状態で、コントラルトの歌声であれ、アルペジオの旋律であれ、それが始まれば口からヨダレが流れ出す。ミートボールは焦点のずれた目で三人組のキッチンへの行進を眺め、肩をすくめた。「ワインはアイスボックスに入れておいてよ」と彼はいった。「じゃ、おやすみ《グッド・モーニング》！」

ダークな緑の靄のなかで、大判の用紙に向かってペンを走らせるオーバードの黄金色のうなじが撓《しな》う。「プリンストン在籍の若者として」灰色の胸毛に鳥を軽く押し当てた部屋主の口述が始まっていた。「カリストンは熱力学の第二法則の覚え方を習得した――〝どのみち負けだ、物事どんどんわるくなる、よくなるなどと言ったのだれだ〟。五十四にしてギッブスの宇宙論に出会ったとき彼は、学部生のときに覚えたその語呂合わせに実は神の啓示がこもっていたことを知った。あの長く伸びた迷路のごとき方程式が、彼にとって、究極のヴィジョンである宇宙の熱死《ヒート・デス》となったのである。もちろんそれ以前も、百パーセントの効率というものが、想像上の理想的な熱機関や系以外では得られないことを知っていたし、クラウジウスの定理、すなわち孤立系におけるエントロピーは常に増大し続けることも知っていた。だがギッブスとボルツマン*が、統計力学によってその原理を説明するに至って彼は、この事実が持ち得る恐るべき意味合いに気づいたのだった。そのときはじめて、孤立した系――銀河系であれ、エンジンであれ、人間であれ、文化であれ何であれ――が、蓋然性の高い状態へ向かって動いていく必然を悟ったのであった。そして彼は、哀しき中年の、枯れゆく人生の秋において、以前に学んだ総ての根本的再評価を余儀なくされた。総ての都市と季節を、過去の気紛れな熱情を、新しい、把握しがたい光に照らして見直さなくてはならなくなった。それほどの課題を成し遂げることができるのかどうか分からなかった。還元主義に陥る過ちを避け、力なき宿命論の優しきデカダンスにも埋没しない、そんな強靭な精神をみずからに望んだ。彼の抱く悲観論は常に頑強なイタリア式ペシミスモであり、マキアヴェッリ同様、徳能《ヴィルトゥ》と運命《フォルトゥーナ》*の力関係は五分五分であるとしていた。しかしその数式にランダムさの要素が入り込んだ今、両者の比は耐えがたく均衡を逸し、算定するもおぞましい値になってしまったのだ」彼のまわりに温室の植物の輪郭がぼんやり浮かんでいる。人の心臓に押し当てられた、哀れに小さな心臓がかすかな拍動を続ける。カリストの発する言葉と対位法の旋律をなして彼女の耳に届くのは、甲高い鳥の囀《さえず》りと、雨に濡れた朝の戸外から疎《まば》らに聞こえる警笛――それに、ときたま下の階から荒々しく床を突き抜けて耳に届くアール・ボスティックのアルト・サックス。彼女の世界の純粋な建築的構成は、つねに隙あらば突き崩そうとする無秩序の乱入の予感に――切れ目、突起、不揃い、変形、傾斜に――晒されていたが、彼女はそのつど必死の調整を行なって、統一された全体が揺らいで無意味な個別シグナルの集まりへと崩落してしまうのを防いでいた。その努力についてカリストはある種の「フィードバック」*であると評した。毎晩、疲れ果てた彼女はある種の消尽の感覚と、けっして気持ちを緩めまいとする決意をもって夢の中へ這い進んでいく。カリストと交わる短い間も、張り詰めた神経が大胆なダブルストップ奏法*でこすられるなか、彼女の決意の弦は舞い上がるような旋律を奏でるのだった。

「しかしながら彼は」カリストは続けた。「エントロピー、すなわち閉鎖系の無秩序さの度合いに、みずからの世界における諸現象の適切な隠喩《メタファー》を見出した。たとえば、彼の世代であればウォール街に対してしか向けなかった鬱憤を、今の世代はマディソン街*にも差し向ける。そしてアメリカ消費社会自体に、確率的に稀なところからより蓋然性の高い状態へ向かう傾向、差異化から同一化へ、秩序立った個別性から一種のカオスへ向かう傾向が見出される。つまり一言で言えば、彼はギッブスの予言を人間社会に当て嵌め、自分の生きる文化の〈熱死《ヒート・デス》〉を思い描いたのである。つまり（熱エネルギーではなく）観念がもはや伝達不可能になる状態。どの地点も同等のエネルギー量を有し、故に一切の知的運動が静止する状態――」ここでふと視線を上げ、「見てきてくれ」。再び彼女は立ち上がって外の温度計を覗き込んだ。「37度。雨は止んでいるわ」瞬間、彼は頭を下げて震える鳥の翼に唇を当てた。「では、じきに変化があるだろう」努めて堅固な声を保ちながら彼はいった。

　キッチンのレンジの上に尻をのせたソールは、怒った子供にひっぱたかれた大きな布人形《ラグドール》のようである。「で、何があったの」ミートボールがたずねた。「言いたくなかったらいいけど」

「ああ言いたいね」とソール。「ひとつには、オレがアイツを殴った」

「いさめたわけ。訓育かよ」

「ハハ、見せてやりたかったよ、ミートボール。すばらしいケンカだったぜ。アイツ、しまいには『化学／物理ハンドブック』をオレに投げつけた。それが外れて窓ガラスを破ったね。ガラスと一緒にアイツのなかの何かが一緒に割れた。泣きながらすごい勢いで雨のなかへ飛び出てったよ。レインコートもなにも着ないで」

「戻ってくるさ」

「無理だね」

「ってことは」ややあってミートボールが言った。「世界を揺るがすような大問題で対立したんだな――サル・ミネオとリッキー・ネルソン*、どちらがいいかみたいな?」

「実を言うと」ソールが言った。「コミュニケーション理論のことでケンカした。冗談みたいだろ」

「コミュニケーション理論なんて、ちんぷんかんよ」

「うちのやつもさ。まあ結局、コミュニケーションなんて、だれにわかるっていうんだ。お笑い草だよ」

ソールの顔に浮かんだ微妙な笑みを見てミートボールは、「テキーラか何かいくか?」

「いや、わるいな、いやな顔して。これってさ、深入りしがちな分野でね。オレなんか、見わたすところ、監視のお巡りばかりだぜ。藪のうしろも、角を曲がったところにも。なにしろマフェットっていうのは国家の最高機密だから」

「ホワッ」

「MUFFET。マルチ＝ユニット・ファクトリアル・フィールド・エレクトロニック・タビュレーターのことだよ」

「そいつのことで、ケンカになったのか」

「ミリアムのやつ、またSFを読んでてさ。『サイエンティフィック・アメリカン』*もだ。コンピュータが人間のようにふるまうっていう考えに、なんというかピリピリしちゃってね。オレもバカなことを言ったよな。それって逆だろ、って言ったんだ。人間の行動のほうを、IBMマシーンにフィードしたプログラムになぞらえるのが本来だ、と」

「いいじゃん《ホワイ・ノット》」ミートボールがいった。

「いいんだ《ホワイ・ノット》。その姿勢こそがコミュニケーションの問題を考えるうえで重要なんだ、情報理論はいうに及ばずね。しかしオレがそれを言ったら、アイツ、カチーンときたらしくてね、マジに切れた。どうしてだろう、意味不明さ。その道の専門家として国民の税金で雇われているオレからして、わからない。イヤだね、血税がオレにムダづかいされてるなんて思いたくない。税金はもっと大きくて善いことにムダづかいすべきだ」

ミートボールは口をとがらせた。「きっとさ、冷たくて非人間的でモラルに欠けた科学者みたいに思われたんじゃないか」

「おいおい」ソールは片方の腕を振り上げた。「非人間的か？　これ以上人間的になれるかっていうんだ。オレなんか心配のかたまりだぜ。最近、北アフリカを放浪してて舌を引き抜かれちゃうヨーロッパ人がいるっていうだろ。*いっちゃいけない言葉をその舌がしゃべったからって。それを正しい言葉だと思うのはヨーロッパ人だけだって」

「言葉のバリア」ミートボールがいった。

ソールは調理台のレンジにのせた尻を下ろし、怒りをぶつけた。「それは最悪のジョークだな。表彰もんだよ。バリアでなんかあるもんか。リークさ。女の子に"I love you."っていうとする、そのうち三分の二は問題ない。閉鎖回路だ。*オマエと彼女。しかし真ん中にあるいやったらしい四文字言葉。そいつは警戒しないといけないし、あいまい。冗長。見当ちがいですらある。リークだよ。こういうのがノイズなんだ。ノイズがシグナルをだめにする。回路の連結がオジャンになる」

ミートボールは摺り足《シャッフル》で動き回っている。「あのさ、ソール」とやや口ごもりながら、「きみは、ちと、なんてーか、期待値が高すぎるんじゃないか。だって、そのさ、つまり、言ってしまうとだ、人間のいうことなんて、たいていがノイズじゃないかって、おれなんか思っちゃうほうなんだけど」

「ハハ、いまの発言、*半分はたしかにノイズだ」

「きみのいうことだって似たようなもんじゃないか」

「知ってるよ」ソールは暗い微笑を浮かべた。「ひどいもんだ」

「だから商売になるんだな、離婚弁護士が……あっ、ゴメン」

「いやオレは感じやすくないから。それに」眉をひそめて、「オマエが言ってることは正しいし。

つまり、いわゆる順調な結婚生活って、オレとミリアムの場合もそうだったけど——いやゆうべまではだな——だいたいが妥協の産物だろ。最大効率《トップ・エフィシェンシー》で動いてるわけじゃない。最低限の機能を果たすあたりに落ち着いているくらいのことじゃないか。トゥゲザネス——」

「ウゲエエッッ」

「そうさ、その単語、オマエにはノイズィに感じられるだろう。だがノイズの内実っていうのはおたがい違うわけだ。オマエは独身だし、オレは違う、あ、そりゃゆうべまでか、チクショー」

「その通りだよ」ミートボールは助けになりたくて懸命だ。「きみんとこのケンカでも、二人で意味が違ったんじゃないか。〝人間〟という言葉できみが意味してたのは、なにかコンピュータにたとえられるようなものだったんだ。そういう捉え方をすることが、仕事上好ましいことはわかるけどさ、でもミリアムのいう〝人間〟ってのはぜんぜん別の——」

「うるさいよ」

ミートボールは口を閉ざした。「それ一杯もらおうか」と、ややあってから、ソールが言った。

トランプも投げ出したサンドールの仲間は、徐々にテキーラによる機能不全に向かっていた。居間のカウチでは、女子大生の一人とクリンクルズがしんねりとやっている。「ちがうね」とクリンクルズ、「デイヴのことを貶めるやつがいるが、ぼくは彼を尊敬する。事故のこととか考えると、ほんと立派だと思うよ」。彼女の笑みが引いた。「お気の毒に。何の事故だったの？」「聞いてない？　軍隊にいたとき、ただの二等兵だったんだが、特別任務でオークリッジに行かされた。マンハッタン・プロジェクト関係さ。で、ある日、ホットなやつを扱っていて……被爆だよ。だからいつも鉛の手袋をしてないといけない」彼女は同情をあらわにして首を振った。「ピアニストが？　あんまりよね」

テキーラでへべれけになったソールをうっちゃって、ミートボールがクローゼットにこもり、一人眠ろうとしたちょうどそのとき——玄関のドアが勢いよく開き、USネイビー所属の水兵が五人どやどやと押し入ってきた。それぞれ、程度の差こそあれ、見るからに醜悪な連中である。「ここだあ」ニキビ面の太ったのが言った——「ここが曹長の言ってた売春宿だぜ」。マッチョな体軀の甲板員がそいつを脇に押しのけて部屋を物色した。「当たりだ、スラッブ。しかし、本国じゃしょうがねえけど、あんまり大したとこじゃねえな。イタリアのナポリで抱いたオンナはほんとよかったぜ」「いくらだ、おい」アデノイド持ちの、デカい水兵の声が響いた。その手から、どぶろくウィスキー入りの保存瓶《メイソン・ジャー》がぶら下がっている。「なんちゅうこった」ミートボールがうめいた。

戸外の気温は華氏37度から動かない。温室部屋で捕われた表情のオーバードが、ミモザの若木を愛撫している。のぼる樹液の主題《テーマ》が彼女の耳に流れ込んでいるのだ。豊穣を約束するというその華奢な淡桃色の花から、粗野で未解決の動機《モチーフ》*が、縺れ合った網目模様を描いて展開し、その秩序のアラベスクが、時にカスプやオージー*のような尖った形状をなして突き上げてくる階下のパーティの即興的不協和音と闘争的なフーガをなす。そのS／N比*、守られるべき信号と雑音の比率が、か弱く小さな彼女の頭蓋のなかでシーソーのように揺れる。小鳥を護るカリストを見つめながら彼女は、持てるエネルギーをすべて傾注して繊細なバランスの保持に集中した。手のなかのほんわりした生き物に鼻先をすりよせながらカリストは、熱死《ヒート・デス》と結びつくあらゆる観念を頭の中に引き寄せた。対応を彼は探った。もちろんサド侯爵*がいる。『サンクチュアリー』*の最後、パリの小さな公園で痩せ細り希望を失ったテンプル・ドレイクも。最終的な均衡。『夜の森』*。そしてタンゴ。どのタンゴでもよいが理想的にはストラヴィンスキーの哀しく病的な『兵士の物語』*か。彼は過去を振り返った。欧州大戦後の時代を生きた者にとってタンゴとは何だったのか。ダンス喫茶《カフェ・ダンサン》に集って踊った壮麗な男女一対の自動人形たちは、彼自身のパートナーの瞳の背後で拍を刻んだメトロノーム*は、彼に読めなかったどんな意味を携えていたのか。吹き下ろすスイスの涼風でさえ拭うことのできないグリップ・エスパニョールに、ストラヴィンスキーも、他のみんなも感染したのだ。パッシェンデールの戦いの後、マルヌの戦い*の後に何人のミュージシャンが残ったというのか。この曲の場合は七人。ヴァイオリン、コントラバス。クラリネット、バスーン。コルネット、トロンボーン。ティンパニ。これでは辻芸人《サルタンバンク》の一座を以てオペラハウスの交響楽団全体の情報を伝えようとするに等しい。楽員が満足に揃ったオーケストラなどヨーロッパ中から消えてしまった。しかしそれでもストラヴィンスキーはヴァイオリンとティンパニで表現し得たのだ。ヴァーノン・キャッスル*を気取る若者らと、明日を想うことのないその情婦らの疲弊感、閉塞感。我が愛人《マ・メトレス》。セレスト。第二次大戦後ニースへ戻ったが、いつものカフェはアメリカ人観光客向けの香水屋になっていた。丸石を敷いた舗道にも、隣りの古いペンションにも、彼女の秘かな痕跡もなく、彼女の吐息からいつも匂った甘いスパニッシュ・ワインの香りをどこかの香水が代用してくれるわけでもない。そこで彼はヘンリー・ミラーの小説を買ってパリへ向かった。汽車の中でそれを読み、パリに着いたときにはある程度の覚悟があった。変わってしまったのはセレストだけ、テンプル・ドレイクも含めた女たちだけではないと。「オーバード」彼は言った、「頭が痛む」。声の響きが彼女のなかに一切れの応答メロディを生み出した。キッチン、タオル、蛇口へ向かう彼女の動きと、それを見つめる彼の視線が、不気味に絡むカノンを作った。冷たいタオルが彼の額に置かれ、感謝の溜息が吐かれると、それを契機に新たな主題が始まり、転調を繰り返していく。

「ちがう」ミートボールはなおも説得を続ける。「ちがうんだ。ここはそんないかがわしい家じゃない。ほんと、申し訳ないけど、ちがうんだ」だがスラッブは「チーフはそうだといってるんだ」とゆずらず、手にしたどぶろくを「いいネエちゃん」とバーターしたいと言い出した。ミートボールが助けを求めるかのように、必死にまわりを見回すと、部屋の中央にはデューク・ディ・アンジェリス・カルテット。いままさに歴史的瞬間を迎えていた。ヴィンセントが一人腰を下ろし、あとは立ったまま、演奏中の動きをしているのだが、誰も楽器は持っていない。「おおい」と声を掛けるとデュークは数回頭をふり、かるくスマイル、紙巻のクサに火をつけ、おもむろにミートボールに気づいて、シーッとたしなめた。ヴィンセントが拳を握って、両腕を振り始める。急にピタリとそれがやんで、同じ動きがまた繰り返される。数分間それが続いた。ミートボールはふさいだ顔で自分のグラスをすすっている。海軍の連中はキッチンだ。突然、まるで不可視の合図があったかのように、無音演奏者の足の動きが一斉にやんだ。デュークはにんまりして、「少なくともエンディングはキマッたな」。

ミートボールが目を剝いて「たまげた」と言った。「これこそが、オレたちのあたらしいコンセプトだ」デュークが言った。「おまえと同名のマリガンってのがやったろ。忘れたか、ジェリーだよ」

「覚えてるさ。四月の思い出は忘れない《アイル・リメンバー・エイプリル》」

「ハズレだね」デュークが言った。「ラブ・フォー・セールをやったんだ。ま、おまえのレベルじゃしょうがない。いいか、ここが肝心だ。マリガンとチェット・ベイカーとその仲間が*、ずーっと前、昔むかしにやったこと。わかるか?」

「バリトンサックス」ミートボールが言った、「なんかバリトンサックス関係だろ」

「ピアノ抜きだぜ。ギターもなし。アコーディオンもなし。その意味、わかるか?」

「わからん」ミートボールが言った。

「最初に言っておくが、オレはミンガス*じゃないし、ジョン・ルイス*でもない。理論で攻めるタイプじゃ全然ないんだ。楽譜だってちゃんと読めないんだから、それで——」

「聞いたよ」とミートボールはそっけない口調だ。「キワニスクラブのピクニックでハッピー・

バースデーのキーを勝手に変えてやったもんだから、会員証をとりあげられたんだろ」

「ありゃロータリークラブだ。だがひらめいたんだ。一筋の閃光というやつさ。マリガンの最初のカルテットにピアノがなかった——ということが意味するのはただ一つ」

「コードがない」ベビー・フェイスのベーシスト、パコが言った。

「こいつが言おうとしてるのは」デュークが言った、「ルート・コードがないってことだ。メロディを吹いていて何も聞こえてこない。どうするかというと、自分で考える、基底音《ルート》をな」

恐るべき理解がミートボールに訪れた。「そうか、その論理を進めていくと次の段階は」

「そう、すべてを思考にゆだねる。ルート・コード、メロディ、ぜんぶだ」

ミートボールはデュークを見つめた。畏敬のまなざし。「でもさ」

「わかってる」デュークは謙虚に認めた、「まだクリアしなくちゃなんないことはいくつかある」。

「それにしてもさ」とミートボール。

「まあ聞けよ」デュークが言った、「オマエにも伝わるようになるからさ」。無音のセッションがふたたび起ち上がり、軌道に乗った。小惑星帯のどこかの軌道だろうか。しばらくしてクリンクルズが唇を丸めて指を動かし始めた。そのとたん、彼の額をデュークの掌がパチンと叩いて、「ドアホ！」とどなった。「新しい導入部《ヘッド》を使うって言ったろ、ゆうべオレが書いたやつ」「そうさ」とクリンクルズ、「新しいヘッドだろ。ブリッジでオレが入る。オマエのヘッドが全部終わったところでオレの番だ」「だったらなんで——」「なんでだよ」とクリンクルズ、「16小節ちゃんと待って、それから入ったのにさ」「16だ?」デュークが言った、「ちがうだろ、クリンクルズ、オマエ8小節しか待ってなかったろ。歌ってみようか? 「ア シガレット ザット ベアーズ……」」クリンクルズは頭を掻きながら、「なんだよ、『ジーズ・フーリッシュ・シングス』か」「そうだよ」デュークが言った、「その通りだ、大正解だぜ」「オレはまた『四月の思い出』をやるのかと思った」とクリンクルズ。「このミンゲ《チンポコ》・モルテ《デッド》」とデュークが言った。「道理で少しのろいなあと思ったんだ」とクリンクルズ。ミートボールは笑いをこらえきれずに「ふりだしへ戻る、か」「ちがうぜ」とデューク、「原初の虚空へ戻るんだ」。演奏再開。だが他のみんながEフラットでやっているとき、パコがGシャープに移っているらしいのが判明してまた最初からやり直し。

キッチンではジョージ・ワシントン大の女子学生二人と水兵とが一緒になって「フォーレスタル空母に放尿せよ*」を歌っている。アイスボックスの近くでは、両手を使ったイタリア拳*がバイリンガルで進行中。ソールはといえば、水入りの紙袋を数個かかえて非常階段にすわり、通行人の頭上にそれを落としている。ベニントン大学のトレーナーを着た公務員《Gガール》の子で、最近フォーレスタル号つきの海軍少尉と婚約した肉付きのよいのが、頭を下げてキッチンに突進、スラップのボディに頭突きをくらわした。こいつはひと暴れするいいきっかけができたとばかり、スラップの仲間が飛び込んできた。イタリア拳の連中は、互いの鼻をくっつけんばかりにして“trois《トロワ》”“sette《セット》”と叫んでいる。シャワー室からは、ミートボールがバスタブから運び出した女の子が溺れちゃうと叫んでいる。排水口を尻でふさいで首まで水に浸ったらしい。ミートボールの部屋のノイズはなおもその退廃のクレッシェンドを続けていた。

ミートボールは突っ立って、だらしなくヘソを掻きながら部屋のようすを見つめた。考えてみたところ、対処法はおよそ二つ。(a)クローゼットに閉じこもって出てこない。いつかみんな帰るだろう。(b)一人ひとりなだめていく。(a)の方が魅惑的なのは明らかだ。だがクローゼットの中ってどんなところだ。暗くて窮屈、おまけに孤独だ。孤独というのは、ミートボールに似合わなかったし、それにロリポップ号といったか、その軍艦から上がってきたやつらが面白がってクローゼットのドアを蹴破るかもしれない。てなことになったら、恥ずかしいだけではすまなくなる。もう一つの選択肢のほうが、大変なことは大変だが、長い目で見たら、たぶん好ましいんじゃないだろうか。

心が決まった。この契約切りのパーティが、完全なカオスに落ち込んでしまうことをなんとか避けよう。ミートボールは水夫にワインを差し出し、イタリア拳にのめっている連中を引き離し、太っちょのGガールをサンドール・ロハスに紹介した。彼ならきっとこの子がトラブルを起こさないようにしてくれる。シャワー室の女の子が体を乾かしてベッドに入る手助けもしてあげた。ソールとも、もう一度話した。冷蔵庫がイカレそうだと聞いて修理工を呼んだ。バタバタと動きまわるうちに日は暮れて、騒いでいた者のほとんどは酔いつぶれ、パーティ自体よろけた足で三日目への入り口にさしかかった。

上の階、過去にあって無力なカリストは、小鳥の既に仄かな拍動が緩みしずまっていくのを感じていない。オーバードは窓辺にいて、自身の感覚世界の灰のなかを彷徨《さまよ》っている。大気の温度は変わらない。空は一面、深まりゆく均一な灰色。すると階下から――女性の叫びか、椅子の倒れる音か、床にガラスが落ちたのか――鋭い物音が聞こえてカリストを私的な時の捻れ《タイムワープ》から引き戻した。鳥の鼓動が乱れている。筋肉も収縮し、首もなかば後ろに倒れている。失われていくものをあたかも補塡するかのように、彼自身の脈拍が高まる。「オーバード」力なく彼は言った、「この子はもうだめだ」。彼女は植物の間を、うっとりと流れるようにやってきてカリストの手を見下ろした。一分の間、二人は静止したまま見守った。二分。拍動は優美なディミニュエンドで停止に向かった。「抱いていたんだ」事の不思議さに打たれ、無力に彼は抗弁した。「わたしの体の熱をあげようとね。ほとんど命を、生の感覚を、伝達していたんだ。どうしたことだろう。もはや熱の移動は不可能になったのか。もはや……」彼は言葉を終えなかった。

「いま窓辺に行ったの」オーバードが言った。慄《おのの》いて彼は身を横たえた。彼女はもう一瞬、躊躇した。カリストのオブセッションについては以前から知っていた。あの不動の華氏37度がいまや決定的なものとなった。あらゆることが一つの不可避の結末に至り着いた――そう確信したかのよう、カリストに喋る隙さえ与えず彼女は身を翻して窓辺に走った。カーテンを引きちぎり、繊細な両の拳でガラスを叩き壊した。引き抜かれた手に血が流れ、破片が煌めいた。そして彼女はベッドに横たわる男のほうを振り向いて、ふたり一緒に待った。均衡の到来を待った。内も外も永遠の華氏37度に収斂し、個別の生命たちが奏でる奇妙な属和音《ドミナント》が、闇の主和音《トニック》と最終的な運動の欠如へと崩れ落ちる*のを待った。

アンダー・ザ・ローズ

午後の時間が進むにつれて、リビア砂漠の方角から集まった黄色い雲が、巻蔓《テンドリル》を一つふたつ後ろに伸ばして、ムハンマド・アリー広場*に垂れこめてきた。無音の風がイビラヒム通りをやってきて広場を横切り、街に砂漠の冷気をもたらす。

降るなら降れ、ポーペンタインは思った。じきに雨だ。店の前の華奢な鋳物のテーブルで、隣の椅子の背にアルスター・コートを掛け、彼は三杯目のコーヒーを啜り、トルコ煙草をふかしている。軽いツイード地の服にフェルト帽、その帽子にモスリンの布を結びつけて首を日射しから護っているという恰好。日射しへの用心は欠かしたことがない。いま雲が覆って直射を遮る。椅子に坐り直し、チョッキのポケットから懐中時計を取り出し、チラリ目をやって元に戻し、広場を行き交うヨーロッパ人の雑踏へ視線を戻す。急ぎ足でオスマン帝国銀行へ入っていく者、店のウィンドウの前に立ち止まる者、カフェに腰を下ろす者。ポーペンタインの面《おもて》には、たくらみを隠し持った者の期待のこもる冷静さとでもいうのか、複雑に入り交じった表情がのぞいている。女を待っているのでもおかしくない様子であった。

そんなふりもみな自分の挙動に関心をもつ手合いゆえの事。といってもその数は、実のところ、老練スパイのモルドヴィオルプが雇い入れた数人に限られる。この男、なぜか必ず「老練スパイ」という冠がつく。ヒロイズムや男らしさの証しに、その種の形容が報酬のように配られていた時代があったが、そんな時代に逆戻りというわけか。いや、それとも、ひとつの世紀全体が、その諜報活動《エスピオナージ》の伝統をも引き連れて、終焉に向かってなだれ落ちつつある事の表れなのか。かつて、万事が無言の紳士協定にのっとって進み、若き日にイートン校のグラウンドで条件付けられた行動が作戦に先立つふるまいを規定していた頃、その種のラベルは、死を前にした個人や集団をもはや動くことのない永遠の格調《オ・モンド》のなかに留め置くためのものだった。ポーペンタイン自身はどうかといえば、彼に関心をもつ人間がつけたラベルは、「単純なイギリス男」——イタリア語で「イル・センプリーチェ・イングレーゼ」——というものであった。

昨週のブリンディシでもいつも通り、容赦なき温情をこうむった。ポーペンタインにその返礼などできようはずがないと驕《おご》っての事。奴らはそうやって、道徳的優越感に浸る。羊のような柔和さで、偶然なる出会いをもたらす行動経路を張り巡らせる。ポーペンタイン自身のやり方まで盗み取って平気な顔をしている。わざわざ人の出入りの激しいホテルに滞在し、観光客向けのカフェに陣取り、公的ルートを堂々と移動する——これを真似されては、ポーペンタインとしても心中穏やかではない。この「天真爛漫」のブランド、自分で考案したわけでもないのだが、それを、他人に——わけてもモルドヴィオルプの一味に——使われるとなると、何か特許を侵害されたような気持がするのである。奴らは、ポーペンタインの子供っぽい眼差しも、ぽっちゃりとした天使のように無邪気な笑みすらも、盗めるものなら盗もうとする。それが嫌なものだから、連中の「温情」から彼はもう十五年も逃げ回ってきた。ナポリのブリストル・ホテルのロビー以来である。一八八三年冬のあの晩は、国際スパイらの秘密社会《フリーメイソンリー》に属する誰もがみな息を潜めて、ハルトゥームの陥落を、アフガニスタンの危機が募って「アポカリプス」の名が避けがたく浮上するのを待っていた。*ポーペンタインもやってきていた。その晩はここに居合わせなくてはならないと、諜報ゲームのある段階で合点していた。そして既に老齢の刻まれたモルドヴィオルプ本人と面と向かい合い、顕彰されたマエストロの手がそっと彼の腕を握り、彼の耳に熱く囁き込むのを聞いたのである——「いよいよ頂上ですな。われわれも全員覚悟が必要でしょう。どうかお気をつけなされ」と。だが、どんな対応が可能だったか？　相手の顔色を窺うので精一杯だった。その表情にいささかでも不実の気味がないかと必死に覗き込んだ。もちろん何も読み取れなかった。だから慌てて向き直り、自分の頬が無力に赤らむのを隠す事もできぬまま、その場を去るしかなかった。その後もこの連中に出会う度に、自縄自縛の醜態を曝しつづけた。そのせいだろうか、一八九八年の盛夏までに彼は、以前に比べれば冷たく不親切な外見が備わってきたようだ。自分は彼らにとって、ラッキーなお楽しみの道具であるから、命を狙われる筈もない。彼らは

〈規則《ザ・ルールズ》〉を破って、お楽しみを差し控える事など決してしないだろう。

ブリンディシにいた二人の何《いず》れかが、自分を追ってアレクサンドリアまで来ているだろうか。カフェのテーブルで彼は可能性をまさぐった。ヴェネチアで乗った船に誰も乗り込んでいなかったのは確実である。トリエステ発*のオーストリア籍のロイド汽船も、ブリンディシに寄港する。他に可能性があるとすればこの船だけだ。出発が木曜日で到着は日曜日。きょうは月曜日——ということは、(a)あと六日余裕がある、というのが二番目に悪いシナリオ。(b)最悪の場合、彼らは既に知っている。ポーペンタインより一日早く出航し、既にこちらに着いている。

太陽が光を弱め、ムハンマド・アリー広場を囲むアカシアの葉を風がそよがせた。遠くで誰かが彼の名を大声で呼んでいる。体をまわすとグッドフェローの姿がみえた。いつも陽気なブロンド男が、礼装に身を包み、ぶかぶかの日除け帽を被って、シェリフ・パシャ通りを大股でこちらに向かってくる。「やあ、ポーペンタイン。絶品の若いご婦人にお会いしたよ」。ポーペンタインはまた一本、煙草に火をつけ、眼を閉じた。グッドフェローの若いご婦人というのはいつも絶品なのである。相棒として二年半も組んでいると、グッドフェローの右腕に腕をからませた、そのときどきの女性たちの登場にも馴れっこになる。この男にかかれば、ヨーロッパの首都はどこも海辺のマーゲイト、間をつなぐ遊歩道《プロムナード》が大陸いっぱいに延びているといった塩梅なのだ。グッドフェローの月々の給料は半分、妻の元へ送られているのだが、それを知ってか知らずか、彼自身は何の素振りも見せずに得意満面はしゃぎ廻っている。ポーペンタインもこの部下の相棒の身上書は見た事があって、彼の妻なんぞ知った事ではないと、とっくの昔に決めていた。さて今回はいかなる絶品のご婦人かと話を待っていると、グッドフェローは椅子を引き寄せ給仕を呼び付けた――なんともひどいアラビア語だ。「ハート フィンガン カハワ ビスッカル、ヤー ウェレド」*

「おいおい」とポーペンタイン、「きみ、この給仕は――」

「ヤー ウェレド、ヤー ウェレド」グッドフェローが怒鳴る。給仕はフランス人でアラビア語が分からない。「なんだ、そうか」とグッドフェロー、「コーヒーだ。Café――分かるな」

「宿はどうだね」とポーペンタインが尋ねた。

「一流」。グッドフェローは七ブロック行ったところにあるホテル・ケディヴァルに泊まっている。目下のところ懐具合がわるく、通常の宿泊はひとりぶんで我慢して、ポーペンタインはトルコ人地区にいる友達のところに居候している。「その娘について報告」グッドフェローが言った。

「今晩オーストリア領事館でパーティがある。彼女のエスコートには、多言語に通じた冒険家にして外交官のグッドフェロー氏……」

「名前」ポーペンタインが促す。

「ヴィクトリア・レン。家族旅行の最中。以下詳細――父、サー・アラスター・レン。王立オルガニスト協会員。妹ミルドレッド。母とは死別。明日カイロへ向け出発し、クック社のナイル観光に参加」。ポーペンタインは黙って次の情報を待った。「イカレた考古学者の――」グッドフェローは言い渋った。「ボンゴ＝シャフツベリーという男が同行。年若く、頭は鈍く、害はない」

「してやったな」

「違う。そいつは考えすぎだ。あんたは強いコーヒーを飲み過ぎるから。過剰摂取ですよ」

「かもな」ポーペンタインが言った。グッドフェローのコーヒーが運ばれてきた。ポーペンタインは続けて、「どのみち偶然に賭ける事になるんだ。イチかバチか。それが我等の生き様だろう」。グッドフェローは聞いているのか、独りニヤリとコーヒーを掻き混ぜている。

「もう足を突っ込んでしまって。ボンゴ＝シャフツベリーと僕との間には、どちらが彼女の気を引くか、熾烈な競争が始まっているんだ。奴は本当にトンマな男で、どうしてもルクソールにあるテーベの廃墟*に案内するといって」

「そりゃ案内したがるだろ」そう言ってポーペンタインは立ち上がり、アルスター・コートを投げ上げるようにして肩に掛けた。グッドフェローが彼に小さな白い封筒を手渡す。裏にオーストリアの紋章が付いていていた。

「八時かな」とポーペンタイン。

「ご名答。その娘《こ》を一目見てもらわないとね」

この時だった。ポーペンタインを例の発作が襲った。スパイという商売は孤独であり、常に真剣というわけではなくとも、絶えざる集中を要求される。そんな毎日にあってポーペンタインは、一定の周期で道化を演じずにはいられなくなるのだ。この「ちょっとした悪ふざけ」が人間的でありつづけるための一助になる、と彼自身は理解していた。「髭を付けていこうと思う」と彼はグッドフェローに漏らす——「イタリアの伯爵を思わせる立派な口髭をだ」。そして陽気に気取ったポーズ。目に見えぬ手を握って我が胸に当て、「最愛《カリッシマ》なるシニョリーナ」と呼びかけ、深々と頭を下げて中空にキッスをする。

「くるってるねえ」とグッドフェローは上機嫌。

「パッツォ ソン！」震えるテノールでポーペンタインが歌い出した——わたしは狂っている、と。

「グヮルダーテ コメ イオ ピアンゴ エディンプローロ」*——見よ、これほど泣いて頼んでいる、と。この男のイタリア語は完璧とは程遠い。ロンドン下町のコックニーの抑揚が端々に踊っている。雨に打たれて道を急ぐイギリス人観光客が怪訝そうに振り返って見ていた。

「ほら、いい加減にして」グッドフェローは顔をしかめる。「あれはチューリンだったか。思い出すなあ、トリノ、ですよね？ 一八九三年、侯爵令嬢をエスコートした。背中に黒子《ほくろ》のあるとても若い子で。デ・グリウ役がクレモニーニ*——ねえ、頼むから僕の甘美な思い出にツバを吐かないで」

　だがすっかり調子に乗ったポーペンタインは、空中に飛び上がって踵を打ち合わせたかと思うと、胸に拳を当て、もう一つの腕を差し伸べたポーズで、「コメ イオ キエード ピエタ！」*と歌いつづける。それを給仕が苦しげな微笑を浮かべながら見ていた。雨脚が強くなった。雨に打たれながらコーヒーを啜るグッドフェロー。日除け帽に当たった雨粒が音を立てる。「妹も悪くないんだ」広場ではしゃぐポーペンタインの傍らで彼は言った。「ミルドレッド。まだ十一歳で」

自分のドレススーツに雨が浸み込んでいる事にやっと気づいたのか、彼は立ち上がり、一ピアストルと一ミリエームをテーブルに置き、その場に突っ立っている相棒に肯いた。広場には、ムハンマド・アリーの騎馬像以外、もはや人影もない。こんなふうに向かい合うのはこれで何度目だろう。街の広場の、夕方の光の中で、縦にも横にも縮小されて。いまこの瞬間の図柄のみから大きな企図を推し測ることが許されるならば、二人は下っ端のチェスの駒として、ヨーロッパという盤面の何処にでも置かれ得た存在に違いない。二人とも同じ色の駒だが、うち一人は「チーフ」に敬意を表して斜め後ろのマス目に位置している。ともに領事館の床の寄せ木細工に目を落とせばそこに〈相手側《オポジション》〉のしるしを探り、偉人の彫像の顔を眺め回しては、我が行為の主体はたしかに自分であり、自分はまだ人間性をたずさえているという確証を得ようとする。ヨーロッパのいかなる広場も、横切れば命なき無機質の空間に思われるのだが、その印象を忘れようと躍起になる。まもなく二人はほとんど儀礼的に、クルリ背中を向け合って別れていった。グッドフェローはホテルへ。ポーペンタインはラスエッティン通りを通ってトルコ人地区へ。そこで八時まで〈シチュエーション〉を思案する事になるのだろう。

現時点ではまわり中が最悪の情勢である。英領植民地最新のヒーローであるキッチナー司令官は今しも白ナイル河の下流四百マイルに駐屯、ジャングルを掃討中だ。噂では、マルシャン*なるフランス軍指揮官も近くにいるという。イギリスはナイル峡谷にフランスが入り込むのを許す気はない。先の内閣改造でフランス新外相となったムッシュー・デルカセは、分遣隊の間にイザコザでも起きようものなら英仏開戦も辞さないつもりだ。両国勢がぶつかるであろう事は、今や誰の目にも明らかである。キッチナーは相手を刺激するような軍の行動を厳に慎むよう言い渡されている。開戦となれば、ロシアはフランスを支援するだろう。イギリスは現在暫定的な友好関係をドイツと――ということはイタリア・オーストリアを含む三国と――結んでいる。

　モルドヴィオルプのお楽しみはいつもこちらを嫌がらせることにあった。ポーペンタインは思いめぐらす。ヤツの願望はただひとつ、事態が最終的に戦争へ発展するということ。その戦争とは、アフリカ収奪競争におけるちっぽけな軍事衝突の事ではない。そうではなく、ヨーロッパにとっての最終決戦――あばよ、さよなら、風船とんでけの終末決戦《アルマゲドン》なのである。かつてポーペンタインは、モルドヴィオルプがなぜあれほど熱っぽく戦争を望むのか不思議に思った。だが「野兎と猟犬」のゲームを十五年も演じるうちに彼自身、アルマゲドンの到来を阻むことを自らの私的使命となすことを当然の事と思っている。こんな「提携」が生じるのも、スパイ活動が個人ベースではなくグループの企画になった西洋世界に身を置いていればこそだろう。一八四八年の出来事*と、大陸中に巻き起こっているアナキストや急進派分子の動きを見れば、歴史は最早ひとりの君主の徳能《ヴィルトゥ》によってではなく、群れ《マス》となった人間がつくることは明らかであるように見える。趨勢、傾向、青い細線の方眼上に描かれる非個人的なカーブによって決定されるのだ。であるからこそ、「老練スパイ」と「単純なイギリス男」との一騎打ちが避けられないのだ。打ち捨てられた闘技場で――いったい何処だ?――彼ら両者は孤立して向かい合う。配下のグッドフェローもこの私的な対決について憶えがあるし、それは勿論モルドヴィオルプの配下にしても同じだろう。「チーフ」が手の届かぬ高みを廻りながら剣を揮っている間、国家の利益に専心して忠実なセコンド役をつとめるのが双方の役割だ。自分はたまたまイギリスに雇われ、モルドヴィオルプは名目上ドイツのスパイであるが、立場が逆になったとしても、おたがい同じ世界にいるという点は変わるまい。二人とも同じ鋳型から生まれた身なのだ。自分らは双方ともマキャベリアンであって、とうの昔に時代遅れになったイタリア・ルネサンスの政治ゲームをいまだに演じている。みずからもって任じたこの役割は、一種のプライドの発露なのだといえようか。かつてパーマストン卿*が見せたような海賊的フットワークをいまだ記憶しているのが自分らのプロフェッションなのだ。幸いにも英国外務省には昔気質の雰囲気が残っており、おかげでポーペンタインはずいぶんと自由な裁量で動き回る事ができた。もっとも彼らが嫌疑の目を向けていたとしても、当人は知りようがない。自分の個人的なミッションが、国の外交政策と一致したときに、ポーペンタインは報告書を作成してロンドンに送る。それに対する苦情はいままで誰からも聞いていなかった。

いま現在、ポーペンタインがマークすべき人物は、カイロの英国総領事クローマー卿*である。卿はきわめて有能な外交手腕をもち、戦争への衝動に走るというような動きに関しては慎重にこれを抑える側にまわる。モルドヴィオルプは暗殺を手段のなかに数えているだろうか？　これはカイロへ行ってみる必要がありそうだ。何も身構えず、できるだけ単純に呑気に。そう、当然、いつものままの作戦である。

オーストリア領事館はホテル・ケディヴァルの向かいにあった。ここで賑やかなパーティが催されるのは珍しい事ではない。大理石の広いステップの一番下の段に、グッドフェローが若い女と一緒に腰を下ろしていた。娘は十八を超えては見えず、その外見は、身に着けているドレスと同じく変にほんわかとして田舎くさい。グッドフェローの夜会服は雨に濡れて寸詰まりになっている。上着は脇の下と腹回りのところが突っ張って、金髪は砂漠の風に掻きむしられ、顔色は赤く、落ち着きがない。彼を見てポーペンタインは自分の恰好を意識した。古風にして破格的。この夜会服を購入したのはゴードン将軍*がマフディーの信奉者に殺害された年のことで、今晩のような集まりには果てしなく時代遅れであるから、彼はよく自分が、たとえば死者の国から蘇った首なしのゴードン自身であるかのようなふりを装う。星とリボンと異国の位階の徴《しるし》をつけたきらびやかなお歴々の間で、そんな奇人ぶりを披露する。大英帝国はハルトゥームを奪回し、イスラム原理主義者の残虐は仕返しされ、もうその事を思い出す人もいない現在《いま》にしてみれば、そのアナクロニズムは相当なものだ。彼は中国で太平天国の乱を収めた伝説の英雄としてのゴードン将軍の姿を知っている。グレイヴゼンド*の塁壁に立った姿を目にしたことがある。ポーペンタインが十歳くらいの、感じやすい少年だった頃のこと。あの時は実際、目が眩んだ。だが当時から八三年のブリストル・ホテルまでの間に彼にも変化が起こっていた。あの晩はモルドヴィオルプの事を考え、ささやかな世界崩落《アポカリプス》の可能性について思った。彼自身の疎外感についても少々思い巡らせたかもしれない。だが中国の英雄ゴードンのことを思い浮かべることはなかった。少年時代のテムズ河口で見た孤独で謎めいた将軍、ハルトゥームを包囲され死を待つ一日の間に、髪の毛が真っ白になってしまったという将軍の事は。

ポーペンタインは領事館を見渡し、ひとりひとり顔を確認していった。サー・チャールズ・クックソン、ミスター・ヒューワット、ムシュー・ジラール、ヘル・フォン・ハルトマン、カヴァリエーレ・ロマーノ、ゾゲブ伯爵云々……。よし、みんな出席だ。疑わしきはただひとり、ロシアの副領事ムシュー・ドゥ・ヴィリエールの姿が——ちょっと待て、ホスト役のケヴェンヒューラー＝メッチュ伯もいないぞ。二人は一緒か？

大理石の石段《ステップ》へ向かう。グッドフェローが懸命に話して聞かせているのは、南アフリカの、ありもしない冒険談だった。女の方は息をのんだ表情をしつつ、口元に笑みを浮かべている。ポーペンタインは迷った。ここで歌い出していいのだろうか——ブライトンで一緒だった娘《こ》と違うじゃないか、だれ、だれ、だれよ、きみの連れてるお嬢さん。

「よお」と声をかける。グッドフェローは安堵した様子で、やけに熱っぽく二人を紹介した。「こちら、ミス・ヴィクトリア・レン」。

ポーペンタインは笑顔でうなずき、あちこちのポケットに手を突っ込んで煙草を探した。「光栄です、お嬢さん」

「ちょうど今、こちらにお話ししていたところさ。ドクター・ジェイムソンをたすけてボーア人を敵に回した*、僕らの立ち回りの事をね」グッドフェローが言った。

「一緒にトランスヴァールにいらしたんですって？」と娘は驚嘆の表情だ。ポーペンタインは思う――この娘《こ》となら、何でもできるだろう。何でも望みをかなえてもらえるだろう。

「コンビを組んでから、けっこう長いんでね、お嬢さん」。彼女の表情が華やぎ、色香がこぼれた。シャイなポーペンタインは、色白の頬のなかに引きこもった――すぼめた口の内部に。彼女の頬の火照りに、ヨークシャーの夕景を思わせるものが――少なくとも、何か故国の幻影を焼き付けた痕跡が――見えたせいだろうか。グッドフェローにしてもポーペンタインにしても、普段は故郷を懐かしがってなどいられない――言ってしまえば、思い出す気にもならない――のだが、彼女を前にすると二人とも郷愁から逃げることに懸命になる。

　ポーペンタインの背後で低く唸る音が聞こえた。グッドフェローが身をすくませ、弱々しく微笑んで、ヴィクトリアの父君、サー・アラスター・レンを紹介する。父君の目に、グッドフェローが快く映っていない事は、ほぼ瞬間的に明らかだった。隣には、妹だろう、かっしりした体格の、十一歳の近視の少女がいた。そのミルドレッドがポーペンタインに、エジプトには石の標本を集めに来たの、と言った。お父さまが大きな古いパイプオルガンに目がないのと同じくらい自分は石に夢中なの、と。サー・アラスターは前年ドイツを旅行したとき、大聖堂《カテドラル》のある町を通るとそこに立ち寄っては地元の人たちに疎んじられた。町の少年を雇って半日間、オルガンの送風装置を踏ませ続けた挙句、わずかな駄賃ですませたのである。恐ろしく安いんですから、とヴィクトリアが付け加えた。アフリカ大陸には碌《ろく》なパイプオルガンがなくてな、と御大がのたまう（ポーペンタインもそれは同意するしかない）。グッドフェローが、僕は手回しオルガンが好きなんですがと言って、弾かれた事はおありですかと尋ねると、相手は威嚇するように唸った。ポーペンタインの視界の隅に、隣室から入ってきたケヴェンヒューラー＝メッチュ伯がみえる。ロシアの副領事の腕をとって案内しながら話している。昔を偲んでいるかのような表情だ。ムシュー・ドゥ・ヴィリエールが陽気な相槌を打っている。そうか、とポーペンタインは合点した。差し出されたミルドレッドの手には、手提げに入れてあった大きな石が握られている。古代ファロスの遺跡近くで見つけたという。三葉虫の化石つきだ。ポーペンタインはどう反応していいか分からない。昔から、子供への対応が弱みだった。中二階にバーができている。パンチを持ってこようと言って彼は大理石の階段を大股に駆け上がった。ミルドレッドには勿論レモネードだ。

バーの前に並んでいるとき、誰かの手が腕に触れた。振り返るとブリンディシから来た二人のうちの一人が「なかなか別嬪ですな」と話しかけてきた。面と向かって彼らが声をかけてきたのは、記憶のかぎり過去十五年で初めての事だ。そういう特別な手を、彼らは特別な危機の場合に備えて取っておいたのではないか。不安な思いが胸をよぎった。ドリンクをとって、満面の笑み、クルリと回って階段を下りる。二段目で足を踏み外してつんのめった。もんどりうって転げ落ちる。その後からグラスの割れる音とぶちまけられたシャブリ・パンチとレモネードが続く。受け身の訓練は軍隊でしっかり出来ていた。気まずそうにサー・アラスター・レンを見上げると、相手はよし、とばかり肯いている。

「その階段落ち、ミュージック・ホールでも見たがな、君のほうがずっとうまいぞ、ポーペンタイン、いや、本当に」

「もう一度やってみせて」ミルドレッドが言った。ポーペンタインは煙草を引っ張り出し、転げ落ちた場所で横になったまま吸った。「フィンクの店で、遅い晩飯はどうだろう」とグッドフェローが誘う。ポーペンタインは起き上がった。「ブリンディシで会った奴ら、憶えているか」と言うと、グッドフェローは肯いた。顔面をピクリともさせず、体も強ばらせずに。この平然とした態度をポーペンタインはいつも立派だと思っていた。が、その時「帰るぞ」と言って、サー・アラスターがミルドレッドの手をグイと引いた――「みんな、行儀よくしていたまえよ」。やれやれ、ポーペンタインはお目付け役だ。もう一杯パンチは如何か、と尋ねる。三人して中二階へ上がっていくと、モルドヴィオルプの手下が見えない。欄干の間に片足を楔《くさび》のように差し入れて体を折り曲げ、下にいる顔を見回す。「消えた」。グッドフェローが彼にパンチ入りのカップを持ってきた。

「ナイルを見るの、待ちきれないわ」ヴィクトリアの話題はこれだった――「ピラミッド、スフィンクス」

「カイロもね」とグッドフェローが付け足す。

「そう、カイロです」ポーペンタインも同意する。

〈フィンク〉はロゼット通りをはさんですぐ向かいだ。雨の中、三人走って道を渡る。ヴィクトリアのケープが膨れて風船のよう。雨に打たれるのがまるで嬉しいかのように笑っている。中は客でごったがえしていた。全員ヨーロッパ人だ。何人か、ヴェネチアからの船で一緒だった顔があることにポーペンタインは気付いた。白のフェスラウワー・ワインを一杯飲み終えると彼女は喋り始めた。快活でフレッシュで草原のよう。O《オウ》の音《おん》に溜息が伴うのだが、まるで愛ゆえに失神するかのようだ。彼女はカトリックで、自宅の近く、ラードウィック・イン・ザ・フェンというところにある修道院の付属学校に通い、今回が初めての海外旅行。宗教の話になると多弁だった。それもその筈で、しばらくの間彼女は神のひとり子イエスに対して若い娘が独身男に寄せるような思いを抱いていた。結局、それは間違いで、イエス様はむしろ巨大なハーレムの持ち主なのだと分かったけれど。女がみな黒服を着て、ロザリオで身を飾って集まる場でヴィクトリアは、そんな過当競争に耐えるのはたまらないと観念して数週間で修練生活を去った。だが、教会を捨てることはなかった。悲しげな顔をした彫像が配置され、蠟燭やお香の匂いが漂う教会は、ヴィクトリアの静かな生活の二つの焦点の一つをなしていた。もう一つがイーヴリン叔父さん。この人は神をも恐れぬワイルドな放浪者で、毎年一度オーストラリアから訪ねてくるのだが、手みやげは一つもないかわりに、姉妹の心に収まり切らないほどたくさんの素晴らしい冒険談を語りつむぐ用意があった。ヴィクトリアが思い出せるかぎり、一つとして同じ話はなかったが、聞かされた物語があまりに豊かで、叔父さんの不在の間も消える事のない想像の辺境地が少女の心の中に形成された。他の女の子が人形で遊ぶように、ヴィクトリアは何時でもままごとの植民地を玩具《おもちゃ》にしたり、その植民地に入り込んだりで、開発・探検・支配というごっこ遊びに興じる事ができた。特に教会のミサの最中はそうだった。ドラマの舞台が最初からあるものだから、想像の種が花開くのは容易《たやす》かった。ミサが進行する中で、神は開拓者風の鍔広帽子を被り、地球の裏側オーストラリアで、アボリジニの風貌をした悪魔と戦った――ヴィクトリアの名のもとで、ヴィクトリアを扶《たす》けるために（そのヴィクトリアとは女王のことか）。

他人に憐れみを感じたいという気持は誘惑的だ。ポーペンタインにとってはいつもそうだった。だからこの時も感嘆の気持をこめて（そこに憐憫を引き入れたら嫌らしいことになってしまうから）、グッドフェローの顔を一瞥するに留めた――才能のヒラメキだよな、ジェイムソン蜂起をを使うとは。アイツは、自分で選んで、わきまえてやっている。何時もわきまえを失わない。それは彼自身も同じだった。

そうやっていくしかないのだ。直感というものが女の専売特許でない事に、彼はずっと前から気付いていた。その能力はたいていの男に潜在していて、この種の職業に就いたときに限って発達（ないしは苦痛なほどに高揚）する。しかし男が実証的であり女が夢想的である以上は、直感のひらめきが根本的に女性の才能である事は動かない。つまりモルドヴィオルプもグッドフェローも、ブリンディシからの二人組も、みな好むと好まざるとに拘わらず、部分的に女性化していなければならないのだ。おそらく、同情を堰き止める閾値の管理においても、一種の「わきまえ」が存在して、堰がある一線より低くならないようにしているのだろう。

　しかしヨークシャーの夕焼けもそうだが、世の中には心を許してはならぬものがある。その事にポーペンタインは駆け出しの頃から気付いていた。自分が殺傷せねばならぬ相手に対し憐れみは抱かない。同じ工作員の仲間にも漠然たる団体精神《エスプリ・ドゥ・コール》以上の感情は持たない。恋するなどは以ての外——スパイ世界で成功したければそれが鉄則だ。思春期以前にどんな苦悩を経たせいかそれは知らぬが、ポーペンタインはこの規範に忠実に生きてきた。もとより狡賢さを身に付けて育った少年だったし、その性格に逆らうには正直過ぎる男だった。行商人からは物を盗《と》り、十五歳にしていかさまトランプを覚え、始めた喧嘩も損だと知ればそそくさと逃げた。そんな次第で、十九世紀半ばのロンドンの路地界隈をうろつきながら、あるとき彼は「ゲームの為のゲーム」を生きる事の究極的な正しさについて納得したのだろう。一九〇〇年に向かって進むべき、抗うべくもないベクトルがそれである、と。もちろん今なら言うだろう——如何なる移動にも、引き返し、緊急停止、予測を裏切る事態がつきもので、旅程とはすべからく一時的で偶発的なものにすぎない、と。旅の計画表はなるほど便利で、必要とされる。だがそこに予め把握できる以上のディープな真実は盛られない。彼らはいまや全員、ヨーロッパを踏み越えて、神の見捨てたゾーン——決して分け入ることのできない外交の子午線に挟まれた地で——活動を繰り広げているのだ。結果的に、例の「植民地の英国人」を演じることが避けがたい。ジャングルに独り暮らしながら毎日髭を剃り、毎晩のディナーの為に正装し、英国の守護聖人であるセント・ジョージに総てを捧げ、愛の条項には一切かかわらない。もちろん事は皮肉にも拗《ねじ》くれていて――ポーペンタインは苦々しげに顔をゆがめた――自分の側もモルドヴィオルプの側も、各々のやり方で、許されざる事に走った。すなわち土着化した。双方とも、何時の間にか、自分がヨーロッパのいずれの政府に仕えているかなど、どうでもよくなってしまった。ひとたび情勢が動き出せば、自分らの如きが幾ら必死にもがいたところで仕方ない、あの〈最終衝突《ファイナル・クラッシュ》〉のヴィジョンは避けようもないというかのように。何が起こったのか判らぬまま、歴史はある一線を踏み越えていた。それが何時起こったのかすら判らない。クリミアの時だったか、スピシュランだったのか、それともハルトゥームでか。何れにせよ同じなのだ。ただ、余りにも唐突だったから、その進展過程に有限個の飛躍《リープ》や欠落を生じている。直々の情報（外務省からの入電、国会での決議）を受ける最中に居眠りが始まって、目覚めたらベッドの足元にひょろりと霊が立っているという始末だ。その霊はニタニタしながら喋りまくって、そこを動く様子がない。どうやら双方とも、自分たちのキャリアが世紀と一緒に大々的に滅びることにお祭り気分を味わいたくて、アポカリプスをその口実として見ていたのではなかったか。

「貴方、そっくりですわ」彼女が言い出した、「叔父のイーヴリンに。背が高くて色白で、オウ！　ラードウィック・イン・ザ・フェンのようでは全然ないの」

「ホー、ホー」グッドフェローが笑う。

彼女の声にはどこか倦怠感を感じさせるようなところがあって、ポーペンタインにはこの娘が蕾なのか、開いた花なのか判らなくなった。あるいは既に何処にも帰属しない、風に飛ばされた花弁なのか。この頃年々その区別がつきにくくなるのは、自分にも遂に老齢が忍び寄ってきたせいか、それとも新しい世代に欠落があるせいなのか。同世代の女性たちは、蕾となり花となり、それから大気に胴枯れ病の菌を感じて、日没時にある種の植物がそうするように再び花を閉じてしまった。彼女に直接たずねてみようか。いや無駄だろう。

「や、こいつは」とグッドフェローが言った。一同が目を上げて見ると、夜会服を着た痩せ型の男が立っていた。その頭部は、苛立った顔のハヤブサだった。獰猛な表情のまま、ハヤブサの頭が大笑いする。ヴィクトリアも笑い出し、笑いながら言葉を継いだ。「ヒューよ！」嬉しそうな叫び声だ。

「ご明察」と、中からこもった声がした。「誰か、外すのに手を貸してくれないか」ポーペンタインが椅子の上に立ち上がって、その頭を引き抜いた。

「ヒュー・ボンゴ＝シャフツベリーか」グッドフェローが迷惑そうに言った。

「これはハルマキスといって」ボンゴ＝シャフツベリーはがらんどうの陶製のハヤブサの頭を指差して言った。「古代都市ヘリオポリスの神、下《しも》エジプトではこれが主神だ。こいつは紛れもない本物ですよ。古代の儀式で使われた仮面さ」ボンゴ＝シャフツベリーはヴィクトリアの隣に腰を下ろした。グッドフェローが顔を歪める。「ハルマキスというのは、字義通りには『地平線のホルス神*』という意味でね、人間の頭と獅子の身体という形でも表される。スフィンクスのようにだ」

「オウ」、ヴィクトリアの、溜息のような相槌――「スフィンクスね」。魅了された彼女の様子が、ポーペンタインの腑に落ちない。エジプトの混血の神に魅惑されるとは。それは違反ではないのか。人間なら人間、猛禽なら猛禽として、純粋な存在こそ彼女の理想であるべきなのに、混ざり物に心を寄せるとは。

今夜はリキュールにいくのはやめて、フェスラウワーの白で通そう。当たり年ではないが、値段はただの十ピアストルだ。

「ナイル河は、どのへんまで遡っていくんですか」とポーペンタインが言った。「ミスター・グッドフェローから、あなたがルクソールに興味をお持ちだと聞きましたが」

「あの辺りはまだ手つかずでフレッシュなんでね」ボンゴ＝シャフツベリーが答えた。「九一年にグレボー*がテーベの神官たちの墓を発見して以来、第一級の仕事はなされてない。もちろん、ギゼーのピラミッド群も見ておくべきなんでしょうが、十六、七年前にミスター・フリンダーズ・ペトリー*が徹底調査を行なったおかげで、今じゃ新味がありませんよ」

「でしょうな」ポーペンタインがぽつりと言った。その程度のことなら、ベデカーのガイドブックに書いてある。だがこの調子で考古学への執心が続くようだと、この観光旅行《クック・ツアー》が終わらぬうちに、サー・アラスターが発狂しそうになるだろう。ボンゴ＝シャフツベリーもカイロから奥地へ向かう気でいるのだろうか。自分とグッドフェローはカイロまでしか行かないぞ。

ポーペンタインは『マノン・レスコー』のアリアを口ずさんだ。ヴィクトリアは二人の男の間に、どちらに傾くでもなく美しく座している。レストランは既にだいぶ閑散として、向かいの領事館も上階の二、三の窓を残して灯りが消えた。ひと月後はどうなるのだろう、どの窓もあかあかと灯るのだろうか。それとも世界中があかあかと燃え上がるのか。このまま進めば、マルシャンの軍とキッチナーの軍はファショダの近くでぶつかるという。そのバール・エル＝アビアド地域は白ナイル源流から四十マイルほど北のあたりだ。陸軍大臣のランズダウン侯は、カイロに宛てた秘密電文で九月二十五日*に両軍が出会う事になろうとの予測を送ってきた。これはポーペンタインもモルドヴィオルプも目にしている。と、その時ボンゴ＝シャフツベリーの顔面を突然、ヒクヒクッと痙攣が踊り抜けた。それから五秒のタイムラグがあったが、ポーペンタインは――直感からか、目の前の自称考古学者への疑念からか――感づいた、自分のうしろの席に誰が立っているのかを。グッドフェローが如何にも気乗りしなさそうに肯きながら、なおかつ充分社交的に言った。「レプシウスさん。ブリンディシの気候に厭《あ》きましたかね」。レプシウスというのか。ポーペンタインは名前も知らなかったが、グッドフェローはこの手の情報把握に抜かりがない。

「急用でエジプトに呼び出されたんだ」レプシウスが答えを吹きかけた。グッドフェローは鼻をワイングラスにもっていった。ややあって、「お連れさんはどうしました。また会えればと思ってたんだが」

「スイスへ行った」レプシウスが言った。「澄んだ風、綺麗な山を求めてね。我々もいずれ、この汚れきった南の国に厭き果ててもおかしくない」。彼らは嘘はつかない。この男、いまは誰と組んでいるのだろう。

「思い切り南下すれば、別でしょうがね」グッドフェローが言った。「ナイル河を充分にのぼれば、一種の原始的な清潔さにも還《かえ》っていけるんじゃないかな」

ポーペンタインの視線は、痙攣を目にしてから、ボンゴ＝シャフツベリーの顔に向けられていた。体と同様、ゴツゴツに痩せたその顔は無表情のまま。だが最初に感情が漏れるのを見てしまったポーペンタインは、気を抜くことができない。

「その原始の国じゃ、野獣の掟が支配しているのでは？　財産権なんてものは存在せず、総ては戦いに委ねられて、勝者のものになる。栄光も生命も権力も財産も、全部ですよ」

「かもしれんですな」グッドフェローが言った。「しかしヨーロッパで、われわれは文明化されていますから。幸いな事にね、ジャングルの掟に従おうったって無理です」

まもなくレプシウスは、カイロでまたお会いできたら、と言って去っていた。グッドフェローは再会を確信している。ボンゴ＝シャフツベリーは相変わらず、何も読み取らせない表情で、じっと坐ったままだ。

「変わったかたね」ヴィクトリアが言った。

「変わってますかね」ボンゴ＝シャフツベリーが言った。「不潔より清潔をよしとするのが」

そうか。ポーペンタインは他者に対して優越を感じるような態度には、十年も前に嫌気が差していた。グッドフェローも居心地悪そうだ。そうか、清潔とね。洪水のあと、長期の飢饉、地震。砂漠地帯の清潔とは、乾ききった白骨と滅んだ文明の霊廟のことだろう。アルマゲドンの嵐が、ここに駐留するヨーロッパを跡形なく掃き清めるわけだ。そう考えてみるとこっちは、ただクモの巣と、ガラクタと、言葉の汚物のチャンピオンでしかないのか。何年か前に訪れた夜のローマを思い出した。連絡員は売春宿の上に住んでいた。モルドヴィオルプ御大が尾《つ》けてきていて、街灯の近くで張っていた。面談の途中でポーペンタインが窓の外を見やると、街娼がモルドヴィオルプを誘っていた。話は聞き取れず、ただ、ゆっくりと湧き起こってきた怒りの表情が、彼の形相を固めて冷酷非情のマスクにしてしまうのが見えた。そのマスクのまま杖が振り上げられ、規則的に振り下ろされた。女は彼の足下に崩れ落ちた。体の強《こわ》ばりを解き、ドアを開けて先に外に駆けだしたのがポーペンタインだった。女のもとに駆け寄ったとき、モルドヴィオルプは姿を消していた。彼の与えた慰めはオートマチックなもので、漠たる義務感のようなものに発していたのかもしれない。女は彼のコートのツイード地に顔を埋めて叫びまくった。その叫びから「ミキアマーヴァ　ソツーラ」*という言葉が出てきた。あたしのこと汚物といった、と。忘れようとしていた出来事だった。醜かったからではない。そうではなく、自分の恐ろしいほどの欠点をさらけだす出来事だったからだ。自分が憎んでいるのはモルドヴィオルプというより、彼の歪んだ、変質的な清潔感覚であり、自分が情を寄せたのも、あの女自身ではなく彼女の人間性《ヒューマニティ》だった。逆にモルドヴィオルプは、個人を愛したり憎んだりできる男である。どうも役柄が正反対であるようだ。自分がヒューマニティを救う役割を演じるときに、ポーペンタインは抽象的な人間愛に走らざるを得ない。特定の、個人レベルに降りたのでは、目的の純粋さが失われてしまうのだ。ところが、個人の変質的行為に嫌悪をもよおす場合、怒りは忽ち雪崩を起こしてこの世の破滅《アポカリプス》を叫ぶまでになる。モルドヴィオルプの一味を憎もうとしてもどうしても憎めない一方で、彼らはポーペンタイン個人の幸福を気に懸けずにいられない。更にひどいことに、一味の誰をも実際に付け狙う事ができず、その代わり舞台でデ・グリウ役を演じて歌うクリモニーニの下手糞な真似をして、計算された音楽的な約束事に従った熱情を表現するばかりとなる。激情と優しさとが、単にフォルテとピアノで表され、精巧な遠近法で描かれたアミアンのパリ門がカルシウム灯の光にくっきりと浮き立つ舞台を離れることがない。あの午後の、雨中のパフォーマンスを彼は思い出した。ヴィクトリアと同じで彼も適切な舞台装置を必要とするのだ。強度にヨーロッパ的なものに出会うと、彼の心は阿呆の骨頂へと舞い上がるのである。

夜が更けてきた。店の中にはもう二、三人の観光客しかいない。ヴィクトリアはまったく疲れた様子をみせていない。グッドフェローとボンゴ＝シャフツベリーは政治の話だ。二つ先のテーブルでウェイターが早くしてくれと言いたげにうろついている。華奢な体格、頭蓋骨は如何にもコプト人*らしく上下に長くて横幅が狭い。この建物の中で、ヨーロッパ人でないのはこの男一人だとポーペンタインは今になって気が付いた。その不協和音が長らく存在していたのに、彼としたことが、聞き落としていた。こんなことではエジプトに来ていても役には立たない。肌も鋭敏すぎていつも日射しを避けている始末。まるでここの太陽にすこしでも染まったら、自分の一部がオリエントに持っていかれてしまうとでもいうかのような保身ぶりだ。そもそもヨーロッパ以外に関心はなく、欧州大陸の外地に関心を持つのも、そこがヨーロッパの命運に係わるかぎりのことであって、それ以上ではない。この〈フィンク〉にしても、パリの〈ヴォワザン〉*の格下バージョンであるにすぎないのだ。

ようやく一行は席を立ち、支払いを済ませて、外に出た。先に立ったヴィクトリアが弾むような足取りでシェリフ・パシャ通りを渡り、ホテルへ向かう。一同の背後、オーストリア領事館の脇の小径から屋根つきの馬車が一台、車輪の音も高く出てきて、ロゼット通りを猛烈なスピードで駆け抜け、湿った夜の中へ消えていった。

「やけに急いでいるな」とボンゴ＝シャフツベリー。

「ほんとに」とグッドフェロー。ポーペンタインに、「じゃ、カイロ駅で。列車は八時発だから」。ポーペンタインは皆におやすみの挨拶をしてトルコ人街の仮の宿に戻った。こういう場所に居所を据えたからといって何に違反した訳でもない。というのも、彼にとってオスマン帝国は西の世界の一部だからだ。『アントニーとクレオパトラ』の古い、所々カットされた版を手に取り、いまなおエジプトの魔力が有効か、その熱帯的非現実と奇妙な神々は今なお人を魅了しうるか否かを考えながら彼は眠りに落ちていった。

翌朝七時四十分のプラットホーム。旅行社のポーターが、クックの者もゲイズの者も、ボックスやらトランクやらを積み込んでいる。複線の線路の向こう側は公園で、椰子とアカシアが緑に繁っている。ポーペンタインは駅舎の影から離れない。やがて皆の姿が揃う。ボンゴ＝シャフツベリーとレプシウスの間で、一瞬の合図が交わされるのを彼は見逃さなかった。プラットホームが突然ざわめき、朝の急行列車が入ってきた。ポーペンタインが振り向くとレプシウスがアラブ人の男を追いかけている。旅行鞄を盗られたようだ。グッドフェローも既にスタートを切っていた。ブロンドのたてがみを振り乱しながらホームを全力疾走、そのアラブ男を出口に追い詰めると鞄を奪い返して、日除け帽をかぶった警官に捕まえた泥棒を突き出した。鞄を返されたレプシウスは、蛇のような目をして無言のままだ。

列車に乗り込むと一行は隣り合った二つのコンパートメントに分かれた。ヴィクトリアとその父親、グッドフェローの三人は後部デッキに接した方へ。自分も一緒にいたほうがサー・アラスターの気は休まるだろうとポーペンタインは感じたが、ボンゴ＝シャフツベリーを見張る必要がある。発車は八時五分、太陽に向かっての出発である。ポーペンタインはゆったり席にもたれて、ミルドレッドが鉱物について講釈するに任せた。列車がシディ・ガベルを通過して南東に向きを変えたところで、それまで無言だったボンゴ＝シャフツベリーが口を開いた。

「ミルドレッドは、お人形遊びはするのかい」。ポーペンタインは窓の外に目をやった。不愉快な事が起こる予感がした。窓の外は黒ずんだ駱駝たちのスローな行列。その一頭一頭に人が乗って、運河沿いの土手の上を歩いている。遠く運河を下ったところに艀《はしけ》の白い帆が見える。

「石を探していないときは遊ぶわ」ミルドレッドが言った。

するとボンゴ＝シャフツベリー、「歩いたりしゃべったり、縄跳びしたりする人形は、どうだ、持っていないだろう」

堤防のずっと先に一団のアラブ人がいて、マレオティス湖の一角でノラリクラリ塩造りの仕事をやっている。ポーペンタインは風景に意識をもっていこうとした。汽車はトップスピードで走っている。湖の人夫の姿はたちまち失われた。

「持ってないけど……」疑わしそうにミルドレッドが答えた。

ボンゴ＝シャフツベリーは続ける。「本当かい、そういう人形を見たことがないの？　かわいいんだよ。中が時計仕掛けになっている。その機械でね、なんでも完璧にやるんだ。本物の男の子や女の子は、泣いたり拗ねたり、行儀が悪かったり、とかく大変だしね。人形のほうがずっといい」

今右手に休閑期の綿花畑と土を固めた小屋が見える。時たま、運河に水汲みに行く農夫《フェラヒン》の姿も。ポーペンタインの視界の縁ぎりぎりのところには、ボンゴ＝シャフツベリーの長くて神経質に痩せ細った手。両膝に片方ずつ置かれてピクリともしない。

「よさそうな人形ね」ミルドレッドが言った。相手の大人が親切に言ってくれているのは知っていながら、声が震えるようであるのは、この考古学者の顔つきに、どこか彼女を怖がらせるところがあるせいだろうか。

ボンゴ＝シャフツベリーが言った、「ひとつ、ミルドレッドに見せてあげようかな。どうだい」。これは度がすぎる。この男、実はさっきからポーペンタインに話しかけていたのであって、女の子はその道具にされていたにすぎない。何のために？ 何を企んで？

「いま持っているの？」声がおびえている。仕方ない、ポーペンタインは窓の外に向けていた視線を戻し、ボンゴ＝シャフツベリーに向けた。

その顔がニヤリとした。「ああ持ってるさ」――上衣の袖が押し上げられ、カフスが外される。ワイシャツの袖口がまくり上げられる。剝き出しになった前腕の裏側が娘の方に突き出される。これはひどい、ポーペンタインは一瞬たじろいだ。この男は正気じゃない。日に晒されたことのない肉をバックに、ミニチュアの電気スイッチが黒く光る。単極双投、肌に縫い込まれたその電極から銀色のコードが二本伸び、袖の中に消えている。

子供はしばしばゾッとするものでも容易に受け入れるものだが、ミルドレッドは「違う」といって震えだした。「違うわ、おじさんは人形じゃないわ」

「ところが人形なのですよ」ボンゴ＝シャフツベリーはニヤリとしたまま続けた。「ミルドレッド、この二本のコードは、わたしの脳につながっているんだ。スイッチがこんなふうに閉じていると、今みたいに普通に振る舞える。ところが、いったんスイッチをこっちへ――」

少女は身を退《ひ》いて「パパーッ」と叫んだ。

「倒すと、すべてが電動式になるの」ボンゴ＝シャフツベリーの、宥めすかすような声。「単純だろ、そして清潔だよ」

「よさんか」ポーペンタインが言った。

ボンゴ＝シャフツベリーがクルリと体を回して彼に正対する。「なぜだね？」と声をひそめ、「なぜだね？　この子のため？　この子が怖がるから。それとも、君自身が怖いのかな」

ポーペンタインはたじろいだ。頬が熱い。「とにかく子供を怖がらせたりはしないもんだ」

「なんだ、その一般論は」ボンゴ＝シャフツベリーは、いまにも叫び出しそうな苛立ちを示した。

通路で物音がした。グッドフェローが苦痛の叫びを上げる。ポーペンタインは跳び上がってボンゴ＝シャフツベリーを押しのけるとコンパートメントから通路へ飛び出た。列車の後部デッキに通じるドアが開いていて、その前でグッドフェローが一人のアラブ人と殴り合い、組み合い、縺れ合いを演じている。ピストルの銃身が一瞬キラリとポーペンタインの目に入った。慎重に近づいて、回り込み、最も効果的な場所を狙う。アラブ人の咽喉《のど》が充分に露出した機にポーペンタインは蹴りを入れた。キックは気管を正確に捉え、崩れ落ちるアラブ人の喉が鳴った。グッドフェローがピストルを取り、前髪を掻き上げた。荒い息。両脇が上下している。「やあ、どうも」

「同じ奴か」

「違う。鉄道警察は良心的だ。それに、アラブ人でも見分けはつく。こいつは別の奴だ」

「じゃ、銃を向けていてくれ」。そいつに向かって、「アウズ　エ。マ　トカフシ　ミンニ」*。アラブ人の頭がゴロリとポーペンタインの方を向いた。笑おうとしたようだが目が苦しんでいた。喉には青い痣が現れつつあった。声は出そうにない。サー・アラスターとヴィクトリアが心配そうな顔で出てきた。

「駅で捕まえた奴の仲間かもしれないですね」グッドフェローが気楽な調子で説明する。ポーペンタインがアラブ男に手を貸して立ち上がらせた――「ルーフ、*行け、二度と顔を見せるなよ」。男は去っていった。

「放してしまうとは」サー・アラスターが唸った。グッドフェローは寛大ぶりを披露して、慈善について、もう一方の頬を差し出すことについて弁じはじめた。弁説はヴィクトリアには受けたが、父親は吐き気を覚えたようだった。一行はコンパートメントに戻り、父親の隣りに坐ったミルドレッド以外、元と同じ席についた。

三十分後、列車はダマンフール駅に到着した。ポーペンタインが見遣ると、レプシウスは二輛先の車輛を降りて駅舎に入っていく。周りにはデルタの緑地が延びている。二分後、あのアラブ人も降りてきた。斜めに突っ切ってビュッフェの入口に向かい、そこで赤ワインを持って出てきたレプシウスと落ち合った。男は喉の痣をさすっている。レプシウスに何か訴えかけたい様子だ。レプシウスの目が見開かれ、男の頭に平手が飛んだ。「バクシシは無しだぞ」という声が届く。ポーペンタインは座席の背にもたれ、目を閉じてボンゴ＝シャフツベリーの姿を遮蔽しただけ。フムフムと呟くでもない。列車が動き出した。ならば連中にとって清潔《クリーン》とは何だ。〈ルール〉を守ることでないのはこれで明らかだ。それとも一八〇度方向転換したか。とにかく、これほど汚い手を使ったのは初めてだ。つまりは、ファショダの衝突がそれくらい意味の大きな出来事だという事なのだろうか。最終的な〈破局〉ですらあり得ると？　目を開けてボンゴ＝シャフツベリーに向けると、本を読みふけっている。シドニー・J・ウェッブの『産業民主制論』*。ポーペンタインは肩をすくめた。むかしはみな経験を通してスパイのプロになっていくものだった。暗号については解読する事で学び、税関の官吏については逃げおおす事で学び、敵の幾らかは殺す事で知った。近頃は本を読むのか。若いもんが、頭に理論ばかり詰め込んで（と彼は決めつけた）、自分たちの内的機構の完璧さを信じてそれ以外の価値に目が向かない。ボンゴ＝シャフツベリーの腕に毒虫のように貼りついたレバー・スイッチを思い出し、彼は寒けを覚えた。モルドヴィオルプは現役最年長だろうが、職業倫理という点において、自分は彼と同じ世代に属する。モルドヴィオルプがここにいる若い男のやり口を是認するとは思えなかった。

ふたりの沈黙は二十五分間つづいた。急行列車が過ぎゆく畑はしだいに緑濃く、働く農夫の動きもしだいに生き生きとしてきた。小さな工場、崩れた多数の古代遺跡、花をつけた小高木のタマリスク。ナイルは氾濫期にあった。灌漑の水路と小さな溜池の網の目が一面に眩しく拡がり、地平線まで続く小麦・大麦の畑へ水を送り込んでいる。列車はナイルのロゼッタ支流に達し、その上を高く跨ぐ長く細い鉄の橋を通ってカフル・アズ＝ザイヤートの駅に入り停車した。ボンゴ＝シャフツベリーが本を閉じてコンパートメントを出た。ややあって入ってきたグッドフェローは、ミルドレッドの手を引いている。

「あんたが眠れないと悪いと思って、やつは席を外したって」グッドフェローが言った。「気づかずに、すいませんね。この子の姉さんに気をとられていて」。ポーペンタインは鼻をならし、目を閉じて、発車前にはもう眠っていた。目覚めたのはカイロ到着の三十分前。「万事オーケー」とグッドフェローが言った。西の彼方にピラミッドの輪郭があった。より街に近いところに庭園やヴィラが見え始めた。カイロ中央駅への到着は、ほぼ正午となった。

　何という早業。皆がホームに降り立つ前にグッドフェローとヴィクトリアが、フェートン型軽馬車に乗り込んで走り出している。「一体これは」サー・アラスターには訳が分からない、「何なのだ、駆け落ちか？」。ボンゴ＝シャフツベリーの顔には、出し抜かれたという表情がありありだ。眠りをとったポーペンタインは、ちょっぴり祝日ムードで「アラビエー」と、上機嫌な声で車を呼んだ。オンボロの、ペンキもまだらなバルーシュ型四輪馬車がガタピシ音を立てて登場。ポーペンタインが前を行くフェートン馬車を指さして「あれに追いついたら、二ピアストル出すぞ」と言ったら、御者がニヤリとした。ポーペンタインが皆を急き立て、一同は馬車に乗り込む。サー・アラスターは納得がいかなそうで、何やらミスター・コナン・ドイルの名も呟いている。ボンゴ＝シャフツベリーはバカ笑い。ギャロップで疾走する馬車は急なカーブを左折し、エル＝レムン橋を越えてシャリア・バブ・エル＝ハディッドを滅茶苦茶に走った。歩行者やロバに乗った観光客を追い抜くたびにミルドレッドがアカンベーする。サー・アラスターもためらいがちの笑みを浮かべた。先行する軽馬車《フェートン》のなかに小さく優美なヴィクトリアの姿があった。グッドフェローの腕につかまって座席に背をもたせかけ、風に髪をなびかせている。

二台の馬車はほぼ同時にシェパード・ホテルに到着した。ポーペンタインだけ車中に残り、皆は降りてホテルの中へ。「おれも一緒にチェックインしておくんだぞ」と、グッドフェローに命じる、「これから友達に会わねばならん」。友達とは、南西方角へ四ブロック行ったところのホテル・ヴィクトリアのポーターだった。ポーペンタインが厨房に坐り込み、カンヌで知り合った騒がしいシェフと鳥撃ちの話をしていると、そのポーターが通りを横切り英国領事館に近づいて、勝手口から中へ入った。十五分後出てきた彼はホテルに戻り、まもなくランチの注文書が厨房に届けられた。クリームを意味する crème の綴りが chem になり、リヨンの女性形形容詞 Lyonnaise の最後の e も欠落している。* どちらの語にも下線が引かれていた。ポーペンタインは肯き、皆に礼を言ってホテルを出た。辻馬車を捕まえエル＝マグラビ通りへ出て、そのどん詰まりの豪奢な公園を抜けるとまもなくリヨン銀行（Crédit Lyonnais）に出る。その近くに小さな調剤屋がある。その店に入り、昨日頼んであったアヘンチンキのことを尋ねて封筒を渡されたポーペンタインは、馬車に乗り込んでから中身を改めてチェックした。彼とグッドフェローに五十ポンドの増額である。いい報せだ。これで二人ともシェパード・ホテルに宿泊できる。

ホテルに戻ると、二人で訓令文書の解読にかかった。外務省は暗殺の計画を知らない。そりゃあ知らんだろう。ナイル流域の覇権確立の事だけを思い描いていたのでは、暗殺の理由など浮かんでくるはずはないのだ。外交というヤツは何処へ行ってしまったとポーペンタインは思う。パーマストン時代の外交官の仕事ぶりを彼は知っていた。シャイでユーモラスなその老首相にとって、外交の仕事とは目隠し鬼ごっこと変わらぬもの。鬼さんこちら、といわれて手を伸ばすと、〈幽霊《ザ・スペクター》〉の冷たい手がある、冷たい手が触れてくる……

「自分らで動くしかないということですかね」グッドフェローが指摘する。

「ああ」ポーペンタインが同意した。「こんな作戦を考えている。泥棒を捕まえるのに泥棒を使う手だ。こっちでクローマー暗殺計画を立てて、それを実行する。もちろんフリだ。だがそうすれば、彼らにチャンスが生まれるたびに、われわれも現場にいるわけだ。阻止できるぞ」

「総領事のあとを付け狙うか」グッドフェローの顔が輝きを帯びた。「雷鳥狩りスタイルは久しぶりだなあ、いつ以来だろう――」

「おいおい」ポーペンタインが制した。

その晩、ポーペンタインは辻馬車を雇って、明け方まで市内を回った。暗号文には待機の指示があっただけだが、その指示はグッドフェローに守らせている。やつは今晩、エズベキエ・ガーデンで行われている「イタリアン・サマー・シアター」の公演にヴィクトリアをエスコートしてお出かけだ。今晩のうちに会っておくべきは、ロセッティ地区に住む、英国領事館の下級官吏の情婦《おんな》。ムスキ通りの宝石店主(かつてマフディー派に経済的な支援をしており、運動が抑え込まれた今はシンパだったことをひた隠しにしている)。麻薬関係の罪でイギリスから逃亡し引渡しの義務のない地までやってきた小物の耽美主義者で英国領事ラファエル・ボーグの従僕の遠い親戚にあたる男。そしてカイロの暗殺者ならひとり残らず知っているというファルクミアンという名のポン引きにも会わねばならない。これらご立派な一同の営業回りをすませてポーペンタインがホテルに戻ってきたのが午前三時。だが部屋のドアを開けようとして立ち止まった。向こうで何者か動く音がする。まあ、誰が何をしているかは明白である。廊下を見やると行き止まりに窓があった。その外壁には出っ張り《レッジ》がある。彼は顔をしかめた。だがスパイというものは、窓の下の出っ張りを這い回るものと相場が決まっているのだから仕方ない——それも遠い異国の街の建物の上階で。まったくの道化になった気分でポーペンタインは窓から這い出て、出っ張りの上にふたつの足を置いた。五メートルほど下が繁みになっている。欠伸をしながら彼は、スタスタというにはあまりに無器用な足取りで、建物の角までカニの横這いをした。出っ張りは角のところが細くできている。両足を別々の側面にかけ、建物の角の直線が男の顔から腹までを二分したその瞬間、バランスを崩して落下した。空中で思い付いたかのように罵り言葉を吐いたのち、ドサリ、植え込みの上に落ちて転がる。そこに横たわったまま、指先でトントン、煙草を取り出し、半分まで吸い終わったところで立ち上がった。自分の部屋の隣に樹木がある。簡単に登れそうだ。咳き込み罵りながら登ってゆき、大枝を先の方へ這い進み、跨って中を覗く。

　グッドフェローが彼女と一緒に、ポーペンタインのベッドの上にいた。街灯に照らされた顔が白く、疲弊して見える。その目と口と乳首が、白肌についた五点の痣のようだ。彼女は両手の指を編むようにしながら、グッドフェローの白い頭を抱きかかえ揺すっている。乳房がグッドフェローの涙に濡れて光っていた。「ごめん」という言葉が聞こえた。「トランスヴァールで負傷して……心配ないと言われたんだが」。この種の事情に不慣れなポーペンタインは、例によって選択肢式に考えてみた──(a)グッドフェローは高潔な行動をしている、(b)彼は実はインポテンツであって、これまでの長々とした征服リストはみな嘘だった、(c)このヴィクトリアという女には、まったく関わる気がなかった。何《いず》れにせよ、ポーペンタインには関わりのない事、いつもの疎外感を胸に、枝に手を掛けポーッとしたまま片手でぶら下がっていたら、指にはさんだ煙草の火が指に触れた。チクショー、と小さく罵る。だが火傷を罵ったのではない。それは自分で判っている。だから気になるのだ。グッドフェローの弱みを見たせいだけでもない。植え込みにドサリと落ち、大の字になって彼は、情の流れを堰き止めておく閾について考えた。二十年のお勤めのなかで、その閾を押し下げた事は一度もない。そのことにプライドを抱いてきた。堰は以前にも危うく崩されそうになった事はある。だが今回のような脆さを晒したのは初めてだ。繁みの上に倒れ込んだ彼の身を、理性を超えた恐怖が襲った。ほんの数秒のあいだ、来るべきものがいよいよ来たことが確信をもって感じられた。アポカリプスだ。ファショダを以て、世界の崩落が始まる──自分自身がバラバラになり始めているという感覚に基づくものであったにせよ、彼はその時、終末の訪れを確信した。だが新しく火を点けた一服が、胸のなかに癒しの煙を広げ、そうやって一吸いごとに落ち着きを染みこませて何とか立ち上がった彼は、尚もふらつく体でホテルの入り口を通り、自室まで上がっていった。今度は鍵を忘れたふりを演じ、慌てふためいた騒音を戸口で立てた。女が衣服を掻き集め、連結ドアから隣室へ逃れる時間を与えるためである。グッドフェローがドアを開けた。その時までにポーペンタインの心には最早、いつものバツの悪さ《エンバラスメント》の感覚しかなくなっていた。

　昨晩のシアターの演《だ》し物は『マノン・レスコー』。翌朝シャワーを浴びながらグッドフェローが「見たこともない美人《ドンナノンヴィディマイ》！」を歌おうとしている。「待て」とポーペンタイン、「手本を聞かせてやる」。グッドフェローが大声で吠えた——「あんた、タララ ブーン ディ エイってな鼻歌だって、まともに歌えないでしょうが」

　だがポーペンタインは抑えることはできない。彼はこれを無害な妥協と心得ているのだ。「アディールレ イオ ターモ」彼は歌った、「ア ヌオーヴァ ヴィータ ラーマ ミア スィ デスタ*」。ひどいもんだ。この男は以前、ミュージックホールの舞台にでも立っていたのか。デ・グリウとは雲泥の差だ。デ・グリウは、その若い娘がアラスからの馬車から降りた瞬間、何が起こるか判っている。タイミングを外すことも、フェイントをかけることもない。暗号の解読や騙し合いのゲームとは無縁である。騎士デ・グリウが、ポーペンタインには羨ましかった。着替えをしながら口笛でアリアを吹き鳴らすと、昨晩の弱みをさらした瞬間が瞼に浮かんだ。そして思った——ここで閾を下げてしまったら二度と元には戻れないぞ、と。

　その日午後二時、領事館の正面玄関から総領事が出て来て馬車に乗った。それをポーペンタインはホテル・ヴィクトリアの三階のガランとした空き部屋から見ていた。クローマー卿を狙うにはここが最上の場所だ。ここで見張っていれば、少なくとも敵の刺客がこの部屋に入り込むことは食い止められる。あの考古学者はヴィクトリアとミルドレッドをバザールとカリフの墓へ案内している最中だ。グッドフェローは窓の真下、幌を閉じたランドー馬車の中にいる。ポーペンタインが見ていると、彼はそっと馬車の後ろから降りて、安全な距離での尾行を始めた。ポーペンタインもホテルを出て、マグラビ通りを歩いて行く。次の角で右手に教会が見えた。やたらと大きなオルガンの音が聞こえてきた。ふと気になって彼は教会の中へ入っていった。案の定サー・アラスターだった。轟音を響かせている。音楽を聴く耳のないポーペンタインは、その場に五分ほどいてやっと気付いたのだが、サー・アラスターは荒れ狂う心を鍵盤とペダルにぶちまけていたのだ。小さなゴシック教会の内側に、音楽が、ある種の細妙な葉脈と、異様な花弁の形をはびこらせている。レース織りのようではあっても、激しい、どこか熱帯的な葉の繁りだ。頭の動きも指の動きも抑制がきかない。娘の純潔を、いや何の純潔であれとにかくそれを守れない悔しさ故に、あるいは音楽そのもののせいなのか——バッハの、いや、これはほんとにバッハなのか——すでにアラスター自身の即興では？ それは異国的で、すこし安っぽく、音楽を理解していないように聞こえたが、ポーペンタインに何が言えるだろう。それでも彼は立ち去ることができなかった。音楽が突然やんで、教会の空洞に残響がわたり、それから、やっとポーペンタインはしずかに戸外の日射しの中へ踏み出て、首に巻くモスリンを慎重に調節した——あたかもその仕草が、大きな崩落を食い止める役に立つとでもいうかのように。

その晩のグッドフェローの報告によれば、クローマー卿は護身の為の手段をまったく講じていないらしい。伝言が届いていることは確か——小物領事の従僕の縁者を通して確認をとってある——にも拘らず。ポーペンタインは肩をすくめ、総領事のことをバカモノと罵った。九月二十五日は明日なのだ。彼は十一時にホテルを出て、馬車でエズベキエフ・ガーデンの数ブロック北側にある、ドイツ風居酒屋《ブラウハウス》へ行った。そして壁を背に、小さなテーブルでひとり感傷的なアコーディオン・ミュージックに浸った。この音楽も少なくともバッハの時代には遡る。くわえ煙草で目を閉じているところへ、ウェイトレスがミュンヘン・ビールを持ってきた。

「ミスター・ポーペンタイン」との声に顔を上げる。「後を尾《つ》けてきましたの」。彼は肯き、微笑んだ。ヴィクトリアが腰を掛けた。「パパがこれを知ったら死んでしまうわね」と言いながら、挑むような視線を彼に向ける。アコーディオンの音がやんだ。ウェイトレスがクルーガー・ビールのジョッキを二つ置いていった。

彼は唇を結んだままだ。悲嘆に満ちた沈黙。自分としたことが、付け狙われていた。後を尾《つ》けられ、自分の内なる女を探り当てられた。素人にやられたのは初めてだ。「どうしてわかった」と聞くのはやめた。あの晩、部屋の窓から見られた筈はない。彼は言った——

「きょうの午後にドイツ人の教会でね、弾かれてましたよ、バッハをね。まるで自分に残された最後のものであるみたいに。父上は、感づいているようですな」

うなだれた彼女の上唇にビールの泡が髭のようについている。水路の向こうから、アレクサンドリアへ向から列車の汽笛がかすかに聞こえた。「グッドフェローを愛してるんでしょう」と、大胆に切り出してみる。これだけ閾を下げたのは初めてだ。自分を含め、ここは観光客の集まる場所、ならばハートの道案内《ベデカー》には何でも従っていいという気にもなる。そのとき感傷的なアコーディオンの音が堰を切ったように流れて、彼女のか細い「イエス」をほとんど押し流した。ではもうグッドフェローから漏れ伝わっているのか……。瞼を上げたポーペンタインに対し、彼女は首を振ってノーと応えた。なかなかだな、この読み合い、無言のまたたき。「わたしは何でも自前で考えますの」と彼女は言った。「そう言っても信用はされないわね。でも言わずにはいられないの。真実ですから」。いったい自分はどこまで閾を下げたら気が済むのだ、このままでは……儘よとばかりポーペンタインが口を開いた。「わたしに何をしてほしい」。彼女は遠くを見やったまま、指先に巻き毛をからめていじっている。「何も。ただ理解してほしいのです」。もしポーペンタインが悪魔を信じる男であったならここでこう言っただろう――誰に差し向けられて来た、帰ってそいつに、そいつ等に、無駄なことをするなと言いなさい、と。アコーディオン弾きの視線が、ポーペンタインと女に向けられる。二人がイギリス人だとわかったようだ。「悪魔の息子、息子……」ポーペンタインはドイツ語の戯れ歌をうたい出した。「悪魔の息子はパーマストン」。まわりで二、三のドイツ人が笑い出し、ポーペンタインは顔をしかめた。五十年も前からある歌なのに、まだ覚えている人がいたとは。

混雑したテーブルを縫うようにファルクミアンが現れた。ヴィクトリアは彼を見ると席を外した。彼が伝えたのは唯ひと言——動きなし《ノー・アクション》。ポーペンタインが溜息をついた。もはや残るは一つ、領事館の肝を冷やすこと。そうでもして警備を固めさせるしかない。

となると本気でクローマー卿の〝ストーキング〟である。翌朝、ポーペンタインの目覚めの気分は最悪だった。赤い付け髭、パールグレーのモーニング帽。アイルランドの旅行者を装って領事館を訪れる。だが、そこのスタッフはまるで取り合おうとせず、力ずくで追い出されてしまった。ここでグッドフェローが持ち出した「名案」が爆弾である。この男には、爆弾を投げ入れる腕がまるでなかったが、火薬関係の知識も同様に貧弱だったことが幸いした。危害を加えず庭の芝生に落下する筈だった爆弾は、大きくそれて領事館の窓から中へ飛び込んだものの不発に終わり、うるさ型の掃除婦のヒステリーを誘発するに留まった。グッドフェローは危ういところで逮捕を免れた。

正午にポーペンタインが訪れたホテル・ヴィクトリアの厨房は大騒ぎだった。英仏両軍がいよいよファショダで出会ったらしい。既に〈情勢《シチュエーション》〉は〈危機《クライシス》〉に転じた。彼は平静を失って通りへ駆け出し、つかまえた馬車を飛ばしてグッドフェローを探しに出た。見つかったのは二時間後、なんとホテルの部屋で眠っていた。一日中ここにいたのか。怒りに任せ、氷の入ったピッチャーの水をグッドフェローの頭の上にぶちまける。ボンゴ＝シャフツベリーが戸口に現れ、ニヤけた顔で覗き込んだ。このヤロウと、空の水差しを投げつけたら、相手は廊下をスタスタと歩み去った。「総領事はいま何処だい？」グッドフェローが、屈託のない眠たげな声で尋ねる。「早く服を着ろ」ポーペンタインは怒鳴りつけた。

領事館の役人の情婦《おんな》は、日だまりに寝そべってマンダリン・オレンジを剝いていた。クローマー卿は今夜八時にオペラを観に行くとのことだ。それまで何をしているかの情報は持っていなかった。調剤師の店にも行ってみたが、何も得られない。ガーデンの中の道を飛ばしながらポーペンタインはレン家の一行の所在を尋ねた。グッドフェローが集めたかぎりの情報では、ヘリオポリスへ行ったらしい。「どいつもこいつも、まるでわかってない」ポーペンタインは歯を軋らせる、「腑抜けた奴らだ」。八時までは手空きである。グッドフェローと二人、ガーデンの中にあるカフェの店の、前の席に陣取ってワインを飲む。エジプトの太陽光線が打ちつけた。逃げ込む影もない、威圧的な日射しである。おとといの晩に襲ってきた恐怖が、いままたポーペンタインの顎の両脇を這い上がってこめかみに達した。グッドフェローにさえ、ソワソワした様子をみせている。

八時十五分前。劇場前の歩道を二人はゆったりと歩き、オーケストラ席の切符を求め、深々と腰を下ろして待った。まもなく総領事の一行が入ってきて近くに坐った。レプシウスとボンゴ＝シャフツベリーがそれぞれ左右のボックス席へ入り込み、持ち場に坐る。その二人とクローマー卿を結ぶ線が一二〇度の角度をなしている。「まずったな」とグッドフェロー、「坐った場所が低すぎたか」。警官が四人して中央通路を進んで、ボンゴ＝シャフツベリーを見上げた。そしてポーペンタインを指さした。「やられたぜ」グッドフェローが呻く。ポーペンタインは眼を閉じた。

わかった、こっちの負けだ。しくじれば結果はこうなる。警官たちは彼らを取り巻き、気をつけの姿勢を保っている。「オーライ」とポーペンタインが言った。立ち上がって劇場の外へ。「パスポートを出して下さい」と連行する警官の一人が言った。オープニングの軽快な調べが、背後から涼風に乗ってやってきた。そのまま細い通路を進む。警官は後衛に二人、前に二人だ。この事態はもちろん想定済み。合図も何年も前から決めてあった。「英国領事に会わせていただきたい」と言うと同時にポーペンタインはクルリと振り向き、銃を構えた。旧式の単発短銃である。グッドフェローも同時に動いて、残り二人の動きを封じた。パスポートを要求した警官が冴えない顔で睨んでいる。「銃を持ってるなんて話が違うぜ」もう一人が不満を述べた。四つの頭蓋を一発ずつ銃尾で殴って気絶させ、藪の中に蹴り込んだ。「アホな奴らで」グッドフェローが呟いた、「ラッキーでした」。ポーペンタインは既に劇場へ走っている。二人は階段を二段ずつ駆け上がって空いたボックス席をさがした。「ここだ」とグッドフェローが示したボックスに二人そっと忍び込む。ボンゴ＝シャフツベリーのほぼ真向かいだ。ということは、レプシウスの席は隣りだろう。「頭を下げろ」とポーペンタインが指示した。二人はしゃがみ込んだまま、小さな金色の欄干の隙間から覗いている。ステージではエドモンドと学生たちが、ロマンティックで情欲に燃えるデ・グリウをからかっているところだ。* ボンゴ＝シャフツベリーが小さな拳銃を取り出した。作動のチェックをしている。「スタンバイ」グッドフェローが声をひそめた。駅馬車のラッパの音が聞こえた。旅籠屋の中庭に車体を軋らせながら馬車が到着する。ボンゴ＝シャフツベリーがピストルを構えた。ポーペンタインが「レプシウス。隣りだ」と呟く。グッドフェローがボックスを出た。停止した車体が弾んだ。照準がボンゴ＝シャフツベリーに向けられる。その銃口を、ポーペンタインは徐々に下げて右手に動かしクローマー卿に狙いをつけた。こうすれば一瞬で、自分にとっての総てが終わる、これ以上ヨーロッパの心配などしなくてよくなる、そんな気持が胸をよぎった。総てが揺らぎ出し、その不確かさに一瞬、胸が悪くなった。いったい皆、どれだけ本気で動いてきたんだ？ もしここで、自分がボンゴ＝シャフツベリーの役回りをそっくりそのまま演じたとして、それで実際、いささかでも違いが生まれるのか？「雷鳥狩り」ってか。グッドフェローのヤツ、言いよるな。馬車から降りるマノンに慇懃な手がさしのべられた。デ・グリウは口を開けた儘、身動きもできず眼前の女性の目の中に自らの運命を読み込んでいる。誰か、ポーペンタインの後ろに立っている。振り向きざま、その望みなき愛の一瞬に彼は見た。モルドヴィオルプの信じがたく衰微した老朽の顔に、ゾッとするような共感の笑みが浮かんでいるのを。すっかりパニックを起こしたポーペンタインは向き直ると、闇雲にピストルの引き金を引いた。ボンゴ＝シャフツベリーを狙ったのか、クローマー卿を狙ったのか。標的が見えていない以上、それは永遠に不確かなままである。ボンゴ＝シャフツベリーは拳銃をコートの内側に突っ込んで走り去った。廊下で取っ組み合いが始まる。老スパイを押しのけて廊下に飛び出ると、ちょうどレプシウスがグッドフェローを振り切って逃げるところだ。「プリーズ、お止めくださされ」モルドヴィオルプがゼイゼイした声を上げた。「どうか後を追わんでくだされ。あんた等のほうが無勢です」。階段のてっぺんに立ったポーペンタインは「三対二か」と呟いた。

「三人よりは多いですぞ。わたしのチーフ、そのまたチーフ。参謀たちもいますしな……」

このひと言にポーペンタインが呆然となった。「あんたの、チーフ……」

「それはわたしだって指令は受けていましたよ」申し訳なさそうな口調で老人は言った。ノスタルジーの潮位が一気に上がった様子だ。「ご存じなかったか、今回は〈シチュエーション〉の重大さがまるで違う。われわれ全員巻き込まれるしか――」

ポーペンタインは激昂して振り向き「失せろ」と喚いた。「失せて死んでしまえ」と。そしてぼんやりとながら確信した。彼との言葉のやりとりも、これでとうとう終末を迎えた、と。

「御大みずからご登場か」階段を下りながらグッドフェローがコメント、「ほんとに一大事だな」。百ヤード先でボンゴ＝シャフツベリーとレプシウスが馬車に飛び乗る。モルドヴィオルプは、驚くべき素早さで近道を通り、ポーペンタインとグッドフェローの左手の出口から出て仲間と合流した。「逃がしてやろう」グッドフェローが言った。

「きみはまだ、おれの部下か？」ポーペンタインは答えを待たず、軽馬車《フェートン》を捕まえて乗り込み、グルリと向きを変えて追跡をはじめた。走り出した馬車にグッドフェローが飛び付き、なんとか中に入り込む。驢馬《ロバ》も観光客も通訳も、みな蹴ちらしながら、馬車はカメル・パシャ通りをギャロップで進んだ。シェパード・ホテルの前では通りに出てきたヴィクトリアを危うく轢きそうになった。グッドフェローが恭しく彼女を乗せるのを待つのに十秒を費やした。ポーペンタインに文句は言えない。ヴィクトリアは、これもまた、わきまえてやっているのだ。かつて彼の手中にあったものは最早なかった。どこかで、何か壮大な規模の裏切りが進行していることを、いま彼はようやく認識しつつあった。

一騎打ちの構図は既にない。ならば以前はあったのか？　レプシウスもボンゴ＝シャフツベリーも、残りの者も、単にモルドヴィオルプの道具でもなければ、彼の身体の延長《エクステンション》だった訳でもない。皆が包み込まれ、それぞれの立ち位置を持ち、ユニットとして動いていた。その動きを決定するオーダーは、オーダーといっても、命令として誰かが下すものとはかぎらない。そこに何か人間的《ヒューマン》な係わりがあるのかどうかすら疑問である。かつてカイロの夜空に（あれはただの雲の稜線だったのか）釣鐘型の曲線が、明らかな幻視像のように見えたことがあった。外務省の若手諜報員育成のための数学教材を見たときに記憶した図が、夜空に投影されたのかもしれない。だがいかなる徴《サイン》しを見たにせよ、最早いまとなって信条を改める訳にはいかない。戦闘の直前で宗派を鞍替えしたコンスタンティヌス帝のような事を、みずからに許容するのは無理だった。歴史がここまで進んでなお、決闘スタイルの闘いに信念を燃やしている自分を静かに呪う他はない。彼らは——いや「それ」は——もはや過去のルールではなく、統計学的な確率に則ったゲームを進めている。何時《いつ》からだろう、自分がもはや〈敵〉と対面しなくなったのは。何時から自分は〈力〉や〈量〉のようなものを引き受けていたのだろう。

釣鐘型のカーブは正規分布（またはガウス分布）の曲線である。* その下には目に見えない

「舌《クラッパー》」がある。本人が薄ぼんやりとしか気付いていない間に、ポーペンタインを弔う鐘が打ち鳴らされていたという訳か。

　馬車は急な左カーブを切って運河の方へ向かった。再び左折し、今度は細々とした水のリボンの脇を進む。月が空に上っていた、半球だけの、丸々とした白い月。「奴ら、ナイル・ブリッジへ向かっているぞ」とグッドフェロー。ヘディーヴの宮殿*を過ぎ、喧しい音を立てて橋を渡る。黒い河水が眼下をネットリと流れていく。向こう岸まで渡り切ったら南へ折れて、月光のなか、ナイルと総督府の敷地に挟まれた道をゆく。前方の相手が右に曲がった。「なんだよ、ピラミッド行きか」とグッドフェロー。ポーペンタインが肯いた。「約五マイル半」。彼らの馬車も右へ折れ、牢獄の前を通ってギゼーの村へ向かって進む。曲がり道にさしかかり、線路を越え、まっすぐ西へ。ヴィクトリアのささやくような「オウ」が聞かれた。「オウ、スフィンクスが見られるのね」

「月夜のスフィンクスだよ」苦み走った声で、グッドフェローが言い添えた。「彼女にかまうな」ポーペンタインが言った。残りは沈黙の道中となった。なかなか先へ進まない。周囲は網目状に交差する灌漑溝が月光にきらめいている。二台の馬車は農村を過ぎ、たくさんの水車を過ぎた。静寂のなか、聞こえるのは車輪の音と蹄の音。あとは彼らの通過による風だけだ。砂漠の縁の近くでグッドフェローが「追いついてきたぞ」と言った。道が上りに差し掛かる。五フィートの高さの壁で砂漠の砂から守られた道は、上りながら左手にカーブする。前の馬車が突然グラリ傾いて壁にぶち当たった。中から這い出てきた者たちが残りの道を歩き出す。ポーペンタインの方は何事もなくカーブを進み、クフ王の大ピラミッドまで約百ヤードの地点で馬車を停《と》めさせた。モルドヴィオルプ、レプシウス、ボンゴ＝シャフツベリーの三人の姿がない。

「探し出すんだ」ポーペンタインが言った。ピラミッドの角を曲がると、南方向に六百ヤード離れてスフィンクス像がある。「チクショー」グッドフェローが吐き捨てた。ヴィクトリアが指さし、大声で、「あそこよ、スフィンクスの方へ行くわ」と言った。相手側はデコボコの道の上を全力で駆けている。モルドヴィオルプが足首を捻ったようだ。他の二人が肩を貸す。ポーペンタインがピストルを抜いて、「覚悟はいいか、ご老体」と叫んだ。その時ボンゴ＝シャフツベリーが振り向いて発砲した。グッドフェローは、「追いかけてどうしようっていうの。行かせなさいよ」と言ったが、ポーペンタインは答えない。ほどなく彼らはモルドヴィオルプの一味を巨大スフィンクス像の右の脇腹に追いつめた。

「銃を置け」ボンゴ＝シャフツベリーの息が荒い。「そっちは単発銃だろう。こっちはリボルバーだ」。ポーペンタインは装塡しなおしていなかった。肩をそびやかし、ニヤリと笑って砂上にピストルを放り投げる。ボンゴ＝シャフツベリーはシャツの袖を押し上げ、例のスイッチを逆側に倒した。少年っぽい真似をする男だ。レプシウスは日影に立ち、モルドヴィオルプは笑みを浮かべている。「さあ」ボンゴ＝シャフツベリーが促した。「あの二人は逃がしてくれ」ポーペンタインが言った。ボンゴ＝シャフツベリーは肯いて、「彼らには係わりのないことだからね。あんたとチーフの間のことでしょう、これは」と言った。ほっほう。そうでない可能性があり得たのか。ポーペンタインにとって、これはデ・グリウと同じ場面である。ここに至ってなお、おのれの妄想を抱き続けねばならない。そうか、ダマされた、阿呆だったよ、では済まないのだ。グッドフェローがヴィクトリアの手を取った。二人で馬車へ向かう。娘は忙《せわ》しく振り返る。スフィンクスを眼差す目が赤く熱を帯びている。

「あんたはチーフに向かって激昂した」、ボンゴ＝シャフツベリーが宣告した。「『失せて死んでしまえ』と言った」

ポーペンタインは両手を腰の後ろに回した。言うまでもない。奴らはこの瞬間を待っていたのだ。十五年もか？　知らぬ間に、自分は一線を踏み越えていたわけだ。いまや混ざり者《モングレル》だ、雑種であって純粋ではない。振り向いて、去り行くヴィクトリアを見れば、彼女は愛しのスフィンクスにまだ色香を振り撒いている。雑種であるというのは、要するに、人間的だということだろう。最後の一歩を踏み越えれば、人は、あらゆるものは、清潔ではいられない。グッドフェローが列車でやられかけたのも、朝のカイロ中央駅で、閾値を下げ、奴らに優しさを示したせいか。そして今度はポーペンタインが、敵のチーフを罵ったという、その愛と情の行為によって裁かれようとしている。本当は何を罵ったのかは、罵ってみてすぐに判った。演じたことで報《しら》された。行為《アクト》と報せが互いに互いを帳消しにした。きれいさっぱりゼロにした。それは常なる真理なのか。オー・ゴッド。彼は振り向いてモルドヴィオルプに対した。

彼のマノンに？

「あんた方は立派な敵だった」彼はとうとう言った。いざ口にしてみると、偽りの言葉のように聞こえる。唐突すぎたのか。もうすこし新しい役柄を身につける時間があったなら……

だが、彼らにはそのひと言しか必要でなかった。一発の銃声。素早く振り向いたグッドフェローは、砂上に崩れ落ちるポーペンタインの姿を逃さなかった。彼は大声を上げた。去っていく三人の後ろ姿が見えている。そのまままっすぐリビア砂漠へ歩いていくのか。どこかの海に行き着くまで歩き続けるのか。やがて彼は娘の方を向いて首を振った。その手を取ってフェートン馬車を探しに出る。十六年の後、彼は、勿論、サラエヴォにいた。* サラエヴォでフランツ・フェルディナント皇子を出迎える群衆の間をうろついていた。暗殺の噂、アポカリプスへの引き鉄となるかもしれない火花。それを可能なかぎり食い止めなくてはならない。既に背は丸くなり、頭髪も多く抜け落ちていた。それでもときどき、最近射止めた、上唇にブロンドのひげが生えた酒場女の手を握った。その女は仲間うちに対して彼のことを「単純なイギリス男」と呼んだ――ベッドの方はお粗末だけど、お金はたんまりくれるよ、と。

シークレット・インテグレーション

外は雨だ。十月のはじめての雨。干し草はもう積み上がり、総天然色の秋の、すみわたった光の季節が終わり、空気の清さにさそわれ先日の週末までバークシャーの丘陵に押し寄せていたニューヨークからの人波はとだえ、うって変わってきょうは土曜日なのに雨降りだ。なんともいやったらしい組みあわせ。ティム・サントーラは家の中で考えている。どうやって母親のブロックをかわして十時の外出をやってのけようかと。グローヴァはけさの十時といった。行くっきゃない。奥の部屋で横倒しになった洗濯機の中で体を丸めて、下水パイプの中へ雨が流れこむのを聞きながら、ティムは指にできたイボを見つめる。できて二週間にもなるのだが消えていく気はなさそうだ。母親がドクター・スロープ*のところに連れて行ったら、先生は赤い液を塗り、電気を消して、「いいかね、紫色の魔法のランプをつけるから、きみのイボがどうなるかよく見ているんだよ」。あまり魔法っぽい照明ではなかったけれど、先生がそれをつけると、イボは明るい緑の光を発した。「いいぞいいぞ」とドクター・スロースロップはいった。「グリーン、てことは、イボが消えるという意味だ、ティム君。こいつはもう虫の息だよ」。しかし帰りぎわ、先生がひそひそ声で母親にこういうのを、盗み聴きならお得意のティムは聞き漏らしはしなかった。「暗示療法が効くのは五割かたのケースですから、これで自然に消えていかないようなら、また連れてきなさい。液体チッ素を処方しましょう」。アンジリョーホーってなんだろう。帰るとすぐにティムはグローヴァの家へ走った。グローヴァは地下室で新しい発明に取りかかっていた。

　グローヴァ・スノッドはティムより少しだけ年長の、天才少年である。天才といっても限界はあって、彼の発明品はしばしば思ったようには動かない。去年は騒動も起こした。みんなの宿題を一個10セントで引き受けて、それがバレてしまったのだ。どうしてわかっちゃうのだろう。グローヴァは「曲線」があるという。みんなの出来ぐあいがそれでわかる、だから突然90点や100点がワンサカ出てくると、これはグローヴァだなということになるんだ。「平均値の法則さ。それには勝てない。曲線には勝てないんだ」。あの子を転校させてと、大人たちはグローヴァの親に訴えた。どこかにやってと。どこでもいいからと。火成岩からインディアンの襲来まで、学校の勉強なら何でもこいのグローヴァだけど、自分の頭のよさを隠せるほど利口じゃないとティムは見ていた。才能をひけらかすチャンスがくると弱みをみせてしまう。だれかさんの庭は三角形です、面積を求めなさいという問題が出ると、サンカクカンスウを持ち出す誘惑には打ち勝てない。そんな言葉、クラスの半分は発音することもできないのに。さもなくばビセキブン*だ。こちらの言葉は宇宙冒険マンガにときどき出てくるけれど、ふつうの子には、ただの言葉にすぎなかった。そんなグローヴァだけど、ティムも仲間たちも、文句はなかった。いいじゃないか、あいつだってつらいんだ。同学年の友だちに高等数学の、いや高等な何についての話をしても通じるわけはないんだし。外交政策についてグローヴァはよくお父さんと議論するということを、ティムは聞いていた。ある晩、ベルリン問題*を論じていて意見がマジに対立してしまったらしい。「どうしたらいいのか、ぼくにははっきり見えてるのに」グローヴァはどなる（いつもどなる。相手に対して怒っているんじゃないことを示すために、壁に向かってどなる。あるいは、その辺の何か頑強なものに向かってどなる。尺度の大きな世界、大人たちが作ってはまた作り直す、自分は中に入れてもらえない世界、子供の自分にはどうすることもできない惰性というか頑固さというか、そういうものに怒っている）、「ぼくには解決策が見えているんだ」。でもティムが、じゃあどうすればいいの、と聞くとグローヴァはこういうのだ——「それはいいんだ。議論の中身が重要なんじゃない。もう議論はしないこと、そこが重要。家に帰ると、親はぼくにとやかくいわない、ぼくも親のことはかまわない」。今年は家にいるのが週末と水曜だけになった。他の日は、20マイルほど離れたところにあるバークシャーの小さな男子大学に通っている。ウィリアムズ・カレッジ*を小型にしたような大学で授業をとって、高等なあらゆることを論じてくる。学校が勝利したのだ。追放に成功した。一人にかまっているヒマはないし、みんなにちゃんと宿題をさせないといけない。ベルリン問題で息子と仲《なか》たがいした父としても異存はなかった。「父さんはバカじゃない。心が曲がってるんでもない」グローヴァは地下室のバーナーに向かってどなった。

「もっとひどい。ぼくにとってどうでもいいことをきちんと理解しているくせに、ぼくが心配してることはぜったい分かろうとしないんだ」

「わっかんねー」とティムがいった。「それよりグローヴァ、アンジリョーホーってなんだ？」

「暗示療法か。信仰療法のようなもんさ。それでイボを治そうっていうのかい？」

「うん」赤い液と、照明と、緑の輝きのことをティムは話した。

「ウルトラバイオレット蛍光作用」——グローヴァはその言葉を見るからに楽しそうに使っている——「それがイボに効くわけではなくてね、言葉でおまえを落とそうとしているんだ。でもぼくがしゃべっちゃったからその作戦はもう失敗だね」といって笑い転げる。まるでくすぐられてでもいるかのように地下室の床を転げ回る。「効かないよ。イボが自分から消えようとしないかぎり消えないんだ。イボにはちゃんと意志があるのさ」

　大人たちのたくらみを阻止できるとなると、グローヴァはうれしくてたまらない。なぜそうなのかは、ティムにはどうでもよかったし、グローヴァ自身、動機についてはほとんど関心ないようだった。ただ一度「みんなぼくを実際以上に頭がいいと思ってる」と漏らしたことがある。「〝天才少年〟っていうイメージがあってさ、テレビかなんかで知った型に、ぼくをはめようとするんだ。ああでなくちゃいけませんて」。あの日はほんと機嫌が悪かったとティムは思い出す。発明がうまくいかなかったからだろう。ナトリウム爆弾。そいつは手榴弾で、仕切った容器のそれぞれにナトリウムと水を入れる。投げるとすごい音で破裂する。そのはずだったのが、仕切りの膜が強すぎたかして破れなかった。それに加えてグローヴァはその日、ヴィクター・アプルトンの『トム・スウィフトと魔法のカメラ』*を読んでいた。トム・スウィフトの本には彼はしょっちゅう〝鉢合わせ〟する。偶然、と見えて、これは実は仕組まれているのじゃないかとこのごろ彼は考えるようになった。本の方から彼に鉢合わせしてくるのであって、この件に関しては両親および/または学校が深く関与しているにちがいない。トム・スウィフトの本は彼にとって問答無用の挑発だった。この主人公よりすごい発明をして、お金を儲けて、それをもっと賢い目的のために使えといわれているみたいだった。

「トム・スウィフトなんて大キライだ！」と、どなる。

「読むのやめたらいいんじゃないか」ティムが提案。

しかしやめようにも、こればかりはやめられない。悪意のトースターから飛び出るみたいに、自分の前にポンと一冊出てくる。するとそれをむさぼらずにはいられない。これは一種の中毒である。〈空飛ぶ戦艦〉も〈電気ライフル銃〉も、彼の頭に取り憑いてしまった。「とにかくアイツはひどいやつだ」と彼はいった。「うぬぼれてるし、へんてこな話し方だし、スノッブだし、それに」アタマを叩いて言葉を思い出す——「レイシストなの」

「は？」

「トムの家にさ、黒人の使用人がいるだろ。エラディケット・サンプソン。ラッドって呼ばれてる。こいつに対する態度というのがひどいんだ。そういうひどいやつに、ぼくもなれってことなのかな」

「そうさ、そうだよ」ティムは謎が解けたことに興奮していった。「カールのやつに、そういう態度でつきあえってことじゃないのか」。カールというのは、黒人少年カール・バーリントンのことである。家族と一緒にピッツフィールドから引っ越してきてまだ間もない。カールの家は〈ノーザンバーランド・エステート〉*にあった。グローヴァとティムの住むミンジバラの旧市街から、廃棄された石切場を通りライ麦畑を二つほど越えた向こうの新興住宅地である。このふたり、それにエティエンヌ・シェルドリュを加えた仲間と同じで、カールも大のイタズラ好きだった。ただ見て笑うだけじゃなく、実際に仕掛けるし、創作もする。四人が仲間を組んでいるのも、一つにはイタズラのためなのだ。本に出てくるラッドとカールとの関係を指摘されてグローヴァは当惑した。

「何なんだよ、みんなカールのことを嫌ってるのか」

「カールじゃないと思うよ、カールの親だろ」とティム。

「何をしたっていうんだ」

オレにきくなよな、という顔をティムは作った。「ピッツフィールドは街《シティ》だろ。街は何でもありだよな。ナンバーズ・ゲームだってやってるしさ」

「あんたそれテレビで知ったのね」とグローヴァは咎め、ティムはそうだよといって笑った。グローヴァが、「きみのママさ、ぼくたちとカールが一緒に、えーと、ふざけて回ってるの知ってるのか？」

「オレはいってないよ」とティムはいった。「遊んじゃダメともいわれてない」

「いうなよな」とグローヴァはいった。ティムはいわなかった。この件に限らないが、グローヴァが指図を与えるということはない。ただ仲間全員、グローヴァってやつは、ときどき間違ったりもするけど、自分らよりはずいぶんいろいろ知っているのだから彼のいうことは聞くことにしていた。イボは消えない、イボにはイボの意志があるのだとグローヴァがいえば、マサチューセッツ全域、どこで紫のライトがつこうと液が緑に光ろうと関係ない。イボは消えないのだ。

ティムはイボを見た。ほんとに知性があるものを見ているような、警戒した目つきで見た。あと何歳か幼かったら、こいつに名前をつけただろう。だが今ティムは、物に名前をつけるのは幼い子供のすることだと考える。去年宇宙船ごっこに使った横倒しの洗濯機の中で、雨音を聞きながら、ティムは自分が年をとっていくのを想像した。想像はエスカレートして止まらなくなりそうで、自分が死ぬところまで変奏されていかないうちにあわててやめた。そうだ、きょうはグローヴァにもう一つの言葉のことを聞こう。「液体チッ素」のことで何か収穫があったかもしれない。この前は「チッ素は気体だよ。液体のなんて聞いたことがない」といっただけだった。でもきょうは何か仕入れているかもしれない。なにしろ大学に行っているのだ。一度なんかいろんな色に塗り分けたタンパク質の模型を持ち帰ってきた。それはいま、仲間のかくれ家に、日本製のテレビやナトリウムのたくわえなどと一緒に置いてある。ほかにあるのは、トランスミッションの部品。これはエティエンヌ・シェルドリュの父さんがやっている廃車場《ジャンクヤード》から持ってきた。アルフ・ランドン*の胸像は、みんなしてミンジバラ公園に定期的な襲撃をかけたときにさらってきた。壊れたミーズ・ファン・デア・ローエの椅子は古い屋敷の一つからもってきた。シャンデリアの割れたの、タペストリーの切れ端、チーク材の欄干などは各種あって、そのほか毛皮のコートが一枚。これは胸像の肩に掛けたり、テントにもぐるみたいにして隠れるのに使っていた。

洗濯機から転がり出る。忍び足でキッチンへ。時計を見ると、十時をすこし回っている。グローヴァは自分も時間にいい加減なくせして、他人には守れというのだ。「時間厳守《パンクチュアリティ》は」――無敵のビー玉のようにその言葉を転がして――「どうもきみの顕著な美徳の一つではないようだ」。そういわれたら「はあん?」とこたえればよい。グローヴァはもう次のことに移っている。そこが彼のいいところだ。

ティムの母親は居間にいなくて、テレビも消えているものだから、てっきり外出したのかと思った。廊下のクローゼットに掛かっているレインコートを取って、裏の出口に向かっていくとダイアルを回す音が聞こえる。角のところまで来て覗くと母親がいた。裏階段の下に隠れて、新型の青い〈プリンセス〉電話機を顎と肩のあいだに挟み、一方の手でダイアルを回しながら、もう一方の手を体の前でにぎっている。その拳が蒼白い。こんな表情の母親を見るのははじめてだった。なんといったらいいのだろう、こわばった? おどおどした? わからない。物音が聞こえたはずなのに、こちらに気づくようすもない。呼び出し音が消え、だれかが応えた。

「このニガー」とつぜん母親が吐きすてた。「ダーティー・ニガー。早く町から出てけ。ピッツフィールドへ帰れ。早く出ていかないと、面倒なことがおきるよ」こういうと、あわてて受話器をおろした。にぎった拳がわなわなしている。受話器を離した手も少しふるえ気味だ。と、においを嗅ぎつけた鹿のように、さっとティムの方をふりむいた。

「あなたなの」彼女はほほえむ。でも目は笑っていない。

「なにしてたん?」と、ティムは、聞きたかったのとは別の質問をした。

「遊びなの、イタズラよ」

ティムは肩をすくめて裏口を出た。「いってきまーす」といって、うしろは振り返らない。まずいところを見られた母親が、うるさいことをいうはずはないのだ。

雨の中へ走り出てライラックの濡れた茂みをふたつ通りすぎ、坂をおりると、干し草の積みあがった野原がずっと続く。そこへおりて二、三歩駆けただけで彼のスニーカーはぐしょぬれになった。グローヴァ・スノッドの家はティムの家より古い。屋根の線は二段傾斜だ。大きなカエデの木の陰から家が現れてティムをやさしく迎えた。幼いときティムはその家を人のように思っていて、「ハウスさん」に会うたびに親しげにハローを口にした。友だち同士でやるゲームみたいなものだった。いまもまだ、そういう気持ちを完全には捨てきれない。ただの物みたいに扱ったのでは、なんだかすまないような気がした。だからいまも「こんちわ、ハウスさん」と呼びかけた。ハウスの片側には顔があった。穏やかな年老いた顔。目と鼻が窓でできた、いつもにこやかな顔。そのわきを駆け抜けるティムは一瞬、影《シャドー》になる。タワーのようにそびえる善の顔の前ではうんと小さくなった感じになるのだ。雨脚《あまあし》はかなり強い。スニーカーをきしらせながら角を曲がると、カエデの木がもう一本。こちらの幹には板きれを打ちつけてあった。いちど足を滑らせたが上までのぼり、長く突きでた枝を伝っていくと、グローヴァの部屋のまん前だ。中からヒューという電子音が聞こえる。窓を叩いて、「グローヴィ、ヘイ！」

　グローヴァは窓を開け、きみの有する遅延的傾向はなげかわしいぞ、といいはなった。

「ホワッ？」とティム。

「いまニューヨークの子供の声が入ってきた」窓をくぐって入ってくるティムにグローヴァがいった。「きょうは空のようすがおかしい。スプリングフィールド*をキャッチするのも困難だ」グローヴァは無線愛好家である。自分でトランシーヴァーも作るし、テストの装置も作る。空の状態だけじゃなく、山もあるので、なかなか電波が安定しない。ティムがお泊まりする晩など、夜ふけのグローヴァの部屋はときどき、宙を舞う声たちでいっぱいになる。時には遠く海上からの声も届く。グローヴァは聴くことに熱中し、自分からは滅多に発信しなかった。壁には道路地図が貼ってある。新たに声をキャッチすると、これに印と周波数を書きこむ。彼が眠っているところをティムは見たことがない。何時に覗いても、ゴムのイヤホンを耳に押し当てダイアルをいじっている。ときどき、外部スピーカーも鳴っている。眠りの縁をただよいながら、ティムはさまざまな声が自分の夢に混ざるのを聞いた。事故現場に呼び出される警官の声。すっかり静まりかえったはずのところを動き回る雑音《ノイズ》と黒影《シャドー》。夜行列車を迎えに出るタクシーの運転手がコーヒーのことで文句をつけたり営業所のだれかと乾いたジョークを交わす声。どこか途中のチェスのゲームの攻防も、砂利を積んだ艀《はしけ》を引いてハドソン河を下るタグボートがダッチヒルズをわたるのも、秋・冬の路上労働者が、スノー・フェンスを張ったり除雪したりするのも聞いた。上空のヘヴィサイド層*とかいうやつの具合がいいときには船上の商売人の通信も入ってきて、これらがみんな眠りの透過膜を通して夢の中に入ってくるものだから、朝になるとどれが本当でどれが幻想なのかわからない。グローヴァにきいてもムダだった。起きがけに、半分夢の中からティムは「迷子のアライグマはどうなった、グローヴィ、警察がみつけたか」とか「上流の船に住んでるカナダの木こりはどうした」などときくのだが、グローヴァはいつも「そんな話あったかい」というばかり。いつだったかエティエンヌが一緒に泊まったが、こいつが朝思い出すことがティムとはぜんぜん違っている。歌がきこえていたとかいうのだ。アナグマ・ウォッチャーがどこかの本部に連絡してたとか、プロ・フットボールのことでいい合いがあったけど半分イタリア語でわからなかったとか。

　そのエティエンヌも来るはずだった。土曜の朝は革命評議会の参謀会議である。きっと父さんの廃車場のてつだいをさせられているのだろう。エティエンヌは肥満児で、自分の名前を「80N《エイティエヌ》」と書く。工事現場から失敬した黄色のクレヨンで電柱にそう署名したあと、「ハハハ」と書く。イタズラ好きであるところはティム、グローヴァ、カールと同じなのだが、彼の場合イタズラは趣味というより命だった。グローヴァは天才だし、ティムはいつかバスケチームの監督になりたいと思っている。カールはティムのチームのスター選手になれそうだ。しかしエティエンヌの将来を考えると、イタズラのプロがやるようなことしか思いつかない。「それはヘンだ」とみんなにいわれる。「イタズラのプロって、なんだよ。テレビのお笑いタレントか？　道化師とかか？」エティエンヌはきみの肩に手を回して（これは友情の表現ではない。「ぼくの母さんアーミーブーツをはいてます」とか、矢印付きの「ここをキック」と書いた紙きれを背中に貼り付けるためだ）いう。「おれたちが大きくなるころ仕事はみんな機械がやるから、壊れた機械の修理くらいしか仕事はなくなるって父ちゃんがいうのさ。でもイタズラは機械にできないだろ。人間に残された仕事がイタズラになるんだ」

　みんなのいうことがきっと正しい。こいつはちょっと頭がイカレてる。だれもやらないことも堂々とやってしまうのだ。パトカーのタイヤだってへこます。製紙工場が用水にしている小川にダイバーの格好をして出かけていって川底の泥を引っかきまわし、一週間の操業停止に追いやる。八年生のクラスに教えにいって留守にしている校長先生の机の上に、「ザ・ファントム」*と署名したおバカな、ほとんど意味不明のメッセージを置いてくる。とにかく学校、鉄道、PTAといった既成の制度と組織《インスティテューション》を、こいつはかたっぱしから憎んでいた。それらを大きな敵とみなしてイタズラをしかけつづける。彼のまわりに集まってくるのは、校長先生がいうところの「キョーイクフノー」のやつらばかり。その言葉、だれも意味がわからないし、グローヴァも説明してくれない。それを聞くと怒ってしまうのだ。「ワップ《イタ公》」や「ニガー《クロンボ》」と呼ぶのと一緒だと。エティエンヌの友だちにはこんなやつらがいる。まずアーノルドとカーミットのモーストリー兄弟。趣味は接着剤の匂いを嗅ぐのと、ネズミ捕りを店から盗んでバネを仕掛け、原っぱの真ん中で向かい合って投げっこすること。それにキム・デュフェイ。この子はひょろっとした体とエキゾチックな顔をした六年生の金髪の女子で、腰まで垂らしたお下げの先がたいてい青くなっているのは、しょっちゅうそれをインク瓶に突っこんでいるからなのだが、爆発性化学物質が大好きということで、かくれ家のナトリウム補給係となり、ボーイフレンドである高校の砲丸投げ選手で、とにかく〝若い〟子が好きなゲイロードの招きでミンジバラ・ハイスクールのラボに忍びこんではブツを調達してくれる。あとは、例の医者の子であるホーガン・スロースロップ。八歳にして消灯後のビール飲みにふけり、九歳で断酒して「アル中匿名更生会《アルコホリック・アノニマス》*」に入ったというやつである。入会には、リベラルで知られる父親が祝福を与え、地元のAAグループも、まわりに子供がいるのも回心に役立つのではないかと考えて許可した。それからヌンシー・パッサレッラ。この子は二年生のとき「これはなんでショー」の時間に、丸々肥えた大人の豚*（体重二五〇キロのポーランド・チャイナ種の雌豚）をスクールバスに乗せて連れてきたことで名を挙げ、その後、前世紀にこのあたりの丘陵をうろついて赤子を取り替え、家に火を放ったという女を祭りあげて「クレイジー・スー・ダナム教*」という宗派をおこした。この伝説の美女こそ、この子たちみんなの、いわば守護聖人であった。

「カールはどこだ?」グローヴァのスエットシャツでぬれた手を拭きながらティムがいった。

「地下室さ。サイの足で遊んでいる」これは靴のようにできていて、その季節になれば雪靴として利用できる。「どうしたんだよ」

「おれんちの母さんがさ――」母親の告げ口をするみたいで、次の句がすんなりいえない。「口出し、しているんだ。またなんだ」

「カールの家の人にか?」

ティムはうなずいた。

グローヴァは顔をしかめた。「うちの母親もだ。例の話題さ、ほら」といって親指で、耳につけたイヤホンを指す。それは去年両親の寝室に取りつけた盗聴器とつながっていた。「人種問題《レイス・イシュー》っていうんだよな。ぼくはずっと本物のレースかと思ってたよ。車かなんかの」

「それで母さん、またあの言葉を使ったんだ」とティムがいったところでカールが入ってきた。サイの足は履いていない。顔には静かな笑みが浮かんでいる。まるでグローヴァの部屋を盗聴していたみたいに。

「聴くかい?」無線機をアゴで指しながらグローヴァがいった。「ちょっとの間だけど、ニューヨークも出たぜ」

カールは、うんといって、ヘッドフォンをつけチューニングのつまみをまわした。

「エティエンヌだ」ティムがいった。つるんとした風船のような、まるまるした少年の顔が、窓枠の中にうかんでいる。寄り目をした顔はグリースでべたべた。中に入れると、エティエンヌはいった。「ビックリするもの持ってきたぜ」。

「なんだよ」と、ティムがうっかりいってしまった。まだ半分、頭が母親のことにいっていた。

「これだ」とエティエンヌは、シャツの中に隠していた雨水入りの紙袋を思い切りティムの体に叩きつけた。ティムがつかみかかってふたりは組みあったまま転げまわる。グローヴァは無線機を壊すなとわめき、カールはふたりが転がってくるたびに足をよけて笑っている。とっくみあいが終わると、カールはヘッドフォンを外して電源を切り、グローヴァがベッドの上にのってあぐらをかいた。参謀会議の開始である。

「進行状況の報告からだな。エティエンヌ、今週はどんなぐあいだ?」グローヴァは考えに夢中になると手にしたクリップボードをバチバチならす癖がある。いまそれをやった。

エティエンヌは尻のポケットから畳んだ紙を出して読み上げた。「鉄道。カンテラ、あたらしいの1個。線路の上で破裂させる信号雷管《トーピドー》2個、これはヘーコキに」

「兵器庫に」グローヴァがぶつくさいいながらクリップボードに書き付ける。

「うん。おれとカーミーは、フォックストロットとケベックの二カ所で車の通る数を調べ直した。フォックストロット地点では乗用車17台、トラックが3台。これは四時半から――」

「数字はあとで聞こう」グローヴァがいった。「その踏切か、ないしは近くの線路で作戦が実行できるのか、な。それとも交通量が多すぎてムリなのかどうか、そこがポイントなんだ」

「あ、そう」とエティエンヌ、「そりゃあ車は、けっこうどんどんきたよ」といって、ニッと歯をむきだし、カールとティムに目をつり上げて見せたので、ふたりとも笑いだした。

「もっと遅い時間に調べられるか」グローヴァはイライラを隠さずに、「夜の、たとえば九時とかはどうだ？」

「えーっ」とエティエンヌ、「そっと抜け出さなくちゃなんないし」

「そっと抜け出せよ」とグローヴァ。「夜の数字も必要だ」

「でも、父ちゃんがすっごい心配するんだぜ」エティエンヌがいった。「すごいんだ」

グローヴァはクリップボードに向かってしかめ面をし、クリップをパチン、パチンと二度鳴らした。「学校の方はどうなってる。何かあったか」

「ちっちゃいのをふたりつかまえたよ」とエティエンヌ、「一年生。いつもどなられてる。チョークを投げる子だ。なんでも投げる。ひとりはすごくいい肩してる。ナトリウム爆弾でちっと練習をさせないとだめだけど。でも問題があってさ」

グローヴァが目を上げた。「問題？」

「爆弾を食べちゃうかもしれない。ひとりは」といってクスクス笑い、「チョークをかむ。いい味だって」

「困るな」とグローヴァ、「他をさがせ。しっかりしたのが必要だ。ここは枢要な領域だから。

男子便所の破壊はなしとげねばならない。シンメトリが重要だからだ」

「えっ、死んだトリ？」ティムは目を細めた。鼻に皺がよった。「なんで鳥が必要なんだい、グローヴィ」

グローヴァは言葉の意味を説明した。壁にかかった緑板の上に、チョークで校舎のだいたいの見取り図を描いて。「対称性《シンメトリ》とタイミング」彼は叫んだ。「コーディネーション」

「それ、おれの通信簿にあったぞ」とエティエンヌ、「その言葉」

「そうだよ」グローヴァがいった、「体操で、腕と脚と頭が一つになって動くことが協同作業《コーディネーション》。われわれの場合も同じだ。仲間全員、体のパーツと同じように一体となって動く」。だがみんな聞いていない。エティエンヌは両指で口を横に引っぱっているし、ティムとカールは交代で相手の腕を叩きあっている。グローヴァが、クリップボードのバネを甲高く鳴らした。みんなふざけるのをやめた。「エティエンヌ、他には？」

「以上おわり。あ、PTAが火曜日にある。ホーガンをまた送りこむのがいいと思う」

「この間のこと、忘れたのかよ」グローヴァは辛そうにいった、「あいつがしでかしたことさ」。PTAに潜りこませるのは、AAの経験から大人の集まりに慣れているホーガン・スロップがいいというのが当初の考えだったが、これがまたグローヴァの計算違いだった。あまりにひどい選抜ミスで、その後一週間も落ちこんでしまった。人に気づかれずに静かにすわってメモをとっていればいいものを、ホーガンは手を挙げて発言をしたのである。「手をあげて、ホーガン・スロースロップです、ここの生徒ですっていって、生徒の意見をいったんだ。悪いこととは思わなかった」

「生徒のことなんか知りたくないんだよ」とグローヴァがいった。

「うちの母さんは知りたがるぜ」ホーガンがいった。「毎日、学校どうだったってきくから、おれ、こたえてるよ」

「ほんとは聴いちゃいないんだ」グローヴァがいった。PTAでしゃべり出したホーガンは、教壇へ向かって歩き出した。AAの「十二のステップ」を披露《リサイト》しようとしたのだが、部屋からつまみ出された。体重が軽いので、文字通り、つまんで投げ出されてしまった。

「どうしてなんだぁ」グローヴァが声を荒らげる。

「だってミーティングばかりでさ」ホーガンは説明をこころみた、「おもしろくないんだもん。PTAのやり方ってちがうんだ。規則みたいのばっかりで……みんな、もっと、もっと」

「形式的」グローヴァが言葉を補う。「権威的」

「ゲームやってるみたいなんだ。ヘンなゲームさ、あんなの見たことないよ。AAじゃ、みんなただしゃべるだけなのにな」

次の会合には、キム・デュフェイが口紅をぬり、髪の毛をフランス風の巻き毛にセットして、最高に大人っぽい服と、母親をだまして買わせたパッド入り70センチAカップのブラジャーをつけてPTAに潜入し、だれにも気づかれずに帰ってきた。新しい潜入係がこれで決まった。決まったはずだった。

「ホーガンが女に仕事をとられて、くさってたよ」とエティエンヌが総括する。

「ホーガンはいいやつさ。ただぼくのいってるのはね、要するに、あいつが高度に構成された状況下でうまく機能できるか――」

「ホワッ?」ティムとカールが声を合わせた。ふたりで練習してきた演《だ》し物である。これをやられてはグローヴァに勝ち目はない。肩をすくめ、わかった、エティエンヌ、士気に影響するかもしれない、ホーガンに二度目のチャンスを与えよう、そういうしかなかった。次はティムの報告である。担当は財務と訓練。この季節になると毎年みんな蜂起の演習のことで頭がいっぱいになる。それは〈オペレーション・スパルタカス〉と呼ばれる作戦だ。コードネームは同名の映画を遠くストックブリッジまで見にいったグローヴァがつけた。そのあと一カ月ほど、鏡の前を通りすぎるたびにカーク・ダグラス*の表情のまねをしたというくらい夢中になったのだ。演習は今年で三年め。真の奴隷蜂起――こちらは単に〈オペレーションA〉と呼ばれる――のための三度めの予行演習だ。なんで「A」なのか、あるときティムが聞いたら、グローヴァはおかしな顔をつくって「屠畜場《アバトワール》、最終戦争《アルマゲドン》」と答えた。「知ったかぶり!」とティムはいって、それっきりだった。小さな子を訓練するのにイニシャルの意味を知ってる必要はない。

「ティム、どんなぐあいだ」グローヴァがたずねた。

返事に覇気がなかった。「セットがね、ショボいんで、あんまり意味がないんだ、グローヴィ」

「みんなに確認してもらうために聞くんだが、ティム」グローヴァはクリップボードに鉛筆を走らせながら、「去年とだいたい同じぐあいに展開してるんだろ?」

「そうだよ。今年もファッツォの原っぱでやる」とティムは、緑板の図を指さして、「実際と同じ大きさ。でも今年は石灰は使わないよ。工事現場からエティエンヌが小さい杭と赤い旗をとってきた。それを使う」。去年、それまでたいへんよくできていた子供たちが学校の建物を表す石灰の線のところで止まってしまったのだ。そして白線を消そうと靴底でこすりだした。後の総括の会でグローヴァが出した理論によると、緑の草の上に白い線を引くと、学校の緑板にチョークの線が残っているみたいに見えてしまうらしい。もう一つ、石灰には、スパルタカスの演習が終わったときに消さなくちゃならないという問題があった。杭ならただ引きぬけばいい。杭がベターだ。

「それでもさ」ティムがいう、「本物の壁の方がいいにきまってるよ。ベニア板だっていいんだ。線をまたいで、それがドアだって思うのはいいけど、そりゃまた別のことだろ。本物のドアが必要だよ。本物の階段をのぼって、本物のトイレにナトリウムを落とさなきゃだめさ。わかる?」

「おまえ二年前は、そんなこといってなかったろ」グローヴァが指摘した。

ティムは肩をすくめた。「なんかウソっぽくなってきたんだ、おれにはね。だってほんとに蜂起するときにさ、同じふうにいくかわからないじゃん。特にチビのやつら」

「そりゃわからない」とグローヴァ。「しかし、リアルなセットをつくる資金がない」

「25ドルたまったよ」ティムがいった。「牛乳代の徴収が好調なんだ。自分の番じゃない子まで収めにくるよ」

グローヴァは、にらむような視線を向けた。「おまえさ、恐喝してるんじゃないよな。力ずくは禁止だぜ」

「ウソじゃないよ、グローヴィ、みんな自分で寄付しにくるんだ。おれたちのことを信じてるっていってくれた子が実際二人いたしさ、ミルクがきらいな子は寄付をいやがらないしね」

「とにかくあまり、たきつけるなよ」グローヴァがいった。「先生に知られるとまずい。ミルクの注文はだいたい毎日一定になるのがいいんだ。だんだんに、非常にゆっくりと回していくところが肝心だ。一日の入りは少なくても、着実であること。乱高下はいけない。5セント玉が全部こっちにきちゃうと敵がかんぐる。抑え気味にやってくれ。他の収入はどうなんだ？ ピッツフィールドの故買屋のオヤジさんの方は？」

「今度は家具をもってこいってさ」ティムがいった。「困っちゃったよ。家具は手に入るさ。ヴェラーの屋敷でも、ローゼンワイツのところも、他にも目星がついてるところはあるんだけど、ピッツフィールドまでどうやって運んでいくんだ？ 運べないだろ。それにオヤジさん、コレクトコールもダメだって」

「アチャーッ」グローヴァが叫んだ。「あのオヤジさんもアウトか。もう信用ができないぜ。ケチなことをいうのはおれたちが厄介になってきた証拠だからな」

「ねえ」グローヴァの演説が始まらないうちにティムが口をはさんだ、「演習にセットが必要だって話はどうなった?」。

「だめだ」とグローヴァ、「他に入り用なものがある」。ティムは床の敷物の上に仰向けになり天井を仰いだ。「ティムからはそれだけか? カールの番だな。きみの宅地の方はどうなってる?」

ミンジバラ郊外の新興住宅地〈ノーザンバーランド・エステート〉の担当がカールだった。蜂起のさいに旧市内のほうは比較的制圧しやすそうに思えるが、郊外は手強そうだった。郊外のショッピング・センターには、スーパーマーケットとピカピカのドラッグストア(ハロウィンのマスクを売っている)と、夜遅くでも車であふれかえった駐車場がある。去年の夏、まだそこが工事中だったころ、ティムとエティエンヌは夕方になると現場に行って、盛り土の上で「お山の大将」をして遊び、暗くなると材木を盗み、グレーダーやブルドーザーのタンクからガソリンを抜き、丘を下ったコロディ沼のカエルたちの鳴き声が十分うるさい夜には窓ガラスを叩き割ることもあった。子供たちは新開地が好きじゃなかった。一戸の区画が50×100フィートくらいしかないのに、それを「エステート」と呼んだりするのが気に入らない。本物のお屋敷《エステート》というのは、金ぴか時代*の遺物であって、それが旧市街を取り巻くさまは、夢がきみのベッドを取り巻くようであって、ヌッと高いけれども姿は見せず、見えなくても存在感はすごい。グローヴァの家に顔があるように、ほんもののお屋敷にも顔があった。ただしそれは腰折れ屋根の家がもつ、ふつうの実直な顔じゃない。その神秘的な深い眼はキラキラする金属で縁取られ、錬鉄で仮面をかぶり、頬は花模様のタイルで刺青がしてあって、歯には枯れた椰子の木が並んでいる。こういう場所に入っていくのは、なにか眠りのなかへ引き戻されていくような感じだったし、盗み出してくる物もこの世の物には見えなかった。かくれ家に飾ってみても、ピッツフィールドの骨董屋とかに売りさばいたあとも、夢から略奪してきた雰囲気は消えなかった。だがノーザンバーランドのエステートに小さく低くちらばった、どれもみんな同じような家々に興味を引くものはない。魔物だってそんなものには取り憑かないだろう。そんなところで盗みをしても、せいぜいおまわりさんに捕まるだけで、醒めた日常をこえる、特別な香りはえられない。日常を離れた小さな場所の秘密の興奮も、この世ならざる存在も、そこにはない。だって樹木もなければ秘密の通路も、ショートカットも地下道も、まんなかをくりぬいて進むことのできる繁みもないのだ。ぜんぶがアッケラカンとして、ぜんぶが一目で見えてしまう。裏に回ってみても、下に潜ってみても、家の角を曲がってみても、そこには安全に優しくカーブした道があるだけ、そのたびに「なにもなさ」に、そのさびしさにつきあわされる。あるのはただ、おもしろくもない土ばかりだ。旧市内に住むティムたちにとって、この新開地につきあえそうな友だちは、カールくらいしかいなかった。そんなところで支持をつのり、革命の志士を獲得し、十字路や店などを物色していくらかでも戦略的に役立つ情報を集める、それがカールの仕事だった。人がうらやましがる仕事ではない。

「イタズラ電話が3件」一週間ぶんの報告を終えたあとでカールは、そのことに触れ、電話の内容をいくつか披露した。

「イタズラだって？」エティエンヌがいった。「どこがイタズラだよ。おもしろくないじゃん。人の家に電話して、悪口をいうだけだろ。それ、おもしろいか？　意味ないじゃん」

「どうなんだ、カール」グローヴァがたずねる。「なにか怪しまれてるのか？　ぼくらの計画がバレたとか？」

カールがほほえむ。答えは聞く前にわかった。「大丈夫、まだ安全だ」

「じゃ、なんのための電話なんだ」グローヴァがいった。「オペレーションAでなければ、なんなんだ？」

カールは肩をすくめ、そこにすわって仲間の顔を見ている。まるでだれひとりいい当てられない答えを、自分はつかんでいるというふうだった。ノーザンバーランド・エステートにも、じつは秘密の暗がりが、神聖な地下の暗がりがあったということか。いままでみんなの目を逃れていたけれどもカールはそれを知っていて、でも、そのときがくるまでは話そうとしない。ぼくらがもっと巧い作戦を立てたら、そのときには話してくれるのだろうか。親たちともっと勇敢に対決できたら教えてもらえる？　学校でもっとかしこく行動できたら？　もう教えて大丈夫とカールが思ったらきっと教えてくれる。ほのめかしや笑い話を通して。それとない話題の変化によって……。

「参謀会議終了」グローヴァが宣言した。「かくれ家へ行こう」

雨は降りやんだが、まだ霧状のものが宙に漂っている。四人は木を伝って下り、グローヴァの家の庭から走り出て、そのまま通りを一ブロック、畑に出て、雨にひしゃげた休日モードの干し草の間を走った。どこか途中からピエールという名のころころ太ったバセット犬が仲間に加わる。晴れた日には州道、つまりミンジバラ市内の短い区間が「チカディー通り」となるハイウェイの真ん中で寝ころんでいたりするワンコだが、雨に元気を得たのだろう、子供たちのあいだで子犬のようにキャンキャンはね回り、雨粒を舌先で捕らえようとしている。

きょうの太陽は人知れず沈んでいくにちがいない、そう思わせるさむざむとした午後だった。雲が低くたなびいて山々を蔽っている。ティム、グローヴァ、エティエンヌ、カール、そしてピエールは草原をチラチラ揺れる影のようによぎり、轍《わだち》が雨水でいっぱいになった泥道に出た。この草むらの土手道を曲がっていくと、イーリェ王の森へ行き着く。イーリェ王とは、三〇年代のなかば、ヨーロッパ中が衰えていくその影にあって、自分ひとりの王国をあとにアメリカへ逃れてきた自称のキングだ。バケツ一杯の宝石と引き替えにこの領地を買い取ったという。なぜバケツなの、ほんとにバケツに宝石を入れて運んできたの、という質問に大人の人は答えてくれなかった。三人の（または四人の）妻といっしょだったが、ちゃんとしたお后は一人だけで、あとは賤しい出の女だという。それと、恐ろしい家来がいた。身の丈二メートルを超える騎士。たっぷりと顎ヒゲを生やし、拍車つきのブーツを履いて、服の肩には金のエポレットが光っている。いつも散弾銃を持っていて、侵入者は片っ端から撃ち殺す。子供を撃つのは特に好きらしい。いまこの地に出没するのは、その家来のほうだ。王はだいぶ前に死んだが家来は生きている。とはいっても、姿を見た者はいない。でも足音なら聞いている。重いブーツが、幹と茨の間から、枯葉を踏みしめ追ってくるのを。パニックを起こしてきみは逃げる。なぜかいつも逃げ切れた。王様のことを、大人たちは知っているくせに、示し合わせて教えてくれない、そんな気がした。過去に暗い時代があった。人々は国外へ逃れ、大きな戦争があった。その時代のことは、名前も年号もついていないイメージとして、親の会話の切れはしや、テレビのドキュメンタリー、たまたま話を聞いていたときの社会の授業、海兵隊の戦闘マンガ——それらを通して子供たちにも伝わってはきた。でも、くっきりとした像は結ばない。みんな暗号のようで、ぼんやりとして、永遠に説明されない。とにかく大変動の時代があって、子供たちがそれとかかわる唯一リアルな接点が、イーリェ王の「エステート」なのだった。その土地を守り、追いかけてくるのが騎兵であるのも都合がよかった。

だがこの大男は、革命評議会の集まりにまったく手出しをしなかった。これからもずっとじゃませずにいてくれる、と子供たちは、ずっと前からなぜか確信していたのだ。それからも、屋敷はくまなく探検したけれど、決定的な痕跡はひとつも出てこない代わりに、仄かにそれらしい跡は次々に見つかった。捜索の結果は、騎士の存在を否定せず、ただここが最高のかくれ家だということを証明するものだった。ほんとにいるのか、それとも「ごっこ」の世界の住人なのか、そこがぼんやりとしたまま、巨人の騎兵はみんなを守ってくれていた。

松の木立にさしかかった。枝の高いところでヤマウズラが喉をふるわせる。水滴がしたたり、泥んこの運動靴がジュブジュブいった。松の木が切れると一面の野原だ。ここはむかし芝生だった。きっと沖をうねる大波の背のように伸びやかだったのだろう。でもいまは草ぼうぼう。ウサギの穴もあるし、背の高いライ麦も生えている。ティムの父親がいうには、むかしはこの道を馬車が進むと、広大な芝生の丘を、極彩色の尾を広げて孔雀たちが駆け下りてきたのだと。「あ、そう」とティムはいった。「カラー放送の始まる前みたいにかい。*ねえ、お父さん、うちはいつんなったらカラーテレビ買うの?」

「白黒で十分だ」と父はいって、それっきりだった。ティムは以前カールに、おまえの家のテレビは色《カラー》つきかときいた。「なんでうちが……」とこたえると同時に「あ、そうか」とカールは突然大声で笑い出した。ジョークのプロであるエティエンヌと同じで、ティムも、次のセリフが相手に知られたらしつこくはいわない。だから黙っていたのだが、カールがなぜそんなに大笑いするのか気になった。それほど可笑しいジョークじゃないし、筋もちゃんと通っているのに。ティムは、カールがただ「有色《カラード》」であるというだけではなく、あらゆる色と深く関わっているように感じていた。カールの姿を想像するとき、その背景にいつも赤や黄土色に燃え立つ初秋の木々の葉がある。カールがミンジバラに引っ越してきたのはほんの先月で、友だちになりたてのころ、バークシャーは紅葉に燃えていた。そのすばらしいカラーの世界を、カールはいつもまわりに携えているような気がしていたのだ。午後の灰色に包まれた一面の野原――半分過去の世界に属しているせいでどこか翳りを帯びているように思えるここ――にも、カールは、ある種の輝きを、明るさを、もたらしている。この場の光から失われたものをカールが補ってくれている。

一行は道からそれて、アザレアの繁みを進んだ。ここを行くと彫刻で飾られた運河のふちに出る。十九世紀の末、この場所に水路と島をめぐらせて、ヴェニスのミニチュア版、玩具としてのヴェニスを作ろうとした気まぐれな金持ちがいたのだ。最初にこの土地を造成した、エルズワース・バフィーという人はニューヨークの「キャンディ王」で、内地の丘陵にこういう城を建造した億万長者の例にもれず、彼もまたかのジェイ・グールドと、その相棒で陽気なバークシャー商人ジュビリー・ジム・フィスク*の同時代人である。ちょうど今ごろの季節にバフィーは、大統領候補ジェイムス・G・ブレインのために仮面舞踏会を開いたことがある。嵐による鉄道の乱れのためにブレイン自身は来られなかったが、それを残念がる者もなく、綿菓子の形をしたバフィーの屋敷は、バークシャー郡の金持ち連中をみんな迎えて三日三晩の饗宴にふけった。あたりの野辺に、月夜に蒼く照らされたピエロがさまよい、ゾッとするようなボルネオ猿が地元のどぶろくウィスキーのボトルを手にしてふらついた。ニューヨークから招き入れた瑞々しいチェリーの唇の女優たちは、シルクのケープをまとい、赤いコルセットとストッキング姿で徘徊した。大西部のインディアンもルネッサンスの貴公子も出てきた。ディケンズの小説の登場人物も、ペイズリー織りの衣装を着た牡牛も、花束を手に持った熊も。首から花飾りを下げた寓意の女神の名前が「自由きぎょう《フリー・エンタープライズ》」「時乃あゆみ《プログレス》」「理性ひかり《エンライトンメント》」。メイン州からきた巨大なロブスターは、残念なことに、ブレイン大統領候補にハサミを向けることは叶わなかった。雪が降った。パーティの最後の朝、コロンバインの衣装をまとった美人バレリーナが石切場で凍死寸前の状態で発見された。片方の足指の凍傷があまりにひどくて切断の悲劇となった彼女は二度と舞台を舞うことはなく、十一月の選挙に敗れたブレインも人々の記憶から消えていった。バフィーの死後、屋敷を買ったのはカンザスの列車強盗、それを一九三二年に叩き値で引き取ったホテル・チェーンも修復費用のメドが立たず、税金だけとられるよりはましだろうと、イーリェ王のバケツ一杯の宝石と交換したのだ。その王もいなくなり、空き家となった屋敷をいま訪れるのは――恐ろしい騎兵を別とすれば――革命評議会の子供たちだけである。

葦の繁みに平底の舟が隠してある。捨ててあったのを修繕し「ミズモレ号」と名付けた。それに乗り込み、ティムとエティエンヌがオールを漕ぐ。舳先のところに前足をちょこんと乗せたピエールが、まるで船首像のよう。下流のほうでカエルが跳ね、落ちてきた雨粒が暗い水面に無数の点をきざむ。ひと漕ぎひと漕ぎ、水音をたてながら似非《えせ》ヴェニス風の橋をくぐる。橋のいくつかは敷板がなく、下からぽっかり灰色の空が見えた。舟着き場の杭はタールも塗られず腐り果て、緑色のドロッとしたものが付着している。錆びで穴だらけのサマーハウスの網戸がほんのわずかの微風に揺れる。腐食した彫像の、すっきりとした顔立ちの、腰にイチジクの葉をつけた青年と乙女たちは、豊穣の角、弓矢《クロスボウ》、見るからにうそっぽい牧神の笛《パン・パイプ》や弦の楽器、ザクロの実、クルリと巻かれた巻物を手に持ち、あるいは互いの体に手を掛けている。やがて葉を落とした柳の木の頭越しに巨大な館《ザ・ビッグハウス》が見えてきた。舟が近づくにつれ、それはしだいに高くそびえて、オールのひと掻きごとに、あらたな小塔、胸壁、飛び梁を露わしていく。屋敷の外面はかなり傷んだ状態だ。板葺きは剝がれ、ペンキはめくれ、屋根のスレートは滑り落ち、砕けて地面に積み上がっている。窓ガラスもほとんど割れていた。騎兵と散弾銃という、二重の脅威にふるえながら、子供たちが、長年の略奪を敢行した結果である。いたるところ古い木材の、八十年間の時の厚みがしみ込んだ匂いがした。

むかしは遊歩道があったのだろう、そこに埋まった鉄の柵に舟をつなぎ陸に上がる。四人はぞろぞろ、屋敷の脇の入口へ回った。この隠れ家には何度来ても、中へ入るときになにやら儀式めいた気持になる。単に忍び込むというのではない、家自体に圧迫感があって、一歩一歩力をこめて進まないと、中へ踏み入っていくことができないのだ。圧力というか匂いというか、とにかくここにはある存在が生きていて、屋敷を出るまでは、その存在を意識せずにはいられない。だれも名前をつける者はないが、それが「いる」ことは互いに認めあっていた。薄暗がりへ足を踏み入れる前に、お互い顔を見合わせて、照れたようにニヤリとするのも、中に入る儀式の一部。

部屋の壁に沿うように進んでいく。天井の真ん中から鉛ガラスでできた、蜘蛛の巣だらけのシャンデリアが吊してあるからだ。洞窟の石筍のようなその上面には埃が厚く積み上がっていて、その下を歩くと大変なことになる。こういう無言の禁令が、この屋敷にはたくさんある。死角になったスポットでは、どこから何が襲ってくるかわからないし、長く延びる歪んだ廊下は、突然どこが開いて土牢《ダンジョン》へ落とされるかしれない。周りにしがみつくもののない暗闇に立つのも危険だ。ドアはきみが通ったあと、音もなく閉まるようにできている（こちらが見ているときは閉まらないのに）。近づいてはならないところだらけなのだ。だから毎回、秘密の会議に集まるときは、船が危険な浅瀬を抜けて港に入るような感じだった。五人以上で入っていくなら問題ない。そのときは、ただの古い家をワンパク坊主が駆けめぐるのと変わらない。だが一方、四人より少ない数だと、最初の部屋を超えるのさえむずかしい。

床が軋る。音が壁に谺《こだま》する。湿り気を含んだ細かな埃の上に黒ずんだ運動靴の肋の模様ができる。評議会の面々は一歩一歩、イーリェ王の家の奥へと進んでいった。壁にかかった姿見が、暗くかすれた像を投げ返す——おまえたちの像は半分、入場料にもらっておくよ、というかのように。戸口に垂れている古いビロードの毳《けば》が剝げて、そこにできた大陸と海の形は、学校の地理の時間には決して教えてくれない世界のものだ。一度、食器室を通ったとき、何十年も前のモクシー・ドリンクをケースごと発見した。栓の開いていないのが九本も残っていた。そのうち一本は〈ミズモレ号〉の進水式のとき、キム・デュフェイが舟の舳先で打ち割った。去年のスパルタカス大作戦がなかなかの成功だったお祝いでも、最近ではカール・バーリントンの入会式でも一本開けた。子供たちは階段を下りていった。両脇は空になったワインラックの列。作業台の上はからっぽだ。天井からは死んだソケットが、手足のもげたクモのように垂れ下がっている。ようやく屋敷の一番奥にたどりついた。石炭式の古い暖炉の向こう側にある、秘密の部屋。ここを見つけて、みんなで修繕して会議室にすることにした。エティエンヌは一週間かけてブービー・トラップを仕掛けた。革命のための行動計画を練るのはここだ。5ガロンの石油缶のなかにナトリウムが保管してあるのも、攻撃目標の目印をつけた地図や、グローヴァだけがアクセスできる「パブリック・エネミー」の一覧がしまってあるのも、ここである。

あたりはしだいに暮れなずみ、雨は突発的なドシャ降りになったかと思うといつのまにか気の抜けた霧雨に変わった。屋敷の奥の乾いた寒い部屋で革命評議会の策謀が練られていく。陰謀の計画を始めてもう三年。ティムにはときどきそれが、熱にうなされながら見る夢のようにも思えた。指示が出る。やり遂げなくては——見知らぬ都市で大事な人を見つけなくてはいけない。なのに次々と違った顔や手がかりが現れ出る。そんな感じだ。算数の難問を解いていて、一カ所うまく進むと新しい問題が十個も飛び出てくるみたいな。とにかく、先へ進んでいかない。「目標」を掲げるたびに、どんどん別の新しいことを考える必要がでてきて、そもそもの問題が何だったのかも忘れられ、事態は結局は元の鞘に——大人たちの懐ろに——収まるか、パブリックな無人ランドに打ち捨てられる。いつもゼロからやりなおし。去年の製紙工場がいい例だ。エティエンヌが用水を引っかき回して工場を一週間の操業停止に追いやった。それで結局どうなったか。そこ以外は何事もなかったように進んでいる。まるで陰謀そのものにどこか根本的な誤りがあって、最初から自滅の道を歩むようにできているみたいなのだ。その同じ晩、ホーガン・スロープがPTAの集会に発煙弾を仕掛けて、親たちをいぶり出し、その隙に議事録も会計報告も盗み出してくるはずだった。なのに突然、そのホーガンのところにＡＡから電話がかかってきた。仲間のだれかのつきそいをしてほしい、と。だれかよその町の人が、この町の支所に電話してきた。なにかとてもヤバいようすで、怖がっているのだという。

「どんな怖いことがあるんだろう」と、そのときティムは知りたがった。


それは一年前のことだった。秋のはじまり、新学期があけて間もないころ。夕食を終えたホーガンは、そのままティムの家に遊びにきていた。日は沈んだけれど空はまだ明るく、ふたりは裏庭のバスケット・リングに向けてシュートを放っていた——いや、ティムがシュートを放ち、ホーガンは脇で思い悩んでいたのである。

「あの人またきっと飲み出すから心配なんだ」訳をきかれてホーガンがいった。「おれならこれを飲む」と、紙パックのミルクを掲げる、「あの人も飲みたくなったらこれ飲むといいんだけどなあ」

「うへえ！」ミルク嫌いのティムがいった。

「いいか」とホーガン、「ミルクってすごいんだぞ、大事なんだ、何歳になってもミルクは必要なんだ」

「ビールの話をしろよ」近ごろ酔っぱらうということに興味が出てきたティムがいった。

ホーガンは怒り出した。「からかうな、オレなんか若いうちにすませてラッキーなんだからな。

父さんもそういってた。これから会いにいく人なんか三十七歳だぜ。その人に比べたら、おれなんか進んでるんだから」

「おまえ、きょう、発煙爆弾を仕掛ける日じゃなかったか？」とティム。

「いいじゃん、ティム。代わりにやってよ、たのむから」

「オレはグローヴィとナトリウム爆弾を投げるんだ。知ってるだろ、同時多発ってのが大事なんだ」

「じゃ、グローヴィにさ、オレは都合が悪くなったっていってくれ。悪いけど、ティム、ほんとに、きょうはだめなんだ」とホーガンがいい終わったところで──どんぴしゃりのタイミング──グローヴァが現れた。ふたりは説明をはじめた。グローヴァの機嫌を損ねないよう、気を使いまくったけれど、いつもと同じだ、通じない。グローヴァは怒りのカンシャク玉となり、ふたりに向かって次から次へと罵倒の言葉を浴びせると大股で去って行った。知らぬまに山からゆっくり降りてきていた夕闇が歩み去るグローヴァを包み込んだ。

「このぶんだと、ナトリウム爆弾の訓練は中止だな」しばらくしてホーガンが沈黙を破った──

「だろ？　ティム」

「うん」とティムは答えた。いつもそんなぐあいだった。計画はぶち切れ、ぜんぜん前へ進んでいかない。エティエンヌはきょうも「フロッグマン」を演じて川底を引っかき回したが、人に笑われておしまいだった。製紙工場は操業を再開し、みんな元の仕事に戻る。人々の不安と不満

——グローヴァはそれを煽ることが必要だというのだが、どんなダークな理由のためかは教えてくれない——消えて、すべて元のもくあみとなる。

「おい、ほら、ティム」ホーガンがヨギ・ベア*の声色を使うのは相手をはげますときだ。「ホテルまで一緒にこないか。それで、あの人のつきそいを手伝ってくれよ」

「ホテルにいるのか」ティムがきいた。ホーガンは「うん」といった。この町は通りすぎるだけなのに、なぜか、だれもつきそいたがらない。AAの中央事務所にいるナンシーという女の人から電話があったのは、ホーガンが最後のたのみの綱だったから。はい行きます、と答えたら、彼女が事務所のだれかに「行きます、だって」といい、そのあと二、三人の笑い声が聞こえたような気がした。

ティムは自転車を出し、家の中へ大声で「ちょっと行ってきまーす」と叫ぶと、闇が濃くなっていく坂道を町まで、途中からペダルをこがずに下りていった。快適な秋の夕べだ。季節はちょうど境界線。スタートの号砲を無視して勝手に色づきはじめた木もあり、虫の音も夜ごとに大きくなってきていた。北西の風の吹く朝など、登校時間に遠く高い峰をのぞむと、ほんの何羽か、孤高な鷹が、山脈の尾根沿いに南へ漂っていくのが見える。きょうもまたさえない一日だったけれど、黄色い灯りが密集する町に向かって自転車でカラカラ下りていくのは楽しかった。算数の計算問題二枚と、理科の一章ぶんを読んでおく宿題はほっぽり投げ、つまらないテレビ映画も今夜は見ない。この山沿いで入るたった一つのチャンネルで、今夜やるのは四〇年代のロマンチック・コメディだ。ティムとホーガンは自転車を飛ばす。夕方の風を通すために開け放たれた民家の窓やドアのわきを通過する。通りすがりにチラリと見える青白い画面はみんな同じ映画だ。会話の切れ端が耳に届く。「……おい、二等兵、きさま頭がイカレた……」「……クニに女がいるというのはほんとうで……」「(バシャン！に続いてコミカルな叫び）申し訳ありません、自分はもぐりの日本兵かと……」「……どうしてオレがジャップなんだ、この軍隊は五千マイルも……」「待つわ、ビル、いつまでもあなたのことを……」と細切れに耳に入る会話をつないで下っていく。消防署では大きな子たちがラ・フランス型消防車のところにたむろして腰を下ろし、煙草をふかして談笑していた。キャンディ・ストアの前を過ぎたけれど、今夜はティムもホーガンも立ち寄りたいとは思わなかった。突然パーキング・メーターが現れた。その先数ブロックは、路上に斜め駐車するところだ。ブレーキに手をかけて、車の通りに注意する。ホテルに着いたとき、あたりはもう真っ暗だった。ミンジバラの町の上を夜の鍋蓋がおおった。店もあちこち閉めている。

自転車を停《と》めてロビーに入る。交代したばかりのフロントの夜勤の人が疑りぶかい眼を向けた。

「アル中匿名会？　冗談はやめなさい」

「うそじゃないってば」ホーガンが紙パックのミルクを見せた。「電話してよ。二一七号室のマカフィーさんだよ」どうせこれからヒマな一夜をすごすだけのフロントは、電話を鳴らしてマカフィーさんと言葉を交わした。電話が終わった。変な顔をしている。

「あのな、上にいるのはニガーだぞ」と教えてくれた。

「上がっていってい い?」と、ホーガン。

相手は肩をすくめた。「きみを待ってたってさ。もし、なにか、あー、困ったことにでもなったら、部屋の受話器をたたき落とすんだ。いいか、それだけで、ここでツーツーいうから」

「わかった」ホーガンがいった。ふたりは人気《ひとけ》のないロビーの向かい合ったアームチェアの間を抜けてエレベーターに乗った。マカフィーさんの部屋は二階。上りながら、ティムとホーガンは無言で顔を見合わせた。ドアを何度かノックしてやっと返事が返ってきた。出てきたのは、ふたりより背丈がすこし大きいだけの、口ひげを生やした黒人のおじさんだった。グレーのカーディガンを着て煙草をすっている。

「冗談いわれてるのかと思った」マカフィーさんがいった。「あんたら、ほんとに匿名会の人?」

「彼はね」とティム。

その瞬間、マカフィーさんの表情がピクッと変化した。「そうかい」彼はいった、「こりゃおかしいや。ミシシッピ州だけかと思ったら、北の州も同じかね。わかった、あんたら、もうやることはすんだんだから、お帰り」

「助けがほしいって聞いてたんだけど」ホーガンはすっかり面食らっている。

マカフィーさんは一歩わきに動いた。「そりゃ助けはほしいよ。ほんとに中に入りたいのか?」

好きにしろ、という顔つきだった。ふたりは中へ入り、ホーガンは手に持っていたミルクを角の書き物机の上に置いた。ホテルの部屋に入るのも、黒人の人としゃべるのも、ふたりともこれがはじめてである。

マカフィーさんはベース・プレイヤーなのだそうだが、楽器はもっていない。レノックスで音楽祭があって、そこに出ていたのだが、ここまでどうやって来たのかは覚えていない。

「そういうことがあるんだよ。頭の中がある期間、真っ白けになってさ。レノックスにいたと思ったら、いつのまにか——ここ、なんて町だ？　ミンジバラ？　ここに来てる。あんたもあったかい、そういうことが」

「ないです」とホーガン。「ひどいときで、気分がわるくなったくらい」

「もうやめたんだもんな、アルコール」

「二度と手は出しません」ホーガンがいった。「いまなんか、もうミルクだけです」

「それじゃ、ミルチューだぜ」マカフィーさんは軽く笑った。

「ぼくは何をしたらいいの。手伝いって何なんですか」

「そうだな、話をしてくれ。それとも俺が話すか、眠りにつけるまでな。それともだれかが、ジルが、ここに、俺を引き取りに来るまで」

「おくさんですか」ティムがいった。

「ジルってのは、ジャックといっしょに丘の上に行った子よ」とマカフィーさんはいって、ちょっと笑ってから、「いや、冗談じゃなく、本当に行っちまったよ、丘の上にな*」

そこで代わりに、ティムとホーガンが学校について、この町について、両親の仕事について話した。でも、じきにこのおじさんが信用できるとわかったので、もっと秘密のことも話した――エティエンヌが製紙工場を混乱させる話も、かくれ家の話も、ナトリウムの貯蔵庫のことも。

「そうだ、そうだ」マカフィーさんが大きな声を上げた。「ナトリウムか、覚えてる、俺も一度便器に投げたもんだ、最初に水を押し流して、そうしてからナトリウムを落とすと、水に当たった瞬間にな、バーン！　っていく。ありゃあテキサスのボーモントだった。そこに住んでたんだ。あとで校長が教室に入ってきたぜ。こわれた便器を、こうやってつかんでさ、すごい真面目な顔でいうんだ――みなさんの中で、どなたがこんな、めちゃくちゃなことをしたのかしら」

ホーガンとティムはケラケラ笑いながら、エティエンヌが木の上から小さな豆粒サイズのナトリウム玉をプールの中に打ちこんだときの話をした。それは例のお屋敷地区《エステート》のどこかのプールでカクテル・パーティをやっているときだった。最初の爆発で、客があわてて逃げまどったようすも話した。

「すげえ金持ちとつきあいがあるんだな。お屋敷とかよ」

「ちがうよ」ティムがいった。「夜に勝手にもぐりこんで泳ぐんだ。ラブレイスのお屋敷のところにあるのが一番さ。ねえ、これから行かない？　まだ寒くないよ」

「さんせい」ホーガンがいった。「行こうよ、ねえ行こう」

「そんなことといってもさ」マカフィーさんがいった。ちょっと恥ずかしそうだった。

「なぜなんですか」とホーガン。

「あんたら、もうわかる歳じゃねえか」マカフィーさんは声を荒らげ、キョトンとしたふたりの顔を見て、いっそう不機嫌な顔をした。「捕まるだけだ。ハイ、それまでよってな」

「捕まったりしないよ、大丈夫さ」安心させようとしてホーガンがいった。

マカフィーさんはベッドに横になって天井を見上げた。「肌の色がちがってりゃ捕まんねえよ」とポツリいったのが子供たちの耳に入った。

「おじさんの方が、夜逃げるのにはいい色じゃん」ティムがいった。「体も大きくって速いしさ。おれたちにできることが、できないはずないよ」

マカフィーさんはベッドから子供たちの顔を見すえた。煙草の吸いさしに火をつけ、子供たちに視線を向けたまま、何を考えているのだろう、謎めいた表情をしている。「とにかくいまは行かん」古い吸いさしをもみ消して彼はいった。「行かない理由は水だ。プールにゃ水があるだろ、それがアル中の体にワルさするんだ。ホーガンには、そういうことなかったか」ホーガンは首を横にふった。「俺には一度ある。軍隊にいたときだ」

「世界大戦に行ったの？」ティムがたずねた。「日本兵とバンバンやった？」

「いや、それにゃちと若すぎる」マカフィーさんがいった。

「おれたちもだよ」とホーガン。

「俺が軍隊にいたのは朝鮮戦争さ。最後まで国内組だったけどな。楽団にいたんだ、軍楽隊。カリフォルニアのフォート・オードにいた。あのあたりはよ、モンタレイのまわりの山の方に、小さいバーだとかあって、だれでもふらっと入っていって演奏させてもらえる。組合のやつもいっぱいいてさ、もとはLAあたりで演《や》ってた連中な、徴兵にひっかかってオードに送られた。スタジオのバンドマンとかやってたんも多くてよ、だからすげえ腕のやつらと一緒にやれる、何度もだぜ。一度、ちっぽけなロードハウスで演ったよ。四人さ。すげえ調子よくいったね、みんないいぐあいに酔っててさ、ワインを飲んでた。あそこらへんは、ほら、なんてったか、山の向こうのヴァレーでいっぱいワインがとれるだろ。そのワイン飲んで、ちっとブルースかなんかやってたんだ。そしたら女が入ってきた。白人だ。プールサイドのカクテル・パーティに来てカクテル飲んでるタイプだぜ、いいか、あの手の女だ、イェイ、通じたろ。体格がまた、すげーよくて。太っちゃいないんだ、カシッっていい体してるのよ。その女が、うちでやってるパーティで演奏してくれませんかっていうんだね。火曜か水曜だったんだが、そんなハンパな曜日にパーティやるってどういうことだってきいたらさ、週末からずっとやってるんだと、ノンストップでよ。そいで行ってみりゃ、ほんと、いったとおりだ、かつがれたんじゃない、一マイル先から聞こえるみたいな大騒ぎでよ。バリトン・サックスのやつなんか、イタリア人でさ、シェルドンなんとか、っていうんだが、まだドア開けて閉めてもいいねえうちから、こいつのまわりに女がわんさかたかって、口々に——まあそれいうのはやめとこう——で、とにかくセットアップして演奏を始めたんだが、酒がどんどんくるんだよな。まるでバケツ・リレーさ。次から次へまわってくる。なんだと思う。シャンペンだぜ。まがいもんじゃない、本物さ。一晩中それを飲んでお日様が出るころにはみんな酔いつぶれた。で、演奏やめてよ、俺はドラムスのわきに横んなった。気がついたらさ、女の笑い声がするんだよな。目を開くとさ、すげえ太陽がまぶしくてよ、まだ九時か十時なんだが、頭ががんがんしてると思ったら、すげえスッキリしてるんだ。こんな感じの小《ち》っちゃいテラスがあるんだが、そこにトコトコ出てくと、ぴりっと寒くて外には霧がかかってる。地面まではきてない、木のてっぺんのところだけ霧で隠れてる。たぶんありゃ松だな。幹がさ、まっすぐなやつ。で、その白い霧があって、その先をくだっていくと海だ。太平洋さ。海岸線の向こうから、オードの基地で砲兵が訓練してる音まで聞こえくる。その大砲の音が霧に包まれて、ブオン、ブオンって轟くんだ、そのくらい静かでさ。それから外のプールのところへ歩いていったんだ。女の笑い声がまだ聞こえるもんでさ、そうしたら突然シェルドンのやつが角を曲がって走ってきた。あの女に追っかけられててさ、そのまま俺と鉢合わせしたところに女も突っこんできて、三人一緒に服着たままプールの中へバシャーンてよ。それで少しばっか口から水が入ったんだが、それでどうなったと思う？　トローンとまた酔っぱらってきたね。夜中に飲んだシャンペンと同じハイな気分がもどってきた。どうだい、ありゃあ、ほんとにまいったぜ」

「いい話だね」とホーガン。「アルコールのところ以外はさ」

「そうだ、いい話だろ。俺にとって、記憶にのこってるたった一つの朝だよ、あれが」といって、しばらく黙りこんだ。電話が鳴った。ティムにだ。

「ヘイ」グローヴァだ、「そっちへ行っていいか？　今晩エティエンヌは隠れ場が必要なんだ」。どうやら、きょうの製紙工場襲撃のことが急に気になったらしい。一大事をやらかしてしまったみたいな、警察につかまったら他の件も発覚して、ひどくとっちめられるだろうという気になっている。グローヴァの家は警察がまっさきに来そうなところだし、捜査網を逃れるチャンスがあるところといえば、ホテルくらいしかない。ティムはマカフィーさんに頼んでみた。そうかい、と気のない返事だ。

「心配ないよ」とホーガン。「エティエンヌはこわがってるだけなんだ。おじさんと同じだよ」

「あんた、おそろしくなることないかい」とマカフィーさんはいった。さっきまでとちがう、変な声だ。

「アルコールなら、もうこわくない」とホーガン。「それほどの中毒じゃなかったみたいだし」

「そうかい、軽くてよかったな」マカフィーさんはベッドに横になったまま動かない。白い枕に乗ったその顔が一段と黒く見えた。ひどく汗をかいているのがティムに見える。首筋の両わきを汗が伝わって枕カバーに染みこんでいく。病気が出てきたのだ。

「何か必要なものとか、ありますか？」心配そうにティムがきいた。答えがないのでもう一度きいた。

「酒だ」マカフィーさんは、ホーガンを指さしながらいった。舞台の上で役者がささやくみたいな声だ。「下にいるアイツに頼んでみてくれ、俺の心が落ち着くものを持ってくるように。ああ冗談じゃねえんだ。飲まねえといらんねえんだ、いますぐ」

「だめだめ」とホーガン。「いまが大事なときじゃないか。だからおれ、ここにいるんだよ」

「だからここにいる？　そりゃ違うぞ、おい」お腹が痛いときのように、彼はゆっくりと立ちあがり、それから電話を取りあげて、「ジム・ビーム。ボトルでだ」といった。「それから」――部屋にいる人数をていねいに数えて――「グラスも三つもらえるかな。オーケー、わかった。グラスは一つでいい。あ、ここに、グラスが一つあるわ」受話器を置いて彼はいった。「キャットの早業よ。マサチューセッツのミンジバラだろうとどこだろうと、やると思ったら一発できめる」

「だったらなんで、おれたち呼び出したのさ」とホーガンはいった。一音一音が規則的な、相手にからむような調子。いまにもワッと泣き出しそうな口調である。「どうせ、酔っぱらうんだったら、なんで、AAなんかに、連絡するの」

「助けが必要だった」マカフィーさんは説明した。「AAなら助けてくれると思った。なのによ。だれが助けにきてくれると思や――」

「なにいうんだよ」とティムがいった、ホーガンは泣きべそをかいている。

「さあさあ」マカフィーさんはいった。「出てきな、家にお帰り」

ホーガンは泣くのをやめて意固地になった。「ぜったい帰るもんか」

「よくいうな。帰れよ。あんたらも、町のイタズラ者なんだろ。だったらよ、自分がイタズラにひっかかったときにはいさぎよく引き下がるんだ。AAに行って、いえよ。一杯食わされましたって。負けっぷりのいいところを見せてこい」この狭い部屋に三人、つっ立ったままにらみ合いである。壁に色刷りの版画が一枚かかっている。鉢に活けた菊の絵だ。ドアのとなりに宿泊規定が額に入れてかけてある。あとはホコリのたかった空っぽの水差しと、グラスと、ひじかけ椅子が一つ。クイーンサイズのベッドのカバーはベージュ色で、消毒の匂いがする。そんななかで三人はつっ立ったまま。だれも動かない。このまま人形館の蠟人形にでもなってしまいそうな案配だったが、ちょうどそこへ、グローヴァとエティエンヌがやってきた。ホーガンとティムがドアをあける。マカフィーさんは握った左右の拳を体に密着させたまま、電話に向かった。「ここにいる子供たちを追い出してくれ、たのむ!」

ショックからまだ立ち直っていないエティエンヌは、いつもの倍もふとって見えた。「警察に見られたんだ、警察に」と繰り返している。「見られたんだよ、な、グローヴァ?」スキン・ダイビングの用具一式を持ってきたのは、家に置いてきたら証拠物件にされると思ったからだ。「こいつ、ちっと神経質になってってさ」グローヴァがいった。「こっちはどうだ。なにか面倒なことになっていないか」

「酒を飲ませないようにしてるんだけど」とホーガン。「AAに助けを求めたくせして、出て行けっていうんだぜ」

「知らないんですか」グローヴァが話しかけた。「アルコール依存症が正の相関性を有する疾病がどれほどあるか、心臓病、慢性気管支炎、肝硬変の他にもいろいろあるんです」

「ああ来た」マカフィーさんがいった。半開きになっていたドアからベト・クフィーフォが登場。この男はホテルのボーイ兼使い走りをやっている。もう退職して社会保障で生活していていい歳なのだが、このメキシコ人は、故国《くに》ではおたずね者だった。密輸か、車の窃盗か、何をやらかしたのかはわからない。説明が相手次第でころころ変わるのだ。そもそもどうしてバークシャー郡にやって来たのか、これもだれにもわからない。このあたりにいそうな外国人といえば、フランス系のカナダ人とイタリア人だけで、かれらに間違えられるのがこの男には愉快でたまらないらしい。正体不明の気楽さをエンジョイすべく、この界隈から離れないのだ。

「ウィスキーが、ひとビンね」ベトが高らかにいった。「はい、6ドル50セント」

「なんだっ、6ドル50？　どっかの輸入もんか？」マカフィーさんがいった。財布を出して中身を見る。札が一枚だけ、ティムにも見えた。1ドル札だった。

「文句はフロントにいってよ。あっしは運ぶだけなんだから」

「じゃ、部屋のツケにしといて」とマカフィーさんはいって、ボトルを取ろうとした。

ベトはボトルを背中に隠して、「即払いでもらえといわれてるんで」。顔があんまり皺くちゃで表情もよくわからないけれど、ティムには笑っているように見えた。いやったらしいスマイルだ。

マカフィーさんは1ドル札を出してベトに差し出した。

「ほら、あとはツケだ」汗が垂れているのがティムに見える。この部屋が暑いはずはないのに。他の人はみんな涼しそうにしているのに。

ベトは札を手に取った。「あと5ドル50ね。悪いっすね、下のフロントで話つけてくださいや」

「おい、あんたら」マカフィーさんがいった。「金もってないか？　5ドル半いるんだ。貸しといてくれ」

「ウィスキー代なんか」とホーガン、「もってたって貸すもんか」。ほかの子はバラ銭を取り出して、手のひらを見つめている。ぜんぶ足しても1ドルと25セントくらいにしかならない。

「あと4ドル25セント」ベトがきっぱりいった。

「計算機か、おまえ」マカフィーさんがどなる。「おい、さあ、そのボトル、見せろ」

「ウソいってないよ」ベトは電話機のほうを身ぶりで示しながら、「フロントにきいてみなさいって。あっしのいう通りだっていうから」

マカフィーさんは、一瞬、電話に手を伸ばしそうになったが、結局、「なあ、あんたと半分っこしよう、な、そのビンの半分だけくれよ。あんたもキュイッとやりたいだろ、一日よく働いたもんな」

「あっしは、こいつは飲まないんで」とベト、「ワインしかやらないんで。おやすみなさい」そういってドアを閉めて行こうとしたベトに、マカフィーさんは飛びかかってボトルをつかもうとした。不意打ちをくらってベトの手から落ちたボトルは絨毯の上を一、二フィートころがった。ふたり、互いに腕をつかんで揉み合うのだが、その恰好が、ぜんぜんサマになっていない。ホーガンは瓶を拾い上げて、ドアの外へむかって走り出した。それを見たマカフィーさんは「オー・

マイ・ガッ！」とわめいて、ベトの腕をなんとか振り払い、戸口まで出てきたが、ホーガンの出足はあまりにすばやく、マカフィーさんもだめと悟ったのだろう、ドアの側柱に頭をつけて立ちつくすだけだった。ベトは櫛を出して、頭の上の少ない髪の毛をととのえ、ベルトを引っぱりあげ、マカフィーさんをにらみつけて前を通り、廊下へ出ると、エレベーターまで後ずさりしながら、挑発するように肌の黒い男を見すえていた。

グローヴァもティムもエティエンヌも、そこに立っているだけで、どうしたらいいかわからない。マカフィーさんの喉から変なノイズが出てきた。そんな音が人間から出てくるのを聞くのははじめてだ。ノーマンという、ピエールが眠ってないときにはよく一緒にくっついている赤毛の野良の子犬がいて、そいつが一度、鶏の骨を口に入れて遊んでいるうち喉に刺してしまい、暗闇の中で仰向けになってこんな鳴き声を立てたことがあった。あのときはグローヴァのお父さんが車に乗せて連れていったのだが、ドアの片側にもたれたマカフィーさんから聞こえてくるのが、その子犬がたてていたのと同じ音なのだ。ようやくグローヴァがマカフィーさんに近寄って、ほら、とその手を取った。グローヴァの手と比べてそんなに大きくはない、ダークな色の手。その手を引くと、ティムが、そう、こっち、といい、ふたりでドアのところから少しずつ引き離した。エティエンヌはベージュのベッド・カバーを折り返し、そこへ寝かせてカバーをかけた。とつぜん外でサイレンの音がした。「おまわりだ！」とエティエンヌは叫んでバスルームに駆けこんだ。サイレンはホテルの下を通過して、ティムが窓から覗くと、消防自動車が北へ向かっていくのが見えた。サイレンが収まると、浴槽の蛇口の音と、マカフィーさんの泣き声がした。ゴロリとうつ伏せになり、両手で枕を耳に当てている。まるで小さな子供みたいにして泣いているのだ。低いしゃがれ声とともに空気を吸い込んでは、むせぶような声といっしょに吐き出す。あとはそれの繰り返し。いつ終わるともわからない。

ティムはドアを閉めて机の前の椅子に坐り、グローヴァはベッドのそばのひじかけ椅子に坐り、そのまま寝ずの番が始まった。はじめは泣き声だった。これは坐って聞いているしかない。一度、電話が鳴った。フロントの男が心配してかけてきたのだ。「いいえ、だいじょうぶです。だいじょうぶになるでしょう」とグローヴァがこたえた。ティムは一度トイレに行きたくなってバスルームに入ったら、水を張った浴槽に、フロッグマンの服に着がえたエティエンヌが体を丸めて潜っていた。手足のついた、黒い西瓜のように見える。ティムが肩をたたくと、エティエンヌはバシャバシャもがいた。もっと深く潜りたいらしい。「おまわりさんじゃないから」ティムはあらんかぎりの声を張りあげた。「ティムだよ」

エティエンヌは浮上してシュノーケルをはずし、「隠れてるんだ」と説明した。「泡の立つ粉を探したんだけど、こんな小さな石鹸しかなくて、泡なんかもう消えちゃったよ」

「こっち来て手伝えよ」ティムがいった。バスルームから出てきたエティエンヌは部屋中に水たまりをつくりながら、床に腰を下ろした。それから三人、ただ坐って、大人の男の泣き声を聞いた。それが長いこと続いて、そのうち泣き声が寝息に変わった。眠りから覚めると、しばらくしゃべり続け、そしてまた眠ってしまう。少年たちも代わる代わる寝入ってしまう。ティムにとって、それはグローヴァの家で過ごす一夜にも似ていた。警官やら商船の船長やら艀《はしけ》の運搬人が無線でしゃべる声がみな空の見えない丸天井にはねかえってグローヴァのアンテナを降り、ティムの見ている夢の中に侵入してくる――それと同じで、まるでマカフィーさんの声、どこか遠くから電波に乗ってやってくるみたいなのだ。白昼の光の下で話されてもティムに通じるとは思えない、そんな話ばかりが聞こえる――大不況時代のある朝、マカフィーさんの兄さんは家を出たきり貨車に乗って消えてしまった。その後はロサンゼルスから葉書が一通届いたきり。それを見て、まだ子供だったマカフィーさんは、いきなり兄さんのあとを追って貨車に飛び乗ったけど、最初の時はヒューストンに着いたところで降ろされた。しばらく一緒だったメキシコ娘の話も出てきた。彼女がいつも飲んでいたという飲み物の名前をいうのだが、ティムにはよく聞き取れない。この人が男の子を生み、でもその子はガラガラ蛇に咬まれて死んでしまう(その蛇がティムの前に現れて、こっちに向かってきて、恐ろしくて叫んだところでまた目が覚めた)。それで女の人も行ってしまう。ある荒涼とした朝、まだ日も昇らないうちに、兄さんみたいにプイと消えちまった。それから夜の波止場のこと。ひとり腰を下ろして真っ黒なメキシコ湾を眺めていると、灯りの列は途中で切れて、ほんとにプツリと切れて巨大な「無」だけになる。近所のストリートでは集団の暴行沙汰が絶えなかった。太陽が照りつける真夏の浜辺も喧嘩の絶えない場所だった。それからNY、そしてLA、テナーサックスのバンドに入ってやっていた思い出したくもないほどヒドかったギグ。自分を捕まえた警官たち、ぶちこまれたブタ箱のこと、そこにゃ「ビッグ・ナイフ」とか「パコ・フロム・ザ・ムーン」とか「フランシス・X・フォントルロイ」なんて名前の野郎がいて、(このフォントルロイの野郎が自分の寝ているすきにクシャクシャになったペルメルの、まだ半箱残っているやつを持ってっちまいやがった。前の晩は、カンザスシティの、町外れのドライブイン・シアターで親友の映写技師と、スクリーンの真下にいた。頭上にゃドデカい、カーブした幕があってジョン・ウェインの映画をバンバンやってるその下で、ワインあけて、ポット《マリワナ》吸ってたんだ)。

「『ブラッド・アレー』*でしょ」やさしく、ティムがいった、「うん、見たよ。おれも見た」

マカフィーさんは少し眠ったあと、むかしバスの中で会った女の人のことをつぶやきながら起きてきた。テナーサックスを吹く人で、一緒に住んでた白人ミュージシャンと別れて、シカゴから西へ行くバスに乗りこんできた。後部の、下でエンジンが回ってる席に坐って、ふたりで次々とスキャットのコーラスをきめた。夜が更けて、肩にもたれて彼女は眠った。その髪がやたらきれいに輝いていた。シャイアンあたりに着いたとき、デンバーにでも行くわ、と彼女はバスを降り、停車場から道をわたって古い鉄道駅の、煉瓦づくりの建物の前をとぼとぼ歩く小さな姿が見納めとなった。まわりにカウボーイ映画に出てくるような荷押し車がたくさんあって、その間を彼女はサックスのケースをさげて歩き、バスが出るときこっちを向いて手を一度だけ振った。それからマカフィーさんは、一度同じふうにして別れたジルのことを語り出した。ルイジアナ州のレイク・チャールズ。まだポーク基地が盛んな頃で、通りは酔っぱらった兵隊がいっぱい、こんな「リパブリック讃歌」の替え歌をうたっていた——

わが眼は見ぃたり徴兵状
届いた時から悲惨な日ぃ
アンクル・サァムにだぁまされてぇ
おいらはＦ　Ｔ　Ａ《ファック・ジ・アーミー》

「ＦＴＡ？」とグローヴァ。

「フューチャー・ティーチャーズ・オヴ・アメリカ」とマカフィーさんはいった。「すげぇシャキッとした集団さ」ジルは北へ、セントルイスかどこかへ向かった。彼は故郷のテキサス州ボーモントへ。母親が病気だった。ジルとはニューオーリンズの川向こう、アルジアズに住んでいた。このときは二カ月続いた。ニューヨークのときほどは長くなく、ロスのときほど短くて痛ましくもなかった。このときは、最初からノスタルジックに決めていたのだ。湿地帯のどまん中の乗り換え駅が、酔っぱらいだらけになる真夜中にお別れしましょうと。「ヘイ、ジル」彼はいった、

「ヘイ、ベイビ」

「だれかに用？」グローヴァがいった。

「奥さんだよ」ティムがいった。

「ジルか？」ベッドの男はいった。男は閉じた目を努力して開けようとしているみたいだった。

「ジルがいるのか？」

「迎えに来てくれるっていってたよね」とティムがいった。

「来やしねえよ、来るなんてだれがいった」マカフィーさんの目がいきなり開いた。白眼がドキッとするほど白い。「電話かけてくれ。なあ、ホーガン？　あいつに電話してくれよ」

「ティムだよ。電話番号あるの？」

「財布だ」古びた財布は褐色の牛革製で、紙類ではちきれそうになっている。「いいか」中身を調べる。彼の指が、国中の職業斡旋所、自動車ディーラー、レストランの名刺をあたりに散らした。二年前のカレンダーの裏にテキサス大学のフットボールの試合日程が印刷してある。四枚25セントの写真の中で軍服を着たマカフィーさんが笑っている、白いコートを着た彼女の肩に手をまわして。彼女の方もうつむきかげんに微笑している。他はスペアの靴紐一本と、だれかの記念の髪の毛――それがたたんで入っていた封筒の隅に書いてあるのはどこかの病院の名前だろう。あとは軍発行の、期限切れの自動車免許証、松葉が二本、サックスのリードが一個、紙切れがいっぱい。紙切れは色も形もいろいろで、青い一枚に「ジル」とあって、ニューヨークの住所と電話番号が書いてある。

「そら」と、ティムに渡して、「コレクト・コールでかけてくれ。かけかたは知ってるよな」。ティムはうなずいた。「市外を頼んで、指名通話にして、ミス・ジル……」指をパチンと鳴らして名前を記憶に取り戻す。「ジル・パティスン。イェイ」

「遅いけど、だいじょうぶ？」とティム。「まだ起きてる？」マカフィーさんは答えない。ティムは受話器をとって長距離交換手を呼び出し、番号を告げた。「名前きかれたらぼくのじゃダメでしょ？」

「カール・マカフィーといってくれ」ブツッと回線が切れたみたいになった。が、交換手がダイアルする音が聞こえ、呼び出し音が長いこと鳴ったあげくに男が出た。

「ノー」男はいった。「いないよ。一週間前にコーストに行った」

「連絡できる番号はないでしょうか」交換手がいった。

「どこかに住所があったっけな」といって男は電話を離れた。電話の向こうが沈黙に包まれる。そのとき、ティムの足が感じた。知らぬ間《ま》に夜の闇ににじりより、今その縁に立っているのを感じた。どのくらいの間だろう。下を覗きこみ、こわくなって、あとずさりする。でも、闇夜の不快な部分について、知らずにいることはもうできなくなった。ここは夜、ニューヨークも夜、あの男のいうコーストとはどこの海岸かわからないけれど、そこも夜だろう。一つの夜が大陸全体に広がっていて、その上を行きかう、もともと小さな人間たちがみな闇にうもれている。その中から、急に会う必要ができた人を探しだすなんて、むずかしすぎる。絶望的だ。自分みたいに父さん母さんと一緒に暮らしているなら別だけど。振り返ってティムはベッドの男を見た。その瞬間、マカフィーさんがどれほど激しく独りぼっちなのかがわかった。ジルがみつからなかったら、どうなっちゃうんだろう。そのとき電話口の男が戻ってきて住所を読み上げた。ティムは書きとった。交換手がロサンゼルスの番号案内を出しましょうかとたずねる。

「たのむ」マカフィーさんがいった。

「ロサンゼルスからじゃ迎えに来れないよ」

「話さなきゃいられねえんだ」

ティムは耳を澄ました。電話線のカチカチ、ツーツーいう音の向こうに、この国全体をまさぐる指の動きが感じられる。暗闇の中に埋もれた何百万のうちの一人に触れようとしているのだ。女の人が出て、ジル・パティスンですけど、といった。交換手が、カール・マカフィーというかたからコレクト・コールですと伝えた。

「だれですって?」彼女はいった。

だれかがドアをノックした。グローヴァが開けに行く。交換手はマカフィーさんの名を繰り返したが、女はまた「だれ?」といった。ドアに警官がふたり現れた。ベッドの向こうに坐っていたエティエンヌはヒェッといって、浴室に逃げ込み、大きな水音を立てて浴槽にジャンプした。

「フロントのレオンに呼ばれて上がってきたんだが」警官の一人がいった。「この人がきみたちをここへ連れてきたのかい」

「ちがいます。フロントの人も知ってます」グローヴァがいった。

「どうしよう、これ――」ティムが受話器を振った。

「切れ」マカフィーさんがいった、「もういい」。そして両の拳をギュッと握って警官たちを見つめた。

「おい」と別の警官がいった。「ウィスキー代も持ってないって話じゃないか。ボーイがいってるぞ」

「そいつのいう通りだ」マカフィーさんがいった。

「部屋代は7ドルだぞ。どうやって払うつもりだった」

「払う気なんかなかった」とマカフィーさん。「俺は浮浪者だ」

「来い、ほら」最初の警官がいった。

「だめっ」とティムがいった、「無理です。病気なんだから。AAに連絡してください。この人のことはわかってるんです」

「落ち着けよ、坊や」別の警官がいった――「今夜はタダでいい部屋に入れるんだ」

「スロースロップ先生に電話してよ」とティムが叫んだが、マカフィーさんはもうベッドからドアの方へ引きずり出されようとしていた。

「俺の物は?」

「だれか取りに来る。ほら。子供たちもだぞ。家に帰らないとだめだ」

ティムとグローヴァは、あとについて廊下からエレベーターへ、ロビーを抜け夜勤の男の前を通って人気《ひとけ》のない通りへ出た。警官がマカフィーさんをパトカーに乗せる。このふたりのうち、どちらかの声がグローヴァの家の無線機に飛びこんで、自分の夢に現れたことがあるだろうかとティムは思った。「気をつけてよ」と彼は警官にどなった。「ほんとに病気なんだから。気をつけてあげなくちゃ」

「ああ、ちゃんと面倒みるさ」運転しない方の警官がいった。「こいつもわかってるみたいじゃないか。見ろよ」ティムはそちらを見た。白い眼と汗に光る頬骨。車は走り去り、ゴムの匂いと、車輪のこすれる長い音が舗道にのこった。彼を見たのはそれが最後だった。翌日署の建物に行ってみたけど、警察の人はピッツフィールドに連れて行かれたというだけ。それがほんとうかどうか確かめようもなかった。

数日後、製紙工場は操業再開、それからその年のスパルタカス大作戦のことがあって、それが終わってヌンシー・パッサレッラが持ちかけた計画というのがこれだ。エティエンヌの家の廃車場からバッテリーを持ってくる。スポットライトは軍の払い下げのものを二つ、それに気持悪い緑色のセロファン紙をかぶせる。そのライトをミンジバラから市外に出てすぐの無人踏切——ちょうどカーブで列車がスピードを落とすところ——に仕掛ける。集める子供たちは少なくても五十人。全員ゴム製モンスターの仮面をつけ、ケープか自作の蝙蝠コスチュームを着て踏切の坂のところにすわり、列車がカーブにさしかかったらパッと不気味な緑のライトで照らす。召集した子供たちの半数しか集まらなかったが、結果は上々。列車はギーッと恐ろしい地響きを立てて停車し、婦人客は悲鳴を上げ、車掌はどなり、エティエンヌはライトを切ってみんな坂を駆け上って原っぱへ消えた。自分でデザインした自慢のゾンビの仮面をつけていたグローヴァは、あとで興味深いことを言った。「緑になるっていいもんだな。不気味な緑にさ、たった一分なっただけでも、あとあとまでなにか違った感じが残る。気持ちいい」。だれもフォローしなかったが、ティムもまさに同感だった。

　春になって、ティムとエティエンヌは生まれて初めて貨車に飛び乗って、ピッツフィールドのアーティ・コンニョメンさんの店へ行った。店主のおじさんは、ずんぐりとした、ポーカーフェイスの、以前ボストンにいたという、町の行政委員みたいな風体の人で、いつもパイプをふかしている。その火皿は葉巻を吸っているウィンストン・チャーチルの頭だった。アーティがやっているのはイタズラ専門店。「春の委託販売品で、すてきな水もれコップが来たぞ」と彼は告げた。「ぶーぶークッションも、爆発葉巻もよりどりみどり――」エティエンヌはさえぎって、「変装の品はどんなんがあるの?」アーティは手持ちを全部見せた。カツラ、つけ鼻、飛び出た目玉つきメガネ。結局ふたりは、クリップ式の口ひげ二個と、小さな缶に入った黒塗りの変装用クリーム二個だけ買った。「なんだ、きみたちは反動主義者か」とコンニョメンさんはいった。「こいつは何年も売れずにいたんだ、もう白くなってるかもしれんぞ。ヴォードヴィル・ショーでも復活させようってのかい」「友だちを復活させるんだよ」反射的にエティエンヌが答えた。考えもせずに、そう答えてからティムとふたりで、驚いたように顔を見合わせた。だれか四人目の存在が店にいて、そのセリフをいったように思えたのだ。

　そして今年の夏、バーリントンさん一家がノーザンバーランド・エステートに越して来た。例によって子供たちは事前に情報をキャッチ。親同士の会話に、引っ越してくる家族の話題が急に増えたみたいなのである。その会話には「ブロックバスティング*」と「インテグレーション」という言葉がひんぱんに出てきた。

「インテグレーションってなんだ？」とティムはグローヴァに訊いた。

「積分のことさ。微分はディファレンシエーション」とグローヴァはいって、緑板にx軸とy軸と曲線を書く。「これはxの関数だ。xがほんのわずかに増加するとしよう」そして曲線からx軸へまっすぐに下りる線を何本も引いて、刑務所の独房のようにした。「この線はいくらでも引けるだろ、わかるね、間隔はいくらでも狭くしていくことができる*」

「いつかは隙間がなくなるだろ」

「いや、なくならないんだ。これが牢屋だとする。この線が鉄格子。で、犯人がもし、自分の体のサイズを自由に変えられるやつだとすると、どんなに鉄格子の数が増えていっても、十分体を細くして逃げることができるんだ。どんなに狭くなってもだいじょうぶ」

「それがインテグレーションってやつか？」

「ぼくが知ってる意味はね」とグローヴァは答えた。その晩おそくふたりはグローヴァの両親の寝室に盗聴器をしかけた。引っ越してくる黒人一家について新たな情報を得るためである。

「あっちじゃ心配してるよ」お父さんの声だ。「いま売り出した方がいいか、もうちっと踏んばっている方がいいか、わからない。ひとりがパニクッたらそれで最後だからな」

「ほーんと」これはグローヴァのお母さん。「子供がいないのがせめてもの救いね。いたらPTAもパニックよ」

これにすっかり興味をそそられて、次のPTAにホーガンを送りこんだ。ホーガンの報告も同じだった。「こんどは子供がいないけど、その時にそなえて、いまのうちからケントーしておくんだってさ」

親たちが何をそんなに恐れているのかわからなかった。来るべき日が来てみると、親たちの得ていた情報が誤りだったこともわかった。バーリントン家が引っ越してきた翌日、ティム、グローヴァ、エティエンヌの三人は、さっそく新居まで偵察に行った。新開地のどの家と比べても同じじゃないか、と思った次の瞬間、スチールの街灯にもたれてこっちを見ている子供の姿が目に入った。ちょっと手足がひょろ長くて肌が黒い。暖かい日なのにセーターを着ている。三人は近寄って自己紹介し、これから陸橋へ行くんだけど、その上から水入りの風船をいっしょに落とさないかと誘った。

「名前は、何ていうの?」エティエンヌがいった。

「あのな」その子はパチンと指を鳴らして「カール。イェイ、カール・バーリントン」。やらせてみると、この子は風船落としの名人だった。フロントガラスの運転手のちょうど目の前のところにきっちりぶつけて破裂させる。そのあと、みんな廃車場に出かけて、ボール・ベアリングや、壊れたオートマのトランスミッションをいじって遊び、それからカールの家まで送って行った。

次の日、それから毎日、彼は学校に来て、いままで空いていた隅の席におとなしく坐っている。先生が一度も当てないのだ。あることに関してはグローヴァに負けないくらい頭が切れるのに。

一週間ほどして、七時のニュース番組を見ていたグローヴァは「インテグレーション」に別の意味があるのを知った。彼が見る唯一の番組「ハントリーとブリンクリー*」に出てきたのだ。

「白人の子と黒人の子を同じ学校に入れることなんだってさ」とグローヴァ。

「じゃおれたちんとこも、インテグレーションだね」ティムがいった。

「うん。みんなには秘密だけど、おれたちもインテグレートしてる」

　そのうちティムの家の人もグローヴァの家の人も、それに、ホーガンの報告では進歩派のドクター・スロースロップまで、電話で悪態をついたり、もし子供がいったらすごく怒るにちがいない汚い言葉を浴びせるようになった。親たちの中で参加しないのは、エティエンヌの父親だけだったかもしれない。「父ちゃんはいうんだ。黒人のことなんかで気をもむひまがあったら、オートメーションの心配をしろってさ。グローヴァ、オートメーションってなんだ?」

「その勉強は来週始まるんだ。来週になったら教えるよ」しかしすぐに、みんなスパルタカス大作戦の準備であわただしくなってしまった。イーリェ王のかくれ家へ行って、今年の策謀をめぐらす時間が増えた。とはいえ、三年目ともなると、子供たちも悟るようになる——陰謀に比べると現実はかなりショボいものでしかないことを。なにか目に見えないホンワリしたもの（それを「愛」といいきる者はいなかった）、なぜか裏切れない、非情になれないものが割って入って、まっすぐクリアな行動の前に立ちはだかる。去年ファッツォの原っぱに引いた石灰の線の前でチビたちが立ち止まってしまったみたいなことになってしまうのだ。学校当局、鉄道、ＰＴＡ、工場、どれもだれかの母さんか父さんを、現実に、ないしは同じカテゴリーのメンバーとして含んでいる。悪夢を見たとき、頭にコブができたとき、さみしくて仕方ないとき、効果絶大なそのぬくもりと包み込む力にすがってしまう、その反射的なふるまいを押しのけて、意義のある怒りを保っていくのは不可能だった。

四人はそれでも、秘密の館で作戦会議だ。夜が近づくにつれ、かなり寒くなってきた。バセット犬のピエールはひっきりなしに四隅を嗅ぎ回っている。いくつかの事項が決まった。カールはショッピング・センターの駐車場で、単位時間あたりいくつのタイヤをへこませられるか調べること。エティエンヌはグローヴァが設計した大ナトリウム投射器の部品入手のためにさらにがんばること。ティムはスパルタカス大作戦の訓練にあたってまず柔軟体操から始めること。これには王立カナダ連邦空軍の方式が手本になる。グローヴァが必要な人員の割り振りをし、これで解散となった。隊列をなし、しのびよる影と、反響する音、恐怖の魔の手から走りぬける。戸外に出ると、雨はまだ降りやんでいなかった。みんなして〈ミズモレ号〉に乗りこむ。

運河は州道とクロスして地下水路になる。そこで降りて、道路の下を歩いてくぐり、湿地帯の一角をまわってファッツォの原っぱに行き演習場をチェックした。それから線路の、フォックストロット地点に定めたところから先を視察して、枯れた灌木のあいだに腰を下ろした。シャドベリーの実がつくころは、ここでよく食べたものである。そして線路の下手に向かって石を投げ、手榴弾の投射角度を考えたが、空の最後の光も消えそうで、見定めがつかない。線路沿いにミンジバラ駅の手前まで戻り、そこから町へ向かって折れて、ぞろぞろとキャンディ・ストアへ入った。ちょっと疲れてきたので、カウンターに並んで坐ってレモンライムのドリンクを4つ注文した。「え？　4つ？」ソーダ・ファウンテンのうしろの女の人がいった。「うん、4つ」とグローヴァが答えると例によってこの人も怪訝そうな顔をした。ワイヤ製の回転式のラックのところをうろついてしばらくコミックスを覗いてから、激しさを増した雨をついて外へ出て、カールを家まで送って行った。

バーリントン家の一角に着く前から、なにかおかしな気配がした。二台の車と、ゴミを引きずったピックアップ・トラックが一台、その方角からスピードを上げてやってきた。ワイパーが怒ったように動き、タイヤのわきから跳ね上がる水が鳥の翼のようだ。子供たちは、よその家の芝生の上に飛び上がったが逃げ切れずにハネを浴びた。ティムはカールを見やったが、カールはおし黙ったまま。

カールの家の前の芝生は一面のゴミだった。しばらく立ちつくして、それから、そうしなくてはいられないというふうに、ゴミを足で蹴散らして進む。そうしながら手がかりを探した。ゴミは向こう脛に達する深さで芝生一面、隅まできれいに拡がっている。これをみんな、あのピックアップ・トラックに積んできたにちがいない。ティムの母親がいつも持ち帰ってくる、見慣れたスーパーの紙袋があった。フロリダの伯母さんから送られてきた大きな黄色いオレンジの皮。おとといの晩ティム自身が買いに行ったパイナップル・シャーベットの容器。暮らしの中からポイ捨てされるもの、先週一週間の家族の暮らしの影の側の半分がここに盛られている。両親に届いた手紙の、しわくちゃになった封筒、夕食後に父さんがふかす黒いデノビリ葉巻の吸い殻、ペチャンコにしたビール缶、缶の折り目がどれもbeerの字の二つのeの真ん中にくる——ティムの父さんしかこんなことはやらない。そのコツを教えてくれたこともあった。10ヤード四方にわたって、反論のしようのない証拠が積み上がっている。グローヴァも歩きまわって紙類をひらき、物をひっくり返し、それらが自分のゴミであると確認した。「スロースロップのも、モーストリーのもあるぞ」エティエンヌが報告する。「それに、この辺の住宅から出たゴミもいっぱいだ」

五分ほどゴミを拾って車庫のそばに並んだゴミ缶に運んでいたら、玄関のドアが開いてミセス・バーリントンがどなり出した。

「でも、おれたち、片づけてるんです」とティムがいった。「おれたち味方です」

「助けてもらわなくていいわよ」夫人がいった。「あんたたちは、だれひとり、味方についてほしくないんだから。毎日神様に感謝してるのよ、うちにはあんたたちみたいなのと遊んで堕落する子がひとりもいないことをね。さあ、出てって。帰ってちょうだい」彼女は泣き出した。

ティムは肩をすくめて、手にしたオレンジの皮を投げ捨てた。ビールの缶を持って帰って父につきつけてやろうかと思ったけど、そんなことをしてもこっぴどくぶたれるのがオチだ。三人は帰って行った。ゆっくりと、ときどき振り返って、まだ戸口に立っている夫人のほうをみやりながら。二ブロックほど進んだとき、まだカールが一緒だということに気がついた。

「母さん、本気でいったんじゃない」カールはいった。「ただ、頭にきてただけだよ」

「イェイ」ティムとグローヴァがいった。

「どうしようかな」といってカールがうしろを指さした。その姿を雨がほとんど掻き消しそうだ。

「いま家《うち》に入るの、よしたほうがいいかな。どうしたらいい？」

グローヴァとティムとエティエンヌは顔を見合わせた。こういうときに答えるのはグローヴァである。「しばらく潜伏してたら？」

「うん」カールがいった。夜のショッピング・センターは、水銀灯の緑の光と、スーパーの赤いネオンと、ガソリンスタンドの青いネオンが輝き、それらに多くの電灯の黄色い光があいまって、黒く広い舗道を照らしている。舗道はそのまま山まで延びていくかのよう。その上に落ちた色彩の渦の間を歩いていく。

「じゃあ、おれ、かくれ家に行こうかな」カールがいった。「イーリェ王のお屋敷」

「夜だぜ」エティエンヌがいった。

「クジョーの番人が出ないか」

「それは騎乗《キジョー》の番人」とグローヴァ。

「おれには手を出さないから」カールがいった。「知ってるだろ」

「うん」ティムがいった。その通りだ。カールのいうことは、みんなが知ってることばかり。知ってることしかいうはずがないのだ。カールは、大人たちがよくいうところの「イマジナリー・フレンド」。彼のしゃべる言葉も、その身ぶり、顔つき、泣き出すときの表情、バスケでシュートするときの姿勢――その全体がみんなの心で増幅し、優美さに包まれるべくしたものだ。大人たちがなぜか背を向け、否認し、町の外れに追いやってしまう言葉《フレーズ》と姿《イメージ》と可能性、それらを織り合わせて作ったのがカールだった。どうして大人たちは、それらをエティエンヌの家の廃車場に転がる壊れた部品のように扱うのだろう。それらとどうして一緒にやっていけない、やっていきたくないと思うのだろう。子供たちならいつまでだって遊んでいられるのに。つなぎ合わせ、部品を取り替え、データを入れ、プログラムし、精密化し、そうやって好きなだけかわいがれる、自分たちだけの「お友だちロボット」に仕立てることができるのに。飲みもしないソーダを買い与えるのも自由、危険な中を走らせるのも自由。そしていまのように、目の届かないところへ追いやるのも自由。

「気に入ったらさ」カールがいった、「ちっとあそこに居着くかもしんない」。みんなうなずいた。カールはみんなから離れて走り出し、振り返らずに手を振って駐車場を横切って行った。雨の中にカールが消えると、三人の子供は手をポケットに入れてグローヴァの家へ向かった。

「グローヴァ」エティエンヌがいった。「おれたちまだインテグレートしてるのかな？　あいつが帰ってこなくても？　貨車に飛び乗ってどっか行っちゃっても？」

「きみの父さんにきけよ」グローヴァが答えた――「ぼくはなんにも知らないからな」。エティエンヌは濡れた木の葉を手につかみとるとグローヴァの背中に押しこんだ。グローヴァはエティエンヌめがけて水たまりの水を蹴ったが、的がそれてティムにかかった。ティムはジャンプして木の枝をゆさぶり、グローヴァとエティエンヌをびしょぬれにした。エティエンヌは四つん這いになったグローヴァの上にティムを押し倒そうとし、勘づいたティムはグローヴァの顔を泥水に押しこんだ。そんなふうにしてカール・バーリントンと別れ、ショッピング・センターの灯りの下からそれぞれの家へ戻っていった。そんなふうにはしゃぎながら、遺物となったエステートの、半分壊れた屋敷の中にかすみのように棲息している幽霊たちのもとへカールを引き渡し、夜の雨のなかをそれぞれの家に帰っていった。熱いシャワーと乾いたタオルと就寝前のテレビ、お休みのキス、そして夢の中へ。もう二度と、安心しきって包まれることのできなくなった夢の中へ、子供たちはもどっていった。

解説——恐るべき学習者

ピンチョンの初期短篇集『スロー・ラーナー』が北米で出版されたのは一九八四年のことである。物語の執筆から二十五年ないし二十年を経て、作者は四十七歳に近づいていた。所収の五篇は、長らく文芸誌のバックナンバーや、多くが絶版となったアンソロジーに存在し、大学の図書館等でないとなかなか読めなくなっていた。

数年または十数年に一度、長篇または大長篇を出す、それ以外は完全黙秘というスタイルの当人にしてみれば、これらの小品は本番デビュー前のリハーサルのようなものだったのだろう。だが当人はそれでよくても、まわりが放っておかなかった。『V.』（一九六三）で現代文学のスターとして先鋭的な読者を摑んだピンチョンは、『重力の虹』（一九七三）の出版後、アカデミズムからも熱い眼が注がれて、たくさんの論文・研究書・注解書の類が書かれ、世界の大学の授業で講読される存在になっていた。

だがピンチョンは、〝学生時代の習作〟を一冊にまとめるにあたって、「学習遅滞者」または「頭の鈍《のろ》いやつ」という意味のタイトルをつけ、作品の未熟さを徹底的に貶める、冗談すれすれのパフォーマンスを序文につけた（その「大まじめ」のおかしみが訳文からも伝わってくれたらと切に願う）。もちろんこの「イントロダクション」は同時に、物を書くことについての真理のごときものを伝えるレクチャーとしても読め、真にまじめな、作者の真情のようなものが、より深いレベルから滲み出してくるのも事実である。情報が濃密で、思索として深く、倫理的なスタンスも高い――にもかかわらず、言葉づかいが時に冗談のように軽くて、イタズラの仕掛けにも満ちている、という点において、この「イントロダクション」の書きっぷりは、ピンチョンの他の創作と変わらない。

収録された五篇を見渡すと、そのバリエーションの大きさに目を見張らされる。不毛な世界で自我のよるべを拒んで生きる主人公を描いた、リアリズム風の「スモール・レイン」。同じ不毛さから出発して、「ゴミの谷」のその地下にオルタナティブな魅惑の国が見出される「ロウ・ランド」。後者は極端に隠喩的な――意味の世界の区切りをなしくずしにしていくような――文章で綴られている。さらに次の「エントロピー」は、科学的観念を核に据え、その比喩的な意味を膨らませつつ、ストーリーを音楽的に構造づける実験になっている。一転してスパイ小説「アンダー・ザ・ローズ」では、エキゾチックな時代と場所を設定し、そのまっさらなキャンバスを、濃密な描写で埋める書き方に挑戦している。執筆時期が他とは数年隔たっている「シークレット・インテグレーション」は、うって変わって美しい少年小説だ。

最初の四作は、本人の弁によれば、二十歳から二十二歳の間に書いたという。その若さにして、このバラエティ。スケールの大きな才能というのは、作家に限らずそういうものなのかもしれないが、しかしその、呆れる程の広さ、大きさを、この男は、成長過程でどのようにして身につけてきたのか。まずはその生い立ちを、限られたデータから想像してみよう。


一九三七年、まだ大不況のさなかにあったアメリカの、ロング・アイランド北岸の中流家庭に、トマス・ラグルス・ピンチョンＶ世は生まれた。真珠湾攻撃のニュースが流れたのは四歳のとき。大戦末期、というと小学校低学年に当たるが、トミー少年はこの時期すでに戦争ロマンスを書いていたという（伝説ではなく、後で述べるように、本人がそう自己申告している）。ＶＥデイ（ドイツが正式に無条件降伏した一九四五年五月八日）は、ちょうど彼の八歳の誕生日に当たる。彼の成長と同期して、「冷戦」は深刻化した。ベルリン封鎖が十一歳――というと「シークレット・インテグレーション」の天才少年グローヴァと同じくらいの年回りだが、少年トミーもまたベルリン問題で、父親と言い争ったりしたのだろうか。

グローヴァは無線愛好家である。後の作品から単純に推し量ると、ピンチョン自身も鉱石ラジオをいじるところから始めて、通信工学やサイバネティックスを学び、ロケットの制御工学に通じるようになったという図柄が描きたくなるけれども、本当のところはどうなのだろう。

「消すに消せない深い影響」を与えたというスパイク・ジョーンズの冗談音楽や、ロード・ランナーなどの高速チェイス・アニメと、いつ、どんな状況で出会ったのかも実は分からない。ほんとに、まったく分かっていないのだ。親族・友人の口は固く、大学の記録も、海軍時代の記録も「謎の消失」を遂げたり「アクセス不能」だったり。ただ、さすがのピンチョンも、高校時代の卒業アルバム《イヤー・ブック》と学校新聞まで差し押さえることはできなかったようで、それをクリフォード・ミードという研究者がごっそり収奪し、ピンチョン関係の全書誌データをまとめた単行本 *Thomas Pynchon: A Bibliography*（1989）に収めている。

オイスター・ベイへは、ニューヨークから25Aの道を東進、クイーンズ地区を抜けてさらに五マイルほど行ったところで左折する。二十世紀初頭、セオドア・ルーズベルト大統領は、この湾域に私邸を構え、夏の間「ホワイト・ハウス」として使った。「イースト・メイン・ストリート」という名前にしては、けっこう緑が豊かで、鳥の啼き声も聞こえる道沿いの、十段ほどステップを上がった上に、いい面構えをした、窓枠が真っ白な、古い煉瓦造りの三階建ての校舎がある。

ここにピンチョンは一九五三年初夏まで通った。小学校以来二度の飛び級をしたから、シニア（高校最上級生）になっても十五歳だった。スペイン語クラブと数学クラブに所属し、卒業学年で演劇（戦前のブローウェイ喜劇）を上演したときには、演出に携わった。彼自身編集委員を務めた卒業アルバムには、長身で、クルーカットで、温厚そうな男子の写真を数枚載せている。女生徒と一緒に成績最優秀生の表彰を受けている写真もある。「好きなもの＝ピザ、嫌いなもの＝偽善、ペットにしているもの＝タイプライター」というあたりは、僕らの思い描くピンチョン像にそのまま重なる。

学校新聞にトミーが連載した「ハムスターの声」と称する書簡体の物語は、なかなかバップで、シュールで、イタズラっぽい。連載第一回の冒頭だけ訳してご覧にいれよう。"Voice of the Hamster"で検索すれば連載全体を読むことができる。

ディア・サム

僕のことは忘れてしまっただろうか。君とは去年の八月、ハンチントンであったパーティで出会ってる。ウィンストン・チャーチルの真似をした赤毛のクルーカットのずんぐりしたのがいたの、覚えていないかい。それが僕だ。そのとき君は言ったんだ——学校のようすを聞きたいから連絡してくれって。それで、手紙を書いてみたわけ。

僕の通っているハムスター高校は、［ロング・アイランドの］南岸沖半マイルほどのところに突き出た岩の上にある。その岩は、岩としてもたいして大きくはない。満ち潮のときに訪ねてきた人はみんなそう言う。何故ハムスターというのか。誰も知らない。創立者J・ファティントン・ウッドグラウズが、そのチョロチョロした小動物に強い愛着を持っていたという説があるけれど、これだって噂にすぎない。校舎の前に、そのJ・ファティントン・ウッドグラウズの銅像が立っている。「最後の火星人」と腹を空かしたバラクーダを足して二で割ったみたいな、つるっ禿げで腹の突き出た小男だよ。去年のハロウィーンのとき誰かがこの銅像に、卑猥な言葉を書きなぐった。派手なオレンジ色のペンキで。それがすごいスキャンダルになって、僕なんか四週間の停学をくらったよ。

きっと他の世界から切り離されているせいだろう、ハムスター高は——クレイジーというのとは違うんだけど——ちょっとばかり奇異《オッド》なところがある。たとえば数学で三角関数のクラスを教えている若い教師にファッジャドゥッジっていうのがいて、こいつがフレームがシャルトルーズ色の瓶底メガネをかけてるんだ。ペグ・パンツにサテンのシャツ、クールなカーディガンを着込んで、バップ風のベレーを被ってる。ベビーブルーの長い車体の改造セダンを乗り回してさ、授業中もバップなジョークを連発するんだ。いや、頭がイカレてるわけじゃない。以前バップのドラマーをやってたせいで、〈バードランド〉とか〈エディ・コンドン〉でプレイしてた頃が懐かしいんだろう。ときどき独りでぶつぶつ言っている。ヘロインをやっているという噂もある。ほんと〝ゴーン・ガイ〟さ。ぶっとんでるよ。

掲載は一九五二年十一月。大統領選でアイゼンハワーが圧勝した月だ。朝鮮戦争も、アカ狩りも続いていた。原爆の情報を東側に流したかどで、死刑判決を受けたローゼンバーグ博士夫妻は、翌年の処刑を待っていた。オイスター・ベイから南に下った島の中央では、「レヴィット・

タウン」という大人気の郊外型ニュータウンが、新しいアメリカン・ウェイ・オブ・ライフを拡張していた。裕福な中流層が申込みの行列をなしたそこは、もちろん黒人お断り。人種統合《インテグレーション》は現実ではなく、南部の公民権運動もまだ存在しなかった。アメリカにディズニーランドもロックンロールも、マクドナルドのチェーン店もなかった時代の話である。

十五歳のピンチョンは、どんなプランを練りながら、同級生向けのエンタテインメントを書いていたのだろう。とにかくコイツ、わかっている。学んでいる。You may remember me—I don't know. という、手紙にしてもくだけた書き出しは、前年に出た『キャッチャー・イン・ザ・ライ』を意識してのことだろうか。それとも“You don't know about me...”で始まるトウェインの『ハックルベリー・フィンの冒険』をもじったのか。SFっぽいシュールな記述、権威転覆の衝動、漫画（最後の火星人）、バップ、ドラッグへの言及、ヘンな名前の登場人物……「他の世界から切り離されているせい」と、「奇異」な生き物がいる理由を、進化論的に説明したあたりもそうだが、後に世界中で愉しまれるピンチョンの特徴《マーク》が、これだけの語数のなかに詰まっている。

仮に、この頃すでにピンチョンが作家として生きていくことに照準を合わせていたとしたらどうだろう。そして次のような計画を立てたとする。
(1)大学はまず、理系に入る。レオナルド・ダ・ヴィンチのような広域アーティストを目指せ。
(2)階級的にも地理的にも、広い世界について知りたい。これは大学では学べない。二年したら、学費稼ぎに海軍に入隊する。

(3)ただし二十歳になったら、まとめに入る。英文科の創作コースで、誰も書いていないような大作の小説を書き始めよう。

まあ実際は、海軍に行く前に英文科への転部があったようだし、復学後は、本書の序文を信じれば、ハザウェイ先生の創作クラスで課題が出せず引きこもっていた（あまりにも多くを抱え込んで動きがとれなくなってしまったか）。卒業後、処女大作の刊行が遅れて二年七ヶ月もの企業勤め（シアトルのボーイング社）が続いたのも、想定外だったかもしれない。しかし、右のような学習プログラムがもしあったとすれば、それは大筋において実現されているのである。

大学時代のピンチョンが残した足跡はふたつだけ。二篇の短篇小説だけである。学生用文芸誌に載せた「スモール・レイン」と、コーネル大学の（正式の）文芸誌「エポック」に掲載された“Mortality and Mercy in Vienna”（日本では筑摩書房版『競売ナンバー49の叫び』に「殺すも生かすもウィーンでは」という題で所収）。それ以外の足跡は、きれいに消されて、いくつか出回っている噂も噂のままだ。

「エポック」誌（一九五九年春季号）の著者プロフィールにはこう書いてある——「トム・ピンチョンは、コーネルの英文科で創作をしている学生で、次年度はウッドロー・ウィルソン奨学金を得てコーネルの大学院に学ぶ」。名門大学の文芸誌に、誰が、どんな思惑や期待を込めて、学部学生の作品を載せたのか。その学生がせっかく手にした奨学金を無にして、進路を覆したのはなぜか。なぜこの一作だけThomasではなくTom Pynchonの名前になっているのか、なぜこの一作は本書から外されたのか――すべて不明である。

この時期にピンチョンが書いたという、フォード財団の作家支援プロジェクトへの応募申請書が、八〇年代末にリークしたという事件があった。その後たちまち閲覧禁止となるこの申請書を、財団の事務員を通して熱心な研究者が読み、デューク大学刊行の「アメリカン・リテラチャー」誌に紹介文を寄せている。オリベッティのエリートでタイプ打ちした四枚、自伝的記述と執筆計画の織り混ざった九段落（一八〇五語）からなる文書は、ピンチョンらしくたいへん凝ったものであるらしい。自伝的なくだりをまとめると、戦争ロマンを書いていたという七～八歳の頃に続けて、サイエンス・フィクションを多産していた時期がある。高校時代に仕上げた作品第一号は、南太平洋を舞台とする短篇小説だそうで、すでに将来のピンチョンを彷彿とさせる観念的なテーマが盛り込まれているという。

ティーンエイジャー時代にはさらに、（『天使よ故郷を見よ』の）トマス・ウルフやフィッツジェラルド、バイロン卿らのロマン派的作風に影響されていた時期があり、それに引き続く、ヘンリー・ジェイムスらの古典的な作品からの影響を被った時期がある。その後、海軍から復学するころ（本書の序文にもあるように）一時的にケルアックやギンズバーグにハマる。だが、ビート作家への陶酔はすぐに醒め、ヴォルテールの『カンディード』風の物語へ向かい、そして一九五九年時点では、「無人地帯のT・S・エリオット側にいる」——と「申請書」は結んでいる。

ロマン主義の情熱と、古典主義の形式化との間をシーソーしているという、まるで文学史を地でいくような青春の軌跡。でもこの作家に限っては、それをハッタリとして笑い飛ばすことができない。ケルアックとエリオットを掛け合わせ、それにヴォルテール風の冷笑的ピカレスクの味わいを添えた物語——などというものはふつう想像できないけれど、それこそ、ピンチョンの初期短篇の縺れた感じを、うまく説明してくれる表現ではないだろうか。以下、五篇のそれぞれに、ちょっとずつ踏み込んでみよう。

「スモール・レイン」は、サルトルの『存在と無』の名前も出てくるように、実存主義的な色彩の強い作品である。水に浮かぶ死体のようすを描いたあたりは、二歳年上の大江健三郎が、この二年前、やはり学生時代に発表した「死者の奢り」と重なり合う。ただし、ぐいぐい引きつけていくような大江の描写に比べ、のらりくらり、だらしなく太った主人公が、怠惰な暮らしを選択して生きるところは明らかに違う。大江は翌年「飼育」で芥川賞をとって文壇の中心的な位置を占めた。ピンチョンは社会の外縁へ向かった。そして「ブタケツ」という呼び名をもつレヴィーンは、少々力学的なイメージを付け加えて『V.』のヨーヨー人間、ベニー・プロフェインへと進化し、ピンチョン文学に笑いと共感をもたらす一連のダメキャラの基となる。

「イントロダクション」で指摘されているとおり、この作品には文学的な装いが明確だ。たとえば「雨」と「乾き」のイメージ。焦げ付く太陽があり、一方で、村を全滅させるほどの大雨がある。最後のシーンでは実際にエリオットの「荒地」のフレーズが、少しだけ唱えられる。レヴィーンに関して、インテリ兵士のリッツォが、「石ころだらけの場所ばかり選んで落ちる種みたいなもんだ」とキリストの言葉を引用する。兵舎を出て駐屯地を歩くとき、摺り足《シャッフル》で歩いて乾いた熱砂をかき回す。その彼はかつて「田園の牛引きボーイ」と呼ばれていた。牛鍬で豊穣な土をかき回し、命を育むべき存在でありながら、不毛の地に引きこもっている。

　日照りと大嵐には、旧約聖書を始めとする古代の物語の反響がある。現代に古代を重ね合わせるのは、周知のようにモダニズム文学の常套手段だ。エリオットしかり。ジョイスしかり。女子学生に会いにいく前、シャワーに入るレヴィーンは——あたかもエリオットの詩文を浴びるかのように——「夏の雨、春の雨、今まで自分の上に降り注いだあらゆる季節の雨」を浴びると書かれている。出てきた野球帽姿の彼を見て、ピクニックが「へえ、正装《ゴーイング・フォーマル》かよ」というが、その帽子を、彼はセックスのあいだ、まるで司祭のように被ったままだ。沼のまわりのカエルの合唱に囲まれ、時代をすり抜けたレヴィーンは、「けっして完全には犯されない大母神」を捏ねながら、とりあえず種子《ザーメン》は撒く。だがもちろん、何も実るわけではない……。

　神話の世界への仄かな言及は、『V.』においてより精緻に、かつ無気味に展開される。だが若きピンチョンにとって、ポイントは、「モダニズム流」のおさらいにではなく、文学の進化の現在を確認したうえで、次のステップを踏み出すことにあったはずだ。

「ロウ・ランド」にも「荒地《ウェイスト・ランド》」への言及がいっぱいだ。だがこちらでは、引用と言及が醸し出す〝文学性〟自体が、ゴミのように扱われている。ここは枯渇した荒廃の地というよりは、むしろ、現代文明の一切合切が運ばれてきて捨てられる「ダンプ・ランド」のようであって、それらの廃棄物の中に、まるで過去の文学の意味作用まで含まれるかのようだ。ネズミ《ラット》といえば、エリオットの詩では、世界の荒廃を象徴する生き物だった。そのネズミがエリオットの「ヒヤシンス・ガール」に由来する名前をもらって、かわいらしく駆け回っているのだから、ある意味メチャクチャで、いたずらの落書きっぽくもある。

実存主義哲学の時代は、文学の前衛が「人間的な意味」の剝奪に向かっていた時代でもあった。ベケットはすでに小説での主要な実験を終え、削ぎ落とされた舞台に活動の場を移していた。フランスでは「ヌーヴォー・ロマン」と称される作品群が登場していた。そうした新しい流れをアメリカに伝える数少ない媒体のひとつがペーパーバックのマガジン「ニュー・ワールド・ライティング」で、ケルアックの『オン・ザ・ロード』の抜粋をいち早く掲載したのもこれである。「ロウ・ランド」を掲載した第六号の著者紹介の欄に、「トマス・ピンチョンは二十二歳のニューヨーカー。（……）現在シアトルに住んで長篇作品に取り組んでいる」とある。この長篇小説とは『V.』のことで、『V.』を出した出版社が「NWW」のこの号を出版したリピンコット。実は、この時の担当編集者を通じて、ピンチョンとのやり取りの詳細が分かっている。『V.』は六一年の夏の終わりには全巻第一稿が送り届けられていた。つまり、出版時より一年半前にはだいたい出来上がっていた。そこから逆算すると、「イントロダクション」で「アンダー・ザ・ローズ」の執筆年を一九五九年としているのも、きっと本当なのだろう。

　日本語の題を「ロウ・ランド」としたが、スコットランドの低地地方は、英語では複数形でLowlands（Low Lands または Low-Lands）と呼ばれる。この作品の中では、低地はエリオットの荒地であり、砂漠であり、海であり、海＝胎内であり、現代文明の製品廃棄場が、低地としての荒地となって、その胎内に、廃棄されたネットワークが張り巡らされている。数々の要素が同義の関係をなして、意味の区切りを失い、きっちりとした伝達がなされにくい（＝エントロピーの高い）言葉の世界ができている。印象としては、フラットで漫画っぽい。タイヤのブービー・トラップというのもそうだし、小人のようなジプシーの娘に連れられ、GEの冷蔵庫のドアを開けて、地下の穴を降りていくという発想も、童話か漫画のようだ。

　黒人の管理人ボリングブルックの小屋の壁に貼られた（英国国王も競走馬もブリジット・バルドーも含む）切り抜きのギャラリーが、また印象的である。世間のゴシップから打ち捨てられたクズ情報。現代なら、そういうものもみなデータベースに格納され、指先の数ストロークで呼び出すことができる。二十世紀は違った。人の噂《ゴシップ》は七十五日の賞味期間を超えた後、時のゴミ捨て場へと消えていくのが常だった。そんな廃棄と忘却を、ピンチョンはポップに、かつ詩情豊かに、そして次第に政治的・宗教的な色合いを濃くして描いていく。(「シークレット・インテグレーション」で描かれる、芝生に撒かれた生活ゴミ。アル中のジャズマンの譫妄症的な語りのクズ。その延長線上に、『競売ナンバー49の叫び』の濃密にメタフォリックな世界がある。)

もう一点、「ロウ・ランド」の中では、ピンチョン文学をたのしく彩る〝豚キャラ〟、ピッグ・ボーディーンがデビューをし、彼の話を皮切りに、三人の元船員が「海の物語《シー・ストーリー》」を語り合うところにも注目したい。これらのショート・エピソードは、ピンチョンが(西部のホラ話からスタートしたというトウェインの向こうを張って?)甲板や船倉で学習してきた語りの術を、小説に取り込むための実験場だ。必ずしも言文一致風ではない、独特な口語ドライブを持つ散文で綴られるこれらの粗野な物語も、『V.』を通してさらにまた、その味わいを磨いていく。同世代のインテリ文学が、ポストモダンな枯渇の美学に向かう中、ピンチョンが常に猥雑な豊穣さを保ってきたひとつの源泉がここにある。

エントロピーとは、廃物イメージの熱力学版だ。熱機関《ヒート・エンジン》とは熱を運動に変える箱であるが、内包する熱エネルギーのうち、仕事に使える部分はどんどん減っていって、いわば「カス」の熱量ばかり増加していく。そのカスの多さ(役立たなさ)を表す尺度が「エントロピー」。この語は「イントロダクション」で述べられているように、多義性を帯びているけれども、このストーリーを読むために必要な知識は限られている。

『ヘンリー・アダムズの教育《エジュケーション》』については訳註022－07でふれた。かつて人間の営みを導き、歴史の歩みを進めてきた力としての聖母《ザ・ヴァージン》が、いまや機械的な力によって置き換わってしまったことに恐怖するアダムズの視点を受け継ぎながら、カリストは二十世紀における音楽、演劇、小説、ダンスにおける秩序崩落の背後に、エントロピーの最大化へ向かう宇宙プロセスを幻視する。彼にとっての対抗手段は、「カオスの大海に浮かぶ秩序の島」（または都市の騒音に囲まれたアートとしての生命の場）に籠もることだ。ここに興味深い存在としてオーバードがいる。彼女が体現しているのは、エコロジカルな音楽の秩序性だ。彼女は下の部屋から突き上げてくるノイズをただ排除するのでなく、S／N比を考えながら意識の中へ織り込んでいる。

早くからバップを聴いていたピンチョンの頭の中で、ジャズの即興演奏におけるミュージシャン同士のコミュニケーションの問題は、以前からなじみのものであっただろう。下の階でデュークたちのカルテットが（深遠な東洋の「無」に共感して？）行うノー・コード、ノー・メロディの音楽は失笑ものだけれども、小説が舞台とする一九五七年から執筆年と目される五九年あたりは、モダンジャズの変革がもっともラディカルに進んだ時期だ。マイルス・デイヴィス、セロニアス・モンク、新鋭ジョン・コルトレーンらによる、歴史を塗り替えるような演奏に鼓舞されながら、ピンチョンもみずからの創作世界を構想していたのだろうか。

アパートの階下の部屋で、もう一つ興味深いことが起こっている。知性と人生の問題に、「スモール・レイン」を執筆していた時期とは違った展開が生じているのだ。ソールという、コミュニケーション理論の専門家が現れて御託を並べるが、その描き方は、前作のリッツォなどと比べてきわめて辛辣だ。一方（ブタケツと名前の近い）ミートボールは、トンマで無器用ななりに冷静《クール》さを保ち、他人や場の混乱に対してケアする姿勢をもっている。『ヴァインランド』のゾイドなどへも続いていく「好漢のダメ男」第一号といえそうだが、もしかしたら、大学という場にケリをつけて我が道を歩き始めた作者のふっきれた気持ちが、キャラクターの変化に反映されているのかもしれない。

「エントロピー」の初出は、全米に名高い文芸誌《リトル・マガジン》の「ケニオン・レヴュー」（六〇年春季号）。その後、年間ベスト・ストーリーの一篇にも選ばれ、ブラックユーモアの秀作を集めたアンソロジーにも採録された。こうして文学サークルで話題になり始めたピンチョンの次作を掲載したのは、当時シカゴで友人編集者と「ノーブル・サベッジ」という文芸誌を創刊したソール・ベローである。「アンダー・ザ・ローズ」の初出は、その第三号（六一年五月）。この作品は後に書き直されて『V.』の第三章に組み入れられるが、オリジナルはまた独立した雰囲気をもつ。重要なのは、この作品において、過去の時代の遠い国へ忍び込む、歴史考証の行き届いた語りを組み立てるプロジェクトが起動したことだ。この手法は『V.』で磨かれ、『重力の虹』『メイスン&ディクスン』『逆光』というピンチョンを代表する超大作に結実する。その最初の作例であるこの短篇は、翌年、年間最優秀短篇の一つとして、文芸批評家リチャード・ポワリエが編纂した『O・ヘンリー賞作品集、一九六二』に収録された。

この物語から、「エントロピー」のカリストの嘆きと同じ声が聞かれる。駒《ナイト》と駒《ナイト》が対決して王を守るというチェスの図柄は失われ、パーマストンが外交の、ゴードン将軍が軍事のスターだった大英帝国の栄華が、一八四八年の情勢不安を経て斜陽に転じ、無数の分子がランダムに動き回る確率の世界の作用が、次第に事を仕切っていくという変化が言及されている。来るべきアルマゲドンへ向けて、昔気質のスパイの作法(情を許さぬ心構え)が世の中のエントロピックな流れに屈していく悲喜劇を、ミニマルな語数によるクールかつ品格のある文体で描ききった筆力には改めて驚かされるが、もう一点興味深いのは「清潔」をめぐる議論だ。

ドイツ人のスパイが、スイスの「澄んだ風、綺麗な山」を「汚れきった南の国」と対比してみせるくだり。それと並べてアフリカ奥地の原初の無垢が語られ、さらに土着化や、その不可能性の話になる。『V.』の、特に第九章「モンダウゲンの話」を経て『重力の虹』で全篇フル・スロットルで展開され、『メイスン&ディクスン』でも『逆光』でも、なお響き続けた帝国主義ヨーロッパのふるまい、その〝清潔〟志向と、それがもたらした破壊のすさまじさ。ピンチョンが、二十世紀後半のアメリカを代表する作家として歴史に残ると思う人が多いのは、人間と生命の立場から、同時代のイデオロギーを——より深い文化の前提を、その破壊的暴力性を——暴き立てる彼の文学の力が、時を超えて伝わる性質のものだからだろう。

最後の一篇、「シークレット・インテグレーション」には、すでにファンも多いに違いない。マサチューセッツの小さな町からロサンゼルスまで、アメリカの大きな闇夜をカチカチッ、カチカチッといいながら飛び渡っていく電話回線の接続の音にティムが反応するシーンなど、ぼく自身、何度読んでもジンとしてしまう。また、グレイハウンド・バスの隣り合った席同士で交わされるスキャット、西部の駅での別れのシーン、夜のドライブイン・シアターの大画面の下でのマリワナの回しのみ——それら、すべて「時のカス」として闇に葬られていくしかない、でもだからこそやたらに叙情的なストーリーの切れ端が、アル中患者の妄想と混ざり合うようにして、眠りかけた子供の意識に受信されるところがまた圧巻である。

『V.』を出版し、最高の賞や賛辞に恵まれたピンチョンは、目指すべき「V2」である『重力の虹』を傍らに、スロースロップ姓のアル中少年が出てきたりするこの話を、のびのびと書くことができたのではないだろうか。長篇作品では政治・暴力・宗教絡みでどうしても重々しくなる〈彼方《ビヨンド》〉の世界が、こちらでは子供の心を通して、懐かしの魔法的世界として喚起される。ただ一つ、カールという少年を存在と非在の中間に置こうとしたところは、作者も満足がいっていなかったに違いない。その宿題を負って書き進んだのが次作『競売ナンバー49の叫び』(一九六六)で、存在するのかしないのか、謎の郵便組織を描くこちらの作品で「宿題」はものの見事に成し遂げられた。

小学生ライターからスタートして『重力の虹』まで三十年、無差別的に知識の吸収とその特異な統合を続けたピンチョン。「イントロダクション」の最後、「ロックンロールは死なず」のあとに、「エジュケーションも永遠に続く」と言い添え、as Henry Adams always sez と、ポップな注釈を挟み込むニクイやつ。「永遠に続くエジュケーションから得られるのは、とってもスローなラーニングなのさ」といってウィンクする、お茶目な大作家の姿が透けて見えるようだ。

恥ずかしげもなく僕自身のエジュケーションを語れば、無目的に入学した大学院の一年目で「エントロピー」に出会った。その時間に情報のエントロピーについて、ジューナ・バーンズについて、ロブ゠グリエやスーザン・ソンタグについて、眼光鋭く語る志村正雄先生の解説が、ピンチョンとの関わりの出発点となった。その日始まった学習の、一応の仕上げであるはずのこの仕事でも、志村氏の既訳によって、自分の誤読を公けにすることをすんでのところで免れた箇所も多かった。さらに、立場逆転して、過去に自分の『ヴァインランド』講読クラスに在籍した小山太一氏が、『V.』の第三章の主要翻訳者として、同一パッセージを含む「アンダー・ザ・ローズ」の訳文決定に尽力してくれた。そんなわけで、この訳業は自分より二十一歳年長の志村氏と、二十四歳年下の小山氏との共作である。その事実は訳者名に反映されていないけれども、時を超えて（願わくは双方向の）エジュケーションが継続したという事実は、ここに明記しておきたい。

二〇一〇年一〇月二〇日　訳者

014-02
『オーギー・マーチの冒険』｜*The Adventures of Augie March*：ノーベル賞作家ソール・ベローの初期の代表作（1953）。1930年代不況期のアメリカを放浪しながら成長する若き主人公を描くピカレスク小説。

014-03
ハーバート・ゴールド｜Herbert Gold（1924―　）：ビート作家とは一定の距離を置きつつも交流し、50年代から60年代の対抗文化期にサンフランシスコに住み、新しい文化の流れのスポークスマンとなったユダヤ系作家。*Fathers*（1967）などの自伝的小説で知られる。

014-03
フィリップ・ロス｜Philip Roth（1933―　）：ピンチョンが大学を卒業した1959年、４歳だけ年長のロスは、中篇小説『グッバイ・コロンバス』を出版、全米図書賞に輝いた。

014-16
「シカゴ・レヴュー」｜*Chicago Review*：シカゴ大学発行の文芸誌。当初よりビート運動を擁護する立場をとっていたが、1958年秋季号にウィリアム・バロウズの『裸のランチ』の一節を掲載した後で大学当局から介入があり、より大々的なビート作家の作品発表を企画していた次号の発行が差し止められた。これを機に編集委員の大半が辞任し、新しく*Big Table*誌（1959―60）の刊行が始まる。

015-03
ノーマン・メイラーのエッセイ「ホワイト・ニグロ」｜Norman Mailer's essay "The White Negro"：副題は「ヒップスターについての表層的考察」。『裸者と死者』（1948）以来「戦後文学の旗手」だったメイラーが、白人青年を惹きつける「黒人的なるもの」の魅力を、大胆な想像力で読み解いた（あるいは誤読した）エッセイ（1957）。ヒップ論の古典として現在もしばしば参照される。

016-04
「エヴァーグリーン・レヴュー」｜*Evergreen Review*：（1956年ではなく）1957年にグローヴ・プレスが創刊した、ペーパーバック版の季刊文芸誌。創刊号はサルトルの論考「ブダペスト以降」と共に、サミュエル・ベケットの短篇小説、（ジャズ・ドラマー）ベイビー・ドッズのインタビューも収めている。第2号は「サンフランシスコ・シーン」と銘打って、出現しつつあるビート作家を総特集。同年出版される『オン・ザ・ロード』も部分掲載した。ピンチョンが手にしたのは、あるいはこちらの号だったかもしれない。

017-04
ポスト＝ビート｜post-Beats：詩の世界ではよく使われるが、小説家に関してはあまり使われないので、ここでピンチョンが、どんな人たちを、「ポスト＝ビート」の仲間に入れているのかを簡単には言えない。ビートの波とバップの波と、ロックンロールの波とを一つにまとめる彼の巨視的な見方に従えば、自分が水兵だった頃にロックの波をかぶったボブ・ディランら「弟」の世代もポスト＝ビートの仲間に入りそうだ。60年代のロック＝対抗文化も、やがてディランらの先導で、アメリカ的価値を肯定する方向へ進んでいく。

020-10
アーチー・バンカー｜Archie Bunker：70年代最高の人気ホーム・コメディ “All in the Family”（1971—79）に出てくる父親の名。娘とくっついて一つ屋根の下に暮らすヒッピー世代の婿との、価値観の衝突を笑うというのが、主要なネタのひとつ。

021-11
二、三のアンソロジーに収録されたためか：実際には、1961年刊の *The Best American Short Stories*（M. Foley & D. Burnett 編）をはじめ、1970年代前半までに、英米で少なくとも7冊のアンソロジーに収録されている。日本語初訳は、『現代アメリカ短編集』（白水社、1970）に収録された井上謙二訳。その改訳版が、志村正雄編『現代アメリカ

幻想小説』（白水社、1973）に載った。

021-12

ドナルド・バーセルミ｜Donald Barthelme（1931—89）：繰り返しや常套句に満ちた文章を「情報効率が低い」＝「エントロピーが高い」と考えると、バーセルミは、あえて現代の高エントロピーな言葉やイメージを道具にして、ユーモラスでハイセンスなストーリーを組み立てた、知的風刺作家だともいえよう。同時代の「ポストモダン作家」のなかで、“ヒップ”なバーセルミと、ピンチョンは折り合いがよかったらしく、没後の短篇集、*The Teachings of Don B.*（1992）に序文を書いている。

021-17

熱機関が一サイクルをめぐる間に生じる諸変化を分析するための方法：単純化していえば――気化したガソリンにスパークが飛んで爆発的燃焼が起こり、それがピストンを動かす、これが熱エネルギーの運動エネルギーへの「変換」だが、もともとの熱エネルギーとして存在した量のすべてが運動エネルギーに変換されるわけではない。では、あまり熱を逃がさずに、最高の効率でエネルギー変換を行うにはどうしたらよいか、その問題を数量的に理論立てて解いていくために創り出されたパラメーターが「エントロピー」である――ということ。

022-02

***Verwandlungsinhalt*｜フェアヴァントルングジンハルト**：カフカの『変身』（1915）のドイツ語の原題が*Die Verwandlung*。それに「量」を表す inhalt をつけてみると、この単語、後世のわれわれには、「人間のうち昆虫に変身する量」みたいなニュアンスをもつだろう（笑）。

022-06

ノーバート・ウィーナーの『人間の人間的な利用』｜Norbert Wiener's *The Human Use of Human Beings*（1950, 54）：邦訳のタイトルは『人間機械論』で、原題を直訳した「人間の人間的な利用」が副題である。

その第１章にある次の一文は、エントロピーという概念が、コミュニケーションの科学において、どのような「宇宙論的なモラルの風味」を与えられたかを簡潔に表現している――「制御とコミュニケーションにおいて、われわれは常に、組織されたものを解体し、意味あるものを破壊しようとする自然の傾向と戦っている。ギッブスが示した、エントロピーが増大する傾向だ」。

022-07

『ヘンリー・アダムズの教育《エジュケーション》』| *The Education of Henry Adams*：アメリカの名家に育った文人ヘンリー・アダムズ（1838―1918）が、機械＝動力文明が世界を一変させつつある姿を前にして、あまりに違ってしまった20世紀世界を、自らの受けた19世紀的教育を振り返りながら論じる自伝的随想。アメリカ文学における、おそらく最も有名なノンフィクション作品。その中の「ダイナモと聖母《ヴァージン》」（1900）の章でアダムズが示した歴史のヴィジョンは、初期ピンチョンの小説世界に決定的な影響を与えた。

023-01

悲しいけれど……本当のことなんだ：男性アイドル歌手Dionの全米１位ヒット「悲しい恋の物語」（“Runaround Sue”, 1961）の冒頭の歌詞、“Here’s my story sad but true” より。

023-09

クラーク・マクスウェル | James Clerk Maxwell（1831―79）：早くから幾何学と詩に天分を発揮し、16歳でエディンバラ大学へ。長じて電磁気学を確立する彼は、システム全体と、ミクロ・レベルのふるまいとを同時に見据える複眼的思考によって科学に貢献した。エントロピーの原理を転覆させる「マクスウェルの悪魔」を考案したのも彼だが、サイバネティックスの思考を先取りして、蒸気機関のガバナー（調速機）の原理を解析したのも彼である。その反権威主義的なライフスタイルを含め、若きピンチョンに影響を与えていたと想像される。

023-11

ウィラード・ギッブス｜Josiah Willard Gibbs（1839—1903）：彼はエントロピーの概念を「図にして提示した」とあるが、これは理系出身者なら熱力学の授業できっと習った、ギッブスの「自由エネルギーのグラフ」への言及。なお熱力学の第二法則とは、いわゆる「エントロピー増大の法則」のこと。第一法則が有名な「エネルギー保存の法則」。

024-09

アイザック・アシモフの説明：啓蒙的ＳＦ作家Issac Asimovの短篇小説「最後の質問」（“The Last Question”, 1956）での説明を指していると思われる。「この宇宙は、時とともに増大するエントロピーによって最終的、エネルギー切れとなって停止する」という（きわめて通俗的な）エントロピー理解を広める上で、この物語は力をもった。

027-12

バクスター・ハザウェイ｜Baxter Hathaway：コーネル大学の創作コースの創立者にして、文芸誌「エポック」*Epoch*の統括者。彼の時代、「エポック」誌には、本篇に含まれなかったピンチョンの“Mortality and Mercy in Vienna”のほか、若き日のフィリップ・ロス、ドン・デリーロ、ジョイス・キャロル・オーツらの作品も載った。『スロー・ラーナー』の刊行直後の1984年3月没。

028-03

ウィリー・サットン｜Willie Sutton（1901—80）：その巧妙な変装によって「役者《ジ・アクター》」の異名をとった常習銀行強盗犯。『わたしはウィリー・サットン』『そこに金があるから』という２冊の自伝的告白本を書いている。

028-14

ジョン・バカン｜John Buchan（1875—1940）：スコットランド出身の政治家にして小説家。ヒッチコックが映画化して（邦題『三十九夜』）古典となった『39階段』（*The 39 Steps*, 1915）は、第一次世界大戦前夜

の時代を背景に、もと南アフリカの鉱山技師を主人公とするスパイ小説。続いて言及されるオッペンハイム、マッキネス、ハウスホールドも、みな邦訳が出版されているスパイ小説、ハードボイルド小説の名手。

029-05
エドマンド・ウィルソンの『フィンランド駅へ』| Edmund Wilson (1895―1972), *To the Finland Station* (1940):ロシア革命への精神的道筋をつくった、ヨーロッパ作家および社会主義思想家についての書。

030-06
PBS放送:企業と視聴者の寄付で成り立つアメリカ公営放送(Public Broadcasting System)。1970年に放送開始。マスコミの世界も自由競争一辺倒のアメリカで、イギリスBBC制作のドキュメンタリーや、「モンティ・パイソン」など知的なドタバタは、主にこのチャンネル(無料)から流れていた。

030-15
ポーペンタイン | Porpentine:『ハムレット』第一幕五場、父親の亡霊が出てきて語る有名なくだりに、自分の物語をもし語るならば、おまえの髪の毛が、恐怖に逆立つヤマアラシの針のように(Like quills upon the fretful Porpentine)なるだろう、という一節がある。

031-03
グレアム・グリーンの『ハバナの男』| Graham Greene (1904―91), *Our Man in Havana* (1958):革命前のキューバを舞台にしたスパイ小説。キャロル・リードが監督した同名の映画(1959)を通しても知られている。なおドイツ語読みで「モルドヴィオルプ」または「モルトヴェオープ」のようになるMoldweorpの英語読みは「モルドワープ」が一般的。「ワーモルド」に、たしかに近い。

031-08

生の深みの夢の層：フロイトは、夢の分析を通して人間の無意識に接近する方法を打ち立てた。そうした精神分析学による新しい人間理解に呼応して、夢の論理をさぐる芸術的探求がさまざまに行われた。ダリやマグリットの諸作品は、一般にもよく知られている。

031-10

ふつうは同じ枠に入れない要素：「解剖台の上のミシンとコウモリ傘の偶然の出会い」という、シュールリアリズムを語る際の常套句が思い浮かぶ。

031-13

スパイク・ジョーンズ｜Spike Jones（1911—65）：シティ・スリッカーズという冗談音楽のバンドを率いて、戦後のラジオ・映画・テレビに活躍した。ベスト盤*Spiked!*（1994）のライナーノーツは、ピンチョンが書いた——「大砲とカウベルの音に混ざって、階級間敵意と一流の音楽性、予期せぬ転覆が絶妙のタイミングで起こる驚き……が詰まっている、陽気な狂気の世界へようこそ」と。その音楽性には、マルクス兄弟からの刻印がありありとしていて、しかも同時にフランク・ザッパ等に与えた影響も聴き取ることができる。

032-15

WPAの作家支援プロジェクト｜Works Progress Administration's Federal Writers' Projects：大不況時代、ニューディール政策の一環として設立された「公共事業促進局」が、作家や関連する学者総計数千人に依頼した仕事の全体を指す。その中でもっとも有名な企画が、アメリカ全州各地の歴史や言い伝えをまとめるシリーズの仕事だった。

The Small Rain

039-08

フォート・ローチ | Fort Roach：基地の名に「ゴキブリ」という名が、いたずらっぽく付けられている。さらに roach とは、紙巻きマリワナ（の吸いさし）を指す俗語でもある。

039-08

渾名が「ブタケツ」：原文では Lardass（ラードのケツ）。「デブ」の蔑称として現在も使われる語。なお姓の「レヴィーン」（Levine）は、最初の「レ」にアクセント。

040-09

〈バードランド〉| Birdland：チャーリー・パーカー（1920―55）といえば、「バップ」スタイルでアルトサックスを吹き鳴らし、ジャズ音楽に革命を起こしたアルトサックス・プレイヤー。彼の渾名が Bird（または Yardbird）で、その名に因んだジャズハウス Birdland は、1949年暮れから1965年まで、52丁目のブロードウェイの西側にあった。

040-09

レスター・ヤングやジェリー・マリガン | Lester Young, Gerry Mulligan：若手の白人バリトンサックス奏者のジェリー・マリガン（1927―96）が、大先輩のレスター・ヤング（1909―59）、およびコールマン・ホーキンス（1904―69）と一緒に、ビリー・ホリデー（1915―59）の歌う“Fine and Mellow”の演奏をしている1957年のテレビ映像が出回っている。

040-11

ニューヨーク市立大 | The City University of New York：通称 CUNY（クーニー）。私立のコロンビア大学やNYU（ニューヨーク大学）と共に有名なニューヨーク市内のビッグ・ユニバーシティ。

041-08

ヴァージニア大学｜The University of Virginia：米南部ヴァージニア州のシャーロッツヴィルにある、由緒ある州立大学。大統領時代のトマス・ジェファソンが気合いを入れて創立し、現在では大学自体が世界遺産になっている。アメリカの州立大学は、かつて税金を払っている州民の子弟には入学のハードルを低くしていたので、単位のとれない者が軍隊へ取られるというのはよくあるコースだったのだろう。アメリカで徴兵制が廃止になるのは1972年のこと。

041-11

NAACP（National Association for the Advancement of Colored People）：全米有色人種地位向上協会（エヌ ダブルエイ シー ピー）。1910年代から歴史的重要性をもち、南部で黒人公民権運動が起こると、その指導的役割を果たした。1950年代後半は、南部の白人保守派層が人種分離を支持して気勢を上げていた時代で、この物語の現在からほぼ２ヶ月後、1957年の新学期にはルイジアナの北隣りアーカンソー州の高校で、高校への黒人生徒編入を知事が阻止する事件が起こっている。「全米黒人向上協会」とも。

044-04

レイク・チャールズ｜Lake Charles：ルイジアナ州南西部の湖、および湖畔の市の名。

044-09

ケイジャン｜Cajun：ルイジアナ州は、もともとフランス圏の人々――大陸北部でイギリスとの覇権争いに敗れた植民者（英語でAcadiansと呼ばれ、それが訛ってCajunsとなった）――が南へ逃れて植民したという歴史をもち、食べ物や音楽に、その伝統が引き継がれているが、住民全体が「ケイジャン」であるかのような発言は、もちろん正しくない。

045-11

ストケード・シャッフル：映画「オー・ブラザー！」(2000) などでもおなじみのように、懲役労働は、しばしば複数の者が鎖でつながれたまま行われた。前後につながったまま一緒に足を引きずる歩き方を「営倉《ストケード》シャッフル」という。

047-01

ビーコン・ヒル：ボストンの高級住宅地。MIT（マサチューセッツ工科大学）は、ここからチャールズ川を渡ってすぐのところにある。「ボストン・アクセント」と呼ばれる当地の英語は、イギリス的特徴を残し、一般のアメリカ人にはいささか気取って感じられる。（これに対し、ニューヨーク出身なのに、ニューオーリンズを現地訛りを真似て「ノーリーンズ」と、ある意味で「たるんだ」発音をするレヴィーンは、言葉に対する態度が中尉と真逆。）

048-09

デリダー｜De Ridder または DeRidder：ルイジアナ州西部、レイク・チャールズの40マイルほど北にある小都市。

050-11

『存在と無』｜*Being and Nothingness*：ジャン＝ポール・サルトル（1905—80）の、実存主義哲学者としての代表的著作。フランス語の原本（*L'Être et le Néant*）は1943年刊だが、英語版は1956年（物語の前年）に出たばかり。

050-11

『近代詩における形式と価値』｜*Form and Value in Modern Poetry*：プリンストン大学教授ブラックマー（R. P. Blackmur）の詩論。単行本化は1957年だが、元の雑誌論文は1936年に出て、「新批評」と呼ばれる厳密なテクスト分析の興隆に寄与した。

051-08
ハリケーン：1957年6月27日未明にこの地域を襲ったハリケーン「オードリー」について、ピンチョンの記述は正確である。最終的に416名と推計された死者の多くは、不意に襲ってきた高潮にやられた。アメリカのハリケーン犠牲者数としては、2005年にカトリーナが来るまで、これが戦後最大。壊滅したクリオールという村も実名だが、黒人やカリブ系の混血を連想させる名前であるところが意味深い。

051-16
バイユー・カントリー｜bayou country：特にミシシッピ河口近く、ワニの住む湿地／水郷地帯を指す。この辺りはケイジャンやクリオールの文化の影響が色濃い。なお、メキシコ湾岸に点在する同様の湿地も「バイユー」と呼ばれる。

052-04
ビロクシー｜Biloxi：ルイジアナ州の東隣り、ミシシッピ州の沿岸にある都市。

053-04
両肩に銀色の線が二本：（一つの中隊全体を率いる）大尉のしるし。

053-13
マクニーズ州立大学｜McNeese State College：レイク・チャールズ市内にある、当時のState College。現在は、文理の種々の学部大学院を備え、McNeese State Universityとして、ルイジアナ州立大学のシステムの一キャンパスを構成している。

054-01
TCC－3……AN/GRC－10：それぞれ軍用の（複数周波数電波）発信機と受信機。後者はスペリングの類似から「アングリー10」と呼ばれている。

055-09

石ころだらけの場所ばかり選んで落ちる種／太陽が出てくると……体が焼け焦げちまう：ともに聖書マルコ伝、第4章の冒頭の部分（イエスによる「種蒔きのたとえ」）からの引用。

057-05

バーボン・ストリート｜Bourbon Street：ニューオーリンズの歓楽の中心「フレンチ・クォーター」の中心をなす。

058-17

閉鎖回路《クローズド・サーキット》｜closed circuit：たとえば監視カメラがCCTV（closed circuit TV）と呼ばれるのは、情報回路が「閉じて」いるから。軍の無線通信も、同じ意味で閉鎖回路にしておくことが大原則だ。この一節は、刊行されたピンチョンの書き物で工学的な比喩が使われた最初の例。1950年代の大学を「単一の周波数」の場と評し、その外側にカラフルなスペクトルを対置させているところが（ポストビート的感性の表れとして）注目される。

060-01

リトル・バターカップ｜little Buttercup：1878年に初演されて大人気を博したイギリスのオペレッタ作家ギルバート&サリヴァンによる『軍艦ピナフォア』*H. M. S. Pinafore* に出てくる、波止場の物売り娘の名。船乗りたちに囲まれながら、挿入歌“I'm Called little Buttercup”を歌う。自分の名を聞かれて、この女子学生は歌のタイトルをそのまま引用したわけだ。（もともと little Buttercup は「小さな金鳳《キンポウ》花《ゲ》」の意味。）

060-08

「女学生ベティ」｜“Betty Coed”：ルディ・バリーが歌って1930年にヒットした、軽快な行進曲風の歌。全国有名大学の名前が出てきて、“Betty Coed is loved by every college boy, but I'm the one that was loved by Betty Coed.” というラインで終わる。

061-09

AWOL：Absent Without Leave（または Absent Without Official Leave）の略で、発音は「エイウォール」。無断離隊のこと。軍務放棄であるから、もちろん懲戒対象となるが、ピンチョンの作品ではこの単語の使用頻度がとても高い。

062-05

朝鮮にも行ったが：1950年に始まった「朝鮮戦争」の休戦条約が調印されるのが1953年7月。この話の4年前のこと。

062-13

ソロリティ｜sorority：会の目的に添う優秀な新人を加えていく結社スタイルの友愛会、「フラタニティ」の女性版。典型的にはギリシャ文字の名称をもち、会員は学部生に限定、大学構内、または近くの「ソロリティ・ハウス」で共同生活する。

063-12

ビルコ曹長｜Sgt. Bilko：“The Phil Silvers Show”の名前で50年代後半、足かけ4年放映された軍隊もののシチュエーション・コメディ。

064-09

神の御加護なかりせば｜There but for the grace of God：誰かの不幸を聞いたときに口にする、「自分がそうでなくいられるのは神のおかげ」という意味の、ごくありふれたフレーズ。

067-09

まったき〝偶然の弾み〟：原文は sheer momentum。重さのあるものがひとたび動き出すと弾みでそのまま動き続ける、そのときの弾み＝運動量が「モーメンタム」である。怠惰なレヴィーンが、自分の女性交友にこの言葉を使うところは、『V.』の主人公プロフェインの「ヨーヨー運動」のイメージに通じるところがある。

069-06

苔：ルイジアナのバイユー地帯は、木の枝から気味悪く垂れ下がるSpanish Mossという苔類でも知られる。

070-02

「マコールズ」誌の「トゥゲザネス」：主婦を主要なターゲットにした一般誌*McCall's*は1954年の復活祭の号で「Togethernessの新時代」という特集を組み、そこで打ち出した女性＝家庭婦人としての価値観が全米の保守層に熱く支持されると、Togethernessを同誌のスローガンとして表紙に刷っていた。

070-04

ペダル・ベース｜pedal bass：鍵盤楽器の足踏み式のベース。ピンチョンは、しばしば情景を音楽として記述するが、この一節は出版された最初の作例。

070-06

大母神パシファエ｜Pasiphae：クレタ島のミノス王のもとに嫁いで娘アリアドネを産んだが、海神ポセイドンの呪いによって白い牛と交わり怪物ミノタウルスも産んだ。この女子学生が「牛引きボーイ」のイメージに強く反応し、「季節の巡りや土壌の心配」について思い巡らすところには、古代神話の残響が感じられる。

070-07

小さな死｜the little death：フランス語の*la petite mort*の英訳で、オルガスムを意味する。

070-08

「ライフ」｜*Life*：1930年代から70年代まで大きな影響力を持った、アメリカを代表するフォト•ジャーナル。ここでレヴィーンがもじっているのは、“In the middle of life, we are in death.”［生のさなかにありて、われら死の中にあり］という、中世ヨーロッパの死生観を伝え

るフレーズ。英国国教会の埋葬の祈りでは、今もその文が唱えられる。

071-04

鈍重な草根をふるい起こす｜stir dull roots：T. S. エリオットの『荒地』第一部「死者の埋葬」の冒頭、“April is the cruelest month… stirring /Dull roots with spring rain.”から。

076-08
ヴァイオリン協奏曲第六番「イル・ピアッチェレ」｜"Il Piacere"：Vivaldi（1678―1741）による、ハ長調の、生き生きとしたナンバー。英題のサブタイトルは"Pleasure"。

076-10
牧場風の平屋とか中二階式の家｜ranch-style or split-level houses：1950年代の郊外化の時代、都市を離れた中流の人たちは広々とした空間と、のびやかな家を求めた。建て売りでも、道路から見てとても長い平屋建ての「牧場風」や、ちょうど半階ぶん上がったところに、別なフロアを広げた「中二階式」の家も人気を呼んだ。

076-13
英国コテッジ風｜English cottage：このスタイルの家屋は、今も不動産の高値銘柄。宣伝ビデオは簡単に見つかります。

077-07
ノエル・カワードの歌ったその歌：Noel Coward（1899―1973）は、劇作家、作曲家、演出家、俳優兼歌手として、1960年当時も現役で活躍していた英国エンタテインメント界の重鎮。1998年に出たトリビュート・アルバムでは、ポール・マッカートニーが"A Room with a View"（1928）を歌っている。テクストに載った3行の原詞は"We'll be as happy and contented/As birds upon a tree,/High above the mountains and sea"。

078-01
ジェロニモ・ディアス｜Geronimo Diaz：スペイン語式の読みでは「ヘロニモ」。1950―60年代のアメリカの富裕中流層においては、「精神分析医に通う」というのが一つの文化になっていた。分析医自身が発狂しているというネタは『競売ナンバー49の叫び』でも使われる。

078-03
パーク・アヴェニュー｜Park Avenue：セントラル・パークの東側を走る大通り。この一帯は、19世紀の昔から金持ちの集まるところで、『V.』の形成外科や歯科医もここイーストサイドで開業している。

078-16
パガニーニ｜Niccolo Paganini（1782—1840）：その早熟の並外れた演奏技量ゆえに、「悪魔と契約を結んだ」という噂が常につきまとったイタリアのヴァイオリニスト。ストラディヴァリウスの名器のなかには、パガニーニが弾きこなしたという伝説つきのものも多い。

079-03
エビングハウス｜Hermann Ebbinghaus（1850—1909）：実験心理学のパイオニアのひとりである彼は、無意味の3文字シラブルを2300ほどつくり、そのランダムなリストをみずから繰り返し唱えて記憶し、その記憶の、日々の消失の程度を記録して忘却曲線を描くなどの研究を行なった。

079-17
ジャクソン・ハイツ｜Jackson Heights：マンハッタンのセントラル・パーク・サウス通りを直進、クイーンズボロ橋を渡ってクイーンズに入ってからさらに5キロほど東進したあたり。第二次大戦以前に計画的に建てられた生活協同組合の集合住宅（グレイストーン製の落ち着いた建物が有名）で知られる。

080-16
月が地球からもぎ取られた：1878年にジョージ・ハワード・ダーウィンが初期の地球は自転が速く、その遠心力と太陽の引力で、引きちぎられた灼熱の物質が月になったとの説を提示、その4年後、地学者のオスモンド・フィッシャーが太平洋の海底は、そのとき引きちぎられた跡を示していると述べた。このダーウィン＝フィッシャー説はピンチョンの子供時代もよく知られていた。現代では「引きちぎり」に代

わって、惑星の衝突によって飛び散った物質が月となってかたまったとする「ビックワック（Big Whack）理論」が盛んである。

081-01
剛毅な船乗り《ジョリー・ジャック・ター》｜Jolly Jack Tar（または単にJack Tar）：英国で、船乗りの代名詞。海軍の兵、商船の乗組員の別は問わない。「七つの海」を支配した大英帝国時代の香りを残した言葉。

081-05
賭けトランプ：原文は“red dog”。２枚カードを配り、３枚目で勝負を決する、ポーカー式のカジノゲーム。

082-03
豚のボーディーン｜Pig Bodine：「イントロダクション」で好意的に紹介されていた。以後ピンチョンのフィクション世界を彩ることになる、極端な快楽志向の船乗りキャラクター。『V.』でも『重力の虹』でも活躍し、『メイスン＆ディクスン』では、代わりにボーディーン家のご先祖様が登場する。

082-13
ホワッ｜Wha：応答したり、聞き返したり、不平をもらしたりする“What?”なのだが、ピンチョンがこの作品で使い出し、末永く使い続けるこのスペリングが表すのは、しまりのない発声である。そのマヌケな感じを表すために、訳語として「ホワッ」をあてることにする。

083-12
〈清浄号《イマキュレット》〉｜*the Immaculate*：「一点の汚れもない」という意味の、掃海艇として笑える名前。

083-16
独身者パーティ｜bachelor party：結婚式前に男友達だけでやるパーティ。大酒を飲む以外にも、妻帯者になると簡単にはできなくなるこ

とが、いろいろ行われる。

084-01
イースト・メイン・ストリート：『V.』第1章で、ピンチョンがド迫力で描出する実在の、水兵向けの飲み屋が並んだ、通り。

085-14
WPA｜Works Progress Administration：「イントロダクション」の訳註**032-15**参照。

086-01
ポークパイ・ハット｜pork-pie hat：縁のまわりが少々跳ね上がったフェルト帽。ジャズやブルース演奏者との連想が強い。

087-14
この歌：タイトルは“The Golden Vanity”または“The Sweet Trinity”。各連の印象的なエンディングのフレーズ“(The) Low-Lands Low”が、そのまま通称にもなっている。ふるいフォークソングで、歌詞にもさまざまなバリエーションがあるが、ピンチョンがテクストに収めたのは――“A ship I have got in the North Country/And she goes by the name of the Golden Vanity,/O, I fear she will be taken by a Spanish Gal-la-lee,/As she sails by the Low-lands low.”

088-12
救世主コンプレックス｜The Messiah complex：キリストが水の上を歩いた奇跡にひっかけている。

089-04
凹状態ないしは囲われた状態《エンクローズド》｜concavity or inclosure：胎内に収まった状態をイメージさせるこれらの単語と対照的に、平面（より正確には球体の凸面）をなす荒涼たる海面のイメージが現れる点に注意。

089-06

半径｜radius：原語 radius のイメージは中心から放射状に出る直線。『星の王子さま』の挿絵を思い出すとわかりやすいが、惑星の任意の点に垂直に立つ人間は、その球体の radius が「表面を突き抜けた」ものと見なすことができる。

090-10

島か包領《エンクレーヴ》｜island or enclave：ウィーナーは『人間の人間的な利用』（**022-06**参照）のなかで、エントロピーが卓越し、ランダムな攪拌を受けて、組織が失われていく大海にあって、生命とは「エントロピーが減少する島」（island of decreasing entropy）「組織化が増大する包領」（enclaves of increasing organization）であると説明した。元来「包領」とは、バチカン市国や（南アフリカに取り囲まれた）レソトのように、ぐるりと他国に囲まれた領土のこと。なお、その国の「問答無用の支配者」として想起されるボリングブルックの名前は、シェイクスピアの芝居で有名なヘンリーⅣ世の、即位前の名前である（生まれ育った城の名をとって Henry of Bolingbroke と呼ばれた）。

091-10

ワルのギャラリー｜rogues' gallery：本来は、警察にある「犯罪者／容疑者の写真一覧」を意味するが、ピンチョンは後の作品でも、この言葉を比喩的かつ魅力的に使っている。この「ギャラリー」に並んでいるのは、以下に記すとおり、ずいぶん長い年月にわたって貼り付けたスクラップ。――古い順からいうと、まずリトアニア系アメリカ人のジャック・シャーキー Jack Sharkey。彼がヘビー級の世界戦で世間を沸かしたのは30年代初頭で、ルビー・キーラー Ruby Keeler――ミュージカル映画 *42nd Street*（1933）や *Gold Diggers of 1933* のタップダンスで観客を魅了した――の絶頂期より少し前だ。ウィンザー公の退位（1936年にアメリカ人女性との結婚のため即位して間もないエドワードⅧ世の王位を退いた）や、衝撃的なニュースリール映像が出回ったツェッペリン型飛行船ヒンデンブルク号の炎上（1937年）は不況がどんどん深刻化していた最中のこと。ワーラウェイ Whirlaway

がアメリカクラシック三冠馬になったのは1941年で、そのころになるとピンチョン（4歳）のなまの記憶にも残っていたかもしれない。ローレン・バコール Lauren Bacall がハンフリー・ボガートとの共演（『脱出』*To Have and Have Not*, 1944、『三つ数えろ』*The Big Sleep*, 1946）でセンセーショナルに登場するのは1944年。BB（べべ）の愛称で殿方を魅了したバルドー Brigitte Bardot はバコールより10歳若く、物語の現在において、モンローと並ぶセックス・シンボルだった。

092-08

学生友愛会《フラタニティ》のハウス｜Fraternity House：女子学生用のソロリティ・ハウス**062-13**と同様、学部学生が運営するので、会長（president）といっても学生である。

093-06

真の虚偽の真実｜the truth of a true lie：「イントロダクション」で、「ストーリーを語ることについての御託」と言っているのは、この部分だろう。若き日のピンチョンが、認識論（物事を確実に知ることは可能かについて思索）にハマっていたことを窺わせるフレーズである。量子力学における有名なハイゼンベルクの「不確定性原理」によれば、素粒子の位置や運動量を観察によって正確に把握することはできない。観察者と「世界の微細な根底」との関係のアナロジーとして出てくるのが、デニス・フランジと「海なるもの」の関係だ。デニスにとっては、この（生理的にも精神分析的にも）自己の本源にある海の動きは「真の虚偽の真実」というべきもので、それについて正しく語ることは原理的に不可能である。

094-01

ヴェリ・ピストル｜Very pistol：海難などを、外部に知らせる目的で設計されたものを「フレア・ピストル」というが、最も広く出回っているブランドが「ヴェリ」。合図用であっても、相手を文字通り火だるまにする能力は十分。

094-14

ジェロボーアム・ボトル | Jeroboam Bottle：容量3リットルのワインボトル。マグナム瓶の倍のサイズ。物語の冒頭でロッコが提げてきた1ガロン瓶には、サイズ的に少々及ばない。

102-06

玉ころがし《ボッチェ》の鉄球 | boccie ball：フランスのペタンクに似た、イタリア民衆の球ころがし競技 bocce（ボッチェ）のボール。

Entropy

105-01
契約ぶちきりパーティ｜lease-breaking party：契約途中でアパートを出ていくことに決めた住人が、追い出されることを覚悟でやるどんちゃん騒ぎのこと。

105-05
「キエフの大門」｜“The Heroes’ Gate at Kiev”：ムソルグスキー『展覧会の絵』の第10楽章。英語名は、“The Great Gate at Kiev”のほうが通りがいいようだ。後年にはエマーソン・レイク＆パーマーのロック・バージョンでも有名になる、力強い低音が響き渡るナンバー。

105-06
ホーンリムの黒メガネ｜hornrimmed sunglasses：「ホーンリム」はもともと動物の角などで作った、大きなメガネの縁。50年代末には、歌手のバディ・ホリーも愛用するなど人気があった。「ホーンリムの黒メガネ」でイメージされるのは、この時代ならレイ・チャールズ。だが「お揃いで」となると、ほとんどMen in Blackという感じだ。

105-07
カンナビス・サティヴァ｜*Cannabis sativa*：大麻と呼ばれるアサ科の一年草。日本語でも「クサ」「ハッパ」などと呼びならわされる大麻（marijuana）は、英語ではgrass, weed, pot, teaなど、さまざまな俗称をもつ。

105-08
タンブー｜Tambú：アルバ、キュラソー、オランダ領アンティル諸島などベネズエラ沖の島国のドラム楽器、またそれを使ったアフリカ色の強い歌と踊りを表す言葉。この種の音楽を好み、アルバム・タイトルに見られるように精神宇宙へ傾倒し、マリワナを嗜好する――どれも「ビート族」を生んだこの時代の、ある意味で典型的な前衛意識を

表している。

106-04
1957年の2月：アイゼンハワー大統領が圧倒的な支持を受けて2期目をスタートさせたのが前月のこと。『V.』の背景にも描かれた、第二次中東戦争によるイスラエルのガザ地区占領は、この月も続いた。ケルアックの『オン・ザ・ロード』がヴァイキング社から出版されるまで、ピンチョンがコーネル大学に復学するまで、ソ連が人類初の人工衛星を打ち上げるまでには、まだ6〜8ヶ月ある。ここに書いてある通り、首都の天候がめまぐるしく変動した月だった。

106-04
アメリカ人の国外流浪組《エクスパトリオッツ》｜American Expatriots：第一次大戦後、文化に飢えたアメリカ人が、パリを中心としたヨーロッパに出ていく現象が顕在化。かれら国外居住者《エクスパトリオッツ》の姿は、ヘミングウェイやフィッツジェラルドらの小説でもよく描かれた。

106-08
ブルグル……闘牛……アンダルシア……ミディ……リンデンバウム……サクラ：ブルグル（*burghour*）は、中東やギリシャに見られる挽き割り小麦。ヘミングウェイも夢中になった**闘牛**は、言うまでもなく、スペインへのエキゾティズムをかき立てる。**アンダルシア**はそのスペインの南部、**ミディ**は南フランス。シューベルトに「菩提樹」という歌があるが、あれは正しくは「**リンデンバウム**」（英語の通称 lime tree）という。ワシントンの春を彩る**サクラ**の木々が並ぶのはポトマック河畔。

106-09
ジョージタウン｜Georgetown University：ビル・クリントンも緒方貞子も出た名門私立大学。なおウィスコンシン・アヴェニューは、大学の東側を南北に走る広い通り。

107-03
ことしは春が遅くなりそう｜Spring will be a little late this year：有名なスタンダード曲。曲名と同じこのフレーズで始まる。元歌（1944）はディアナ・ダービンが歌った。当代随一と言われたサラ・ヴォーンSarah Vaughan（1924—90）の歌唱も、今は簡単に聞くことができる。

107-04
「シグマ・カイの恋人」｜"The Sweetheart of Sigma Chi"：1910年代からの古いポピュラーソングだが、フラタニティのことを歌っていることもあって人気は続き、1944年には同名の映画も作られた。「リリー・マルレーン｜Lili Marlene」は第二次大戦下のヨーロッパの兵士たちの愛唱歌、50年代にはディートリッヒのバージョンも出回っていた。

107-07
スピリトゥスとは、ルーアックとは、プネウマとは｜*spiritus*, *ruach*, *pneuma*：それぞれ魂（soul）に相当するラテン語、ヘブライ語、ギリシャ語。漢語の「気」も同様だが、みな古くは「風」や「息吹」など、外的な存在も同時に意味した。

107-10
フーガに見立てたときのストレット｜ fugue, *stretto*：フーガ（遁走曲）では「主題」と「応答」がいわば「追いかけっこ」することになるが、主題が終わらないうちに（多くは主題が始まってすぐに）応答が奏でられる手法を「ストレット」という。

108-06
街のカオスに取り囲まれた、小さな規則性の包領《エンクレーヴ》である密封されたこの温室：「イントロダクション」の訳註**022-06**に記したウィーナーによる「生命」のイメージが、取り込まれている。この「温室」のイメージは、しばしば歴史を動かすカオスの場となる「ストリート」との対照で、『V.』以降の小説に引き継がれていく。

109-06

ヘンリー・アダムズは発電機《ダイナモ》のもつ圧倒的な力を前にして：「イントロダクション」で述べた『ヘンリー・アダムズの教育』の「ダイナモと聖母《ヴァージン》」の章は、1900年のパリ万博で見たダイナモに、20世紀を駆動する（人格化された）力を感じた体験に基づいて書かれた。

109-09

歳差運動：回転体（たとえば回るコマ）の回転軸のゆっくりとした運動をいう。

110-04

「ウゲエエッッ」：原文Aarrgghhは、漫画や「マッド」誌に見られる擬声語。ミートボールの造形は、動きの描写なども漫画に依拠しているようだ。

110-10

アール・ボスティック｜Earl Bostic (1913—65)：アルトサックス・プレイヤー。R & B風の演奏で「フラミンゴ」などで知られる。

110-16

「キッチ ロファッサ シェギトビ」：ハンガリー人が使う面白い罵倒語として一部に広まった言い回し。直訳すると「子馬がおまえのケツノアナをホジル」という意味になる。ピンチョンが使ったのは発音から起こした、Kitchi lofassa shegitbeだが、実際のハンガリー語では、Kicsi lófasz a seggedbe. と書くらしい。

111-17

「プルケ ポルティ ラ ゴンネッラ、ヴォイ サペーテ ケル ケ ファ」｜"Purché porti la gonnella, voi sapete quel che fa."：イタリア語で「相手がスカートをはいているかぎり、彼が何をするかはお見通し」。モーツァルトの歌劇『ドン・ジョバンニ』の歌詞として知られる。

112-13

ギッブスとボルツマン｜Josiah Willard Gibbs, Ludwig Boltzmann (1844—1906)：アメリカ人ギッブスは「イントロダクション」の訳註**023-11**でふれた。オーストリア人ボルツマンは、気体分子同士がぶつかる様子を分析する基本の方程式（ボルツマン方程式）で知られる。両者によって「エントロピー増大」とは、高温の空気と低温の空気の混ざり方の確率の問題として数学的に整理された。（ざっくばらんに説明すれば、系の中に温度差ができるように気体分子が「整理」されるよりも、乱雑に混ざり合う方が確率的に高いということ。自然界においてエントロピーの減少を期待するのは、ぬるま湯が熱湯と冷水に分離するのを期待するのと変わらない。）

113-05

徳能《ヴィルトゥ》と運命《フォルトゥーナ》｜virtu, fortuna：マキアヴェッリの『君主論』で、徳能（ヴィルトゥ）とは、武威などを含む総合的な「人間力」のこと。人間の力ではどうしようもない部分を司るのがフォルトゥーナである。カリストの見方によれば、エントロピーの増大とは、人間による統制が失われ、世界がばらばらになって、フォルトゥーナの比率が高まっていくことをも意味する。

113-14

フィードバック｜feedback：サイバネティックスの基本概念。全体の平衡を保つためには、部分Aの作動結果を帳消しにするように部分Bが接続されている必要がある。このときBはAに対して「負のフィードバック」をしているという。

113-16

ダブルストップ奏法｜double-stops：弦楽器の隣り合わせの弦２本を同時に弓で弾く奏法。

114-03

マディソン街｜Madison Avenue：広告業界の代名詞となったこの通

りは、マンハッタンの23丁目から五番街の東隣りを北へ延びる。

115-06

サル・ミネオとリッキー・ネルソン｜Sal Mineo（1939—76), Ricky Nelson（1940—85）：物語の現在（1957年）、人気沸騰のティーンエイジャー・スターふたり。シチリア系のサル・ミネオは『理由なき反抗』（1955）のジェームス・ディーンの弟分として有名、リッキーは、ネルソン家全員が本人役で登場するリアリティ・ホームドラマ“Ozzie and Harriet”（邦題「陽気なネルソン」1952—66）の末っ子。この年、歌手デビューして人気の頂点に。

116-03

「サイエンティフィック・アメリカン」｜*Scientific American*：1840年代創刊の、アメリカを代表し世界に多くの読者をもつ科学雑誌。

116-16

最近、北アフリカを放浪してて……っていうだろ：1954年に起こったアルジェリア戦争は、フランスからの独立が勝ち取られる1962年まで続いた。

117-05

閉鎖回路だ｜it's a closed circuit.：コミュニケーション理論では、メッセージの「発信者」と「受信者」とを独立した個（閉鎖回路）として扱うモデルから出発する。しかしもし愛のメッセージが、「私」と「あなた」の接続を意図したものであるなら、I love you. というメッセージは、もしそれが真実ならば、I と you との間のバリアを外して、相互漏洩《リーク》をもたらすと考えられる。ソールの離婚の逸話を通してピンチョンは、人間のコミュニケーションに対する「科学的」アプローチの浅薄さを突いていると考えてよいだろう。

117-13

いまの発言：ミートボールのそのセリフを英語で示すと——“I mean, you know. What it is is, most of the things we say, I guess, are mostly noise.” 情報として有効なのは “We say mostly noise” の 4 語であって、あとはすべて「ノイズ」と見なすことができる。

119-15

未解決の動機《モチーフ》：近代西洋音楽のコミュニケーションは、典型的に、不安定な要素が、その不安定さゆえに自己駆動し、いろいろなレベルにある大小の「解決」に行き着くという形で展開する。

119-16

カスプやオージー | cusp, ogee：「カスプ」は二つの円が接するような形のトンガリ曲線。「オージー」はタマネギ・ドームのような尖り方をした曲線。ここは、音量を表すグラフの曲線がそうなっているということ。

119-17

S／N比 | signal-to-noise ratio（SNR）：情報工学の基本概念。ここでは植物から得られる繊細な音楽信号と、階下の騒音との比という意味で、比喩的に用いられている。

120-04

サド侯爵 | Marquis de Sade（1740—1814）：『ジュスティーヌ』や『ソドムの120日』などの悪徳の文学で知られる。社会に統御されず、思いのままのデカダンスに走るというのも、（カリスト的には）文化的エントロピー増大の徴。

120-04

『サンクチュアリー』 | *Sanctuary*：1931年刊のウィリアム・フォークナーの小説。ミシシッピー大学の女学生 Temple Drakeは、泥酔、レイプ、殺人、リンチといった退廃の世界を引き回される。

120-06
『夜の森』｜*Nightwood*：1936年刊のジューナ・バーンズDjuna Barnes（1892―1982）の小説。国籍離脱者でバイセクシュアルな女性Robin Voteのデカダンな遍歴を、重厚な文体で描いたボヘミアン小説の古典。

120-06
ストラヴィンスキー……『兵士の物語』｜Igor Stravinsky, *L'Histoire du Soldat*：1918年初演。3人で演じるリブレットに、7人の楽団が音楽を添える組曲。この構成自体、大戦による音楽的疲弊（堅固な音楽的秩序からの撤退）を表しているといえる。

120-08
自動人形……瞳の背後で拍を刻んだメトロノーム：世界がしだいに機械的なものに置き換わっていくというカリストの想像に注目。このあたりの記述には『V.』第14章の基本設計図が透けて見えるかのようだ。

120-11
パッシェンデール……マルヌの戦い｜Passchendaele, the Marne：第一次世界大戦の激戦地。開戦間もない1917年9月のマルヌでは、ドイツの破竹の侵攻が止められ長期戦の態勢に入った。1917年、7月から11月にかけて、ベルギーのパッシェンデールでの泥中の膠着戦の戦死者は、両軍併せて50万とも80万とも。この戦いは『重力の虹』でも意味深く想起される。

120-16
ヴァーノン・キャッスル｜Vernon Castle：アメリカ人の妻アイリーンと組み、1911年の〈カフェ・ドゥ・パリ〉にセンセーションを巻き起こしたイギリス生まれのダンサー。ダンス狂時代の幕開けを告げた二人の活躍は、フレッド・アステアとジンジャー・ロジャース出演の映画「キャッスル夫妻」（1939）に描かれている。

122-10

マリガンとチェット・ベイカーとその仲間が：一定のスイング感をもつジャズ演奏では、今どんなコードなのかさえわかっていれば、即興でメロディを奏でることができる。この基底的な情報はふつう、ピアノやギターなどの楽器で与えられる。ところが、Gerry Mulligan（バリトンサックス）が1952年にChet Baker（トランペット）と組んだカルテットでは、他にドラムとベースしかなかった。といって、実験的な音楽をやったわけではない。白人で、もともとメロディアスな演奏を得意とした二人は、コードの縛りを解くことで、メロディが対位法的に絡み合うスタイルを追求したのだ。

122-15

ミンガス｜Charles Mingus（1922—79）：“チャーリー”・ミンガスはジャズ・ベーシスト、コンポーザー、バンド・リーダー。ジャズの世界ではデューク・エリントンの跡を継ぐスケールの音楽家として語られる。

122-15

ジョン・ルイス｜John Lewis（1920—2001）：1952年以来、モダン・ジャズ・カルテットをリードしてユニークな知的サウンドを追求したピアニスト。

124-10

「フォーレスタル空母に放尿せよ」：超大型空母を俺たちの小便の海に浮かべよ、という内容の海軍の酔っぱらい歌。『V.』第16章には歌詞つきで載っている。

124-11

イタリア拳｜*morra*：多くのバリエーションがある古代からのゲームで、二人から数人のプレイヤーが、ジャンケン・スタイルで、ある本数の指を同時に出しながら、その結果を——数行先にtrois《トロワ》（3）、sette《セット》（7）とあるように、おそらく「総和」を——言い当てる。情報理論で

は、選択肢の幅が狭まったとき「情報を獲得した」と考え、選択肢の幅が拡がった（つまり情報を失った）とき、「情報のエントロピーが増えた」という言い方をする。両手で、しかもバイリンガルでやるモッラでは、「答え（口にすべき単語）」の選択肢の幅は、片手・モノリンガルの場合に較べて4倍に増える。ここでも事態は高エントロピー状態になっているわけだ。

127-01

属和音《ドミナント》が、闇の主和音《トニック》と……へと崩れ落ちる｜(the) dominant...resolve into a tonic of darkness：西洋音楽では「ソシレ（ファ）」の属和音（V度の和音）緊張が「ドミソ」の主和音（I度）に落ち着くことを「緊張の解消（resolve)」という。「熱死《ヒート・デス》」も、たしかに（生命という）確率論的宙吊り状態の「解消」ではあろう。

129
アンダー・ザ・ローズ：「薔薇の下で」という意味の英語は、ラテン語 *sub rosa* の訳。秘密の会合には、そのシンボルとして薔薇を下げておいたというヨーロッパの古い習慣に基づく。

131-02
ムハンマド・アリー広場：広場にある騎馬像は、もともとアルバニアの傭兵隊長として、ナポレオン撤退後のエジプトを統治にきたMohammed Ali のもの。彼が開いたムハンマド・アリー朝（1805—1953）は、しかし徐々にイギリスの力に侵食されていく。

133-06
一八八三年……ハルトゥームの陥落……アフガニスタンの危機……待っていた：スーダンでは1881年にムハンマド・アフマドが、救世主“マフディー”を宣言、圧制者エジプトに対する聖戦を組織、83年にはイギリスのヒックス将軍率いる“エジプト軍”を遂に破った。ロシアの侵攻が著しかったアフガニスタンでイギリスは第二次アフガン戦争（1878—80）を闘い、撤退はしたが外交権の掌握に成功し、ロシアと対峙する。

134-02
ブリンディシ……ヴェネチア……トリエステ：アドリア海の代表的な港。ブリンディシは長靴の踵の位置、トリエステはヴェネチアの東、スロベニア国境に位置する。

135-03
「ハート フィンガン カハワ……」| “*Hat fingan Kahwa bisukkar, ya weled*”：*Kahwa*（カハワ）は coffee の語源となったアラビア語。*bisukkar*（ビスッカル）は、with sugar。全体で「砂糖入りコーヒーを持ってこい、ボーイ」。

136-07
ルクソールにあるテーベの廃墟：現代のルクソール市にある、古代都市テーベの廃墟は、カルナック神殿やルクソール神殿で有名。王家の谷は、ツタンカーメン王の墓もある。

137-05
「パッツォ ソン！」……「グヮルダーテ コメ イオ ピアンゴ エディンプローロ」｜“*Pazzo son! Guardate, come io piango ed imploro*”：I'm mad! Look, how I cry and implore. プッチーニのオペラ『マノン・レスコー』第３幕。マノンを含む娼婦たちを乗せた船がルイジアナへ出港しようというところで、船長に同乗を懇願する騎士デ・グリウが歌う。

137-11
クレモニーニ｜Giuseppe Cremonini（1866—1903）：1893年のプッチーニ作のオペラ『マノン・レスコー』の最初の公演で名声を極めたイタリアのテノール歌手。なおチューリンはイタリアの都市トリノの英語名。

137-14
「コメ イオ キエード ピエタ！」｜“*Come io chiedo pietà!*”：「どれだけ慈悲を乞うことか」。ポーペンタインの意識にとって「慈悲」という語の重さに注目。

138-14
キッチナー司令官……マルシャン｜Sirdar Kitchener（1850—1916）, General Marchand（1863—1934）：フランスが夢見た（セネガルからソマリアへ抜ける）アフリカ横断線と、イギリスの求める（南アとエジプトをつなぐ）アフリカ縦断線が交わるファショダは、白ナイル（スーダンのハルトゥームから真南へ遡る）を700キロほど南下した位置にある。このファショダに最初に国旗を立てたのは、マルシャン

の率いる200名のフランス武装探検隊で、1898年7月のこと。キッチナー司令官の指揮するイギリス軍は、スーダンのマフディー勢力に阻まれていたが、9月になってようやく勝利、強力な軍艦をファショダに差し向けてマルシャンの兵と対峙した。

139-12
一八四八年の出来事：2月、ロンドンでマルクス&エンゲルス『共産党宣言』発表。数日後にパリで「二月革命」。3月、革命がオーストリアに波及し、メッテルニヒがイギリスに亡命。続いてベルリンでも市街戦。騒乱はハンガリーのペシュトやイタリアのミラノにも拡がる。4月、フランスの普通選挙で、農民の投票により急進派が後退。6月、フランスで労働者の暴動があり、これを機に急進派失墜。10月、ウィーンで「十月革命」が起こるも制圧。12月、ルイ・ナポレオンが選挙で大統領に選出、第二共和制がスタート。

140-07
パーマストン卿｜Lord Palmerston（Henry John Temple, 3rd Viscount Palmerston, 1784―1865）：イギリスの外相だったのは1830―41および1846―51。高い能力をもった個人が国を導きえた時代の外交スター。ロシアやフランスを抑えてエジプトに対するイギリスの実質的支配を呼び込んだことも、数ある功績のひとつ。1855年から死去する65年まで、首相を前後2回務めた。

140-14
クローマー卿｜Evelyn Baring, 1st Lord of Cromer：エジプトの英国支配の代理人を意味する「英国総領事」の地位に24年間（1883―1907）就いていた。

141-08
ゴードン将軍｜Charles George Gordon（1833―85）：1860年代初頭、中国での華々しい活躍から、Charles Gordon をもじって、Chinese Gordon と呼ばれた若き英雄。1870年代は（エジプトが統治してい

た）スーダンの総督。1884年、スーダンの反乱を抑えられなくなったエジプト軍の撤退を支援するため、イギリス政府はゴードンを指揮官とする部隊を派遣。だが兵糧攻めに遭い全滅（1885）。英国民に悲しみのショックを与えたこのエピソードは、『V.』でも取り上げられる。

141-14

グレイヴゼンド｜Gravesend：英国ケント州、テムズ河南岸の町。

142-17

ドクター・ジェイムソンをたすけてボーア人を敵に回した：南アフリカのボーア人勢力をイギリスが押しのけて金《きん》の利権を確保しようとしていた時代、1895年の年の瀬に、ジェイムソン Leander Starr Jameson（1853—1917）が、トランスヴァールに住む英国人勢力の総決起を促す目的で、私軍を組織して起こした反乱。この「ジェイムソン蜂起」は数日間で制圧され、彼は本国で裁判にかけられるのだが、国民からは英雄視された。

150-16

地平線のホルス神：すなわち「昇る日」を表し、「復活」と「永遠の生」を象徴する。エジプトの初期王たちは自らをホルス神の化身とした。その系譜は複雑で、ギゼーのスフィンクスも同じ神の別の姿とされる。

151-11

グレボー｜Eugene Grébaut（1846—1915）：フランスの考古庁長官も務めた考古学者。

151-12

フリンダーズ・ペトリー｜Flinders Petrie（1853—1942）：ストーンヘンジ、エジプト、後年のイスラエルの発掘において、イギリスの考古学の発展を導いた。

152-07
九月二十五日：実際にファショダで英仏軍が出会ったのは９月18日。25日にはキッチナーはカイロに戻っている。ポーペンタインの衰えをコミカルに描くために、その既知の事実を、ピンチョンはストーリーに盛り込んでいるとも考えられる。

154-12
「ミ キアマーヴァ ソツーラ」| "*Mi chiamava sozzura*"：He called me filth.

155-15
コプト人：５世紀のアレキサンドリアを中心に集まったキリスト教の一派、コプト教徒の末裔。イスラム化したエジプトで差別されてきた。

156-04
〈ヴォワザン〉| Voisin：パリの、サントノレ通りとカンボン通りの交差点にあった、最高級レストラン。

160-16
「アウズ エ。マ トカフシ ミンニ」| "*Auz e. Ma tkhafsh minni.*"：「狙いは何だ。わたしを怖がってはいかん」

161-04
ルーフ | *ruh*：「魂」「通じる心」を表すアラビア語。10行ほど先の「バクシシ」は広く中東地方でチップを意味する。

162-03
『産業民主制論』| *Industrial Democracy*：『イギリス労働組合史』（1894）の著者ウエッブ Sidney James Webb（1859—1947）による1897年の新刊（妻ビアトリスとの共著）で、マルクスとは異なる穏健な社会主義の立場を明確にした歴史的に重要な著作。ウェッブはその後、

イギリス労働党の中心的人物となる。

164-08
crème の綴りが chem……Lyonnaise の最後の e も欠落している：フランス語のメニューでcrème《クレーム》（クリーム）を chem と誤記することで、chemistry つまり薬品関係を匂わせる。Lyonnaise《リヨネーズ》という女性形の形容詞を男性形 Lyonnais《リヨネ》に変えることで「リヨン銀行」を想起させる。ポーペンタインたちが昔から使っていた素朴な暗号。

168-08
「ア ディールレ……デスタ」| *“A dirle io t’amo, a nuova vita l’alma mia si desta.”*：汝にこれを告げんがため、我が魂は目覚めたり。「見たこともない美人！」は、旅籠での初対面のあと、美女マノンと再会を約束したデ・グリウが歌う。

174-14
ステージではエドモンドと学生たちが……ところだ：『マノン・レスコー』第１幕。このあとで、マノンと兄レスコー、財務大臣ジェロンテを乗せた馬車が旅籠に到着し、デ・グリウが一目惚れするという展開に。

177-17
釣鐘型のカーブは……である：確率論的世界のアイコンとなるほど有名なグラフ。たとえばど真ん中のストライクを目指して投げる投球の分布は中心に近いほど密になる。これをグラフにしたものが、正規分布曲線。これは、左右対称の釣鐘型となり、ベル・カーブと呼ばれる。

178-05
ヘディーヴの宮殿 | the Khedive’s palace：ヘディーヴ（英語読みは「ケディーヴ」）は、もともとオスマン帝国の下で地方を治める「総督」の意味。ムハンマド・アリー朝の支配者は、自らを「ヘディーヴ」と名乗り続けたので、これは事実上の王宮である。

181-08

十六年の後……サラエヴォにいた：1914年6月、サラエヴォでのオーストリア王位継承者夫妻の暗殺が、いよいよアルマゲドンの引き金をひくことになった。日本で「欧州大戦」と呼ばれた第一次世界大戦は、英米ではいまも The Great War と呼ばれる。

185-08
ドクター・スロースロップ | Dr. Slothrop：『重力の虹』のタイロン・スロースロップの思い出に「ホーガン」という兄が出てくる。息子に同じ名前をつける習慣からして、この医者はタイロンの兄なのだろう。

186-16
サンカクカンスウ……ビセキブン | trigonometry, calculus：アメリカでも、もちろん三角関数や微積分は、高校になってから、それも一部の生徒だけが学ぶ。一般に高校生は、基礎的な「代数」「幾何」を学んだあとは、いくつかの選択肢が用意されていて、trigonometry（略称 trig）もその一つ。つまり「三角関数」はひとつの課目名だ（指数関数などと組みあわせて別の名をつける場合もよくある）。calculus（微積分）は、高校では、もっとも難度が高い課目という位置づけ。公立校ではあまりやっていない。

187-05
ベルリン問題：1948年、西ドイツ政府樹立に対抗してソ連がベルリンを封鎖。それによって冷戦構造が表面化した。東ドイツ政府によって「ベルリンの壁」が設けられたのは1961年のこと。

187-14
ウィリアムズ・カレッジ | Williams College：1793年創立の、マサチューセッツ州の有名なカレッジ。少数精鋭の徹底した学部教育によって成果を上げる「リベラル・アーツ・カレッジ」の代表的一校。

189-03
『トム・スウィフトと魔法のカメラ』| *Tom Swift and His Wizard Camera*：グロセット&ダンラップ社が出していた、Tom Swift を主人公とする少年科学冒険小説のオリジナル・シリーズ（1910—41）第12弾で、1912年（大正元年）の出版。著者“Victor Appleton”は実在

せず、実際はStratemeyer Syndicateと呼ばれる、子供向け専門の物語制作グループが書いていた。この巻では、バッテリーで作動するハンディな映画撮影機と、(後のピンチョン文学の大道具のひとつとなった）大きな飛行船が活躍する。

190-06

エステート｜estate：1950年代のアメリカ中流社会では生活のモータライゼーション（自動車化）と併せて、不動産業界の仕掛けによる、都市から郊外への移住が大々的に進行した。広々とした緑地に各戸がゆったりと並ぶ、そんな宅地造成地に高級感を漂わせる言葉の筆頭が「エステート」である。

192-02

アルフ・ランドン｜Alf Landon（1887—1987）：共和党の政治家。カンザスの州知事（1932—36)。1936年、ルーズベルト大統領の2期目の大統領選挙で対立候補となった。

194-10

スプリングフィールド：コネチカット河沿いに発達したマサチューセッツ州西部で最大の都市。トマス・ピンチョンから10代さかのぼった先祖のウィリアム・ピンチョンをリーダーとするグループが1636年に開拓し、英国サセックス州のピンチョン家の故郷の名に因んでSpringfieldと命名した。

195-05

ヘヴィサイド層｜the Heaviside layer：現代では単に「電離層」と呼ばれる。無線通信の最初期である1902年に、独学の数学者にして電子工学者のOliver Heaviside（1850—1925）がその存在を予言した。ヘヴィサイドは『逆光』の一シーンで言及される。

196-14

「ザ・ファントム」：1930年代に始まり、現在も続いている、アメリカ

ン・コミックのキャラクターのThe Phantomのことと思われる。

197-11
アル中匿名更生会《アルコホリック・アノニマス》｜Alcoholics Anonymous（AA）：現在の日本支部の案内では「無名のアルコール依存症者たち」という訳語が使われているが、日本でもAAの名で通っているので、以後は本文でもその略号を使用する。メンバー同士たがいに自分の名を明かさない、この特異な組織のあり方と、匿名性の効果について、グレゴリー・ベイトソンが後に「自己なるもののサイバネティックス」という論文を書いているが（『精神の生態学』所収）、ピンチョンも『競売ナンバー49の叫び』で「恋愛匿名更生会」（IA=Inamorati Anonymous）という団体を創作するほどの関心を示した。

197-14
「これはなんでショー」の時間に……豚：“Show and Tell”（「これはなんでショー」）は、実物を見せながら、それについて語るという、アメリカ初等教育の伝統的な授業のかたち。「豚」は「ピッグ・ボーディーン」の名をはじめ、ピンチョン文学（特に『重力の虹』）で意味の大きな動物。

197-16
クレイジー・スー・ダナム｜Crazy Sue Dunham：この魅力的な人物については『重力の虹』で詳しく言及される。

203-09
同名の映画……カーク・ダグラス：古代ローマを舞台にした映画『スパルタカス』で、反乱を指揮するトラキア人奴隷スパルタカスを演じたのがカーク・ダグラス。製作もダグラス。監督はスタンリー・キューブリック。

206-13
金ぴか時代｜the Gilded Age：ロックフェラーやカーネギーなど産業

界の超大物を生み出した、1870—80年代のアメリカ高度成長期を指す。この呼び名は、マーク・トゥエインの、同名の風刺短篇集（1873）から。

211-06

カラー放送の始まる前みたいにかい：世界初のカラー放送を実現したNBCネットでは、カラー番組の始まる前に、社のロゴであるクジャクが6色の羽を開いて終わる、数々のアニメを流した。その映像は“NBC peacock”の検索で見られる。

212-07

ジェイ・グールドと、その相棒……ジュビリー・ジム・フィスク｜Jay Gould（1836—92），“Jubilee” Jim Fisk（1835—72）：南北戦争後の鉄道敷設と国土拡張に絡んだ荒々しい資本主義の膨張期において、政治も司法も買収しつつ、金融操作でアメリカ産業史に数々の黒いエピソードをもたらした大物コンビ。『競売ナンバー49の叫び』に出てくる不動産業界の大物ピアス・インヴェラリティは、このジェイ・グールドの胸像をベッドルームに置いていた。

219-03

ヨギ・ベアの声色｜Yogi Bear：往年の大リーガーYogi Berraと似た名前のこのクマ・キャラクターは、1958年に新聞漫画の脇役でデビューしたが、ブレイクして1961年には、“The Yogi Bear Show”というアニメ番組がテレビに登場。独特の早口でしゃべり、ピクニックのバスケットを狙う。日本のテレビでの名前は「クマゴロー」。

222-17

丘の上にな：童謡『マザーグース』の有名なうたのなかで、ジャックとジルは丘の上まで、水を汲みに行く。ジャックは転げ、ジルもジャックのあとを一緒に転げ落ちる。

235-08
『ブラッド・アレー』| *Blood Alley*（1955）：日本公開時の邦題は『中共脱出』。ジョン・ウェインとローレン・バコールによるアクション・ロマンス。

243-05
ブロックバスティング | blockbusting：人種統合が進行中だった時代のアメリカで、黒人が引っ越してくるという噂を流して、その区画の住人から叩き値で買い上げた不動産を転売する、悪徳業者の手口。

243-10
この線はいくらでも引ける……間隔はいくらでも狭くしていくことができる：そうやって極細の長方形を無限に作っていき、その面積の総和を求める、という説明をグローヴァは続けるのだろう。微分、積分のイメージ（およびテーマ）は、『競売ナンバー49の叫び』にも『重力の虹』にも登場する。

245-07
「ハントリーとブリンクリー」：番組名は“The Huntley-Brinkley Report”（1956—70）。チェット・ハントリーとデイビッド・ブリンクリーをアンカーマンとした、NBCの夜（プライムタイム）のニュース番組。

010-10

私が海軍にいた：1953年にコーネル大学に入学したピンチョンは、18歳だった55年から57年まで、大学を離れ、合衆国海軍に属していた。

010-16

雨のイメージャリーとか、「荒地」や『武器よさらば』への言及とか：まずタイトルの「スモール・レイン」という句からして、「申命記」32章の冒頭のモーゼの歌、「若草の上に降る小　雨《スモール・レイン》のように／青草の上にくだる夕立《シャワー》のように」が源流（この件に関しては、ちくま文庫版『スロー・ラーナー』の解説に詳しい）。T. S. エリオットの「荒地」（“The Waste Land”, 1922）は、第一次大戦後の新世代文学のムードを左右したといわれる434行の詩。アーネスト・ヘミングウェイの『武器よさらば』（*Farewell to Arms*, 1929）で、戦場の死を雨に結びつけるイメージが頻出するのも「荒地」の影響と目される。初期ピンチョンが、本篇や「ロウ・ランド」に限らず、waste（廃棄、荒廃、エントロピー）を描き続けたのも、エリオットと無関係には語れない。

012-16

『ハウル』『ロリータ』『北回帰線』｜*Howl*, *Lolita*, *The Tropic of Cancer*：ビート文学の出発点とされる、アレン・ギンズバーグの詩集*Howl*（吠える）をパンフレットとして出版したサンフランシスコのシティライツ書店に対して、当局から「猥褻」との訴えが起きたのは翌1957年のこと。出版社側が勝利するこの裁判については、ジェイムス・フランコ主演の映画*Howl*（2010）で描かれる。ロシア出身の作家ウラジーミル・ナボコフが、渡米したのは1941年。『ロリータ』は英語で書かれたが、アメリカでの出版は（パリで出た３年後の）1958年まで延びた。同様にヘンリー・ミラーの『北回帰線』はパリでの出版が1934年、アメリカでグローヴ・プレスが出版したのはずっと遅れて1961年。州裁判所で出た猥褻罪の判決は、1964年、最高裁で逆転無罪に。

Introduction

009-01

思い出せる限りでいうと……四篇は大学にいたときに書いた：ピンチョンについて誰もが知っているほとんど唯一のことは、徹底した隠遁作家で自分の過去を明かさないということ。単行本の冒頭でいきなりフランクに語り出したこの文章も、やはり相当の煙幕が張られた「語り芸」だと注意した方がいい。実際、最初の言葉からして As nearly as I can remember と、言ってしまえば「あんまり昔のことなんで忘れてしまいました」というスタンスだ。現実には、「解説」に具体的に記したとおり、「スモール・レイン」を除いた残り3篇は、大学卒業（1959）後2年の間に、最先端の文芸誌に掲載され、本書に収録されるまでに、現代の秀作として広く読まれてきた作品である。しかし、だからと言って、ピンチョンがハッタリをかましていると決めつけるわけにもいかない。いや、ピンチョンという人は、フィクションの世界でも、事実と非事実の境界をなしくずしにしていくことに燃えるタイプの作家なのだからして、この自伝（を装う語り）も、読んで狐につままれたような気分になるのは当然。それでいいのだと居直った上で、細部を読み取っていくことにしよう。

009-03

徒弟……雇われ職人｜apprentice, journeyman：最初の4篇の媒体が「リトル・マガジン」と呼ばれる、大学等を拠点とした非営利の文芸誌だったのに対し、「シークレット・インテグレーション」は由緒ある歴史と大衆的な人気を誇る「サタデー・イブニング・ポスト」に載った。この雑誌のルーツは、ベンジャミン・フランクリンが発行した新聞である。「徒弟 apprentice」とか「雇われ職人 journeyman」とかいう時代がかった言葉を使っているのは、きっと植字工としてスタートしたフランクリンにひっかけてのことだろう。ちなみにピンチョンはこれ以降、『競売ナンバー49の叫び』の抜粋を除いて、新作の物語を雑誌媒体に載せたことは一度もない。

Notes

『スロー・ラーナー』訳註

佐藤良明

SL

Thomas Pynchon Complete Collection
1959-64

Slow Learner
Thomas Pynchon

スロー・ラーナー

著者　トマス・ピンチョン
訳者　佐《さ》藤《とう》良《よし》明《あき》

発行　2010年12月20日
3刷　2023年9月5日

発行者　佐藤隆信
発行所　株式会社新潮社　〒162-8711 東京都新宿区矢来町71
電話　編集部 03-3266-5411　読者係 03-3266-5111　http://www.shinchosha.co.jp
印刷所　大日本印刷株式会社
製本所　大口製本印刷株式会社

乱丁・落丁本は、ご面倒ですが小社読者係宛お送り下さい。
送料小社負担にてお取替えいたします。
価格はカバーに表示してあります。
©Yoshiaki Sato 2010, Printed in Japan

ISBN978-4-10-537206-4 C0097

Thomas Pynchon Complete Collection
トマス・ピンチョン全小説

1963 V.
新訳『V.』［上・下］ 小山太一＋佐藤良明 訳

1966 The Crying of Lot 49
新訳『競売ナンバー49の叫び』 佐藤良明 訳

1973 Gravity's Rainbow
新訳『重力の虹』［上・下］ 佐藤良明 訳

1984 Slow Learner
新訳『スロー・ラーナー』 佐藤良明 訳

1990 Vineland
決定版改訳『ヴァインランド』 佐藤良明 訳

1997 Mason & Dixon
訳し下ろし『メイスン＆ディクスン』［上・下］ 柴田元幸 訳

2006 Against the Day
訳し下ろし『逆光』［上・下］ 木原善彦 訳

2009 Inherent Vice
訳し下ろし『LAヴァイス』 栩木玲子＋佐藤良明 訳

2013 Bleeding Edge
訳し下ろし『ブリーディング・エッジ』 佐藤良明＋栩木玲子 訳